BOOK HILL

NARAYANGADH • HETAUDA • BUTWAL • NEPALGUNJ • KOHALPUR
DHANGADHI • DANG • SURKHET • POKHARA • BAGLUNG •
ITAHARI • BIRATNAGAR • DHARAN • JHAPA • ILAM • KATHMANDU.

कथाकार रामलाल जोशीको *ऐना*मा सुदूर पश्चिममेली माटोको सुगन्ध छ । त्यहाँको भाषा, संस्कृति र सामाजिक जनजीवन टल्किएको छ ।

- राष्ट्रकवि माधवप्रसाद घिमिरे

पश्चिम नेपालको जनजीवनलाई सशक्त ढङ्गले चित्रण गरिएको *ऐना* ग्रामीण जीवनको सशक्त वृत्तचित्र हो ।

- डा. तुलसीप्रसाद भट्टराई

सेती, काली र कर्नालीका तीरैतीर तथा पश्चिम तराईका फाँटहरूको जनजीवनलाई सशक्त र घतलाग्दो किसिमले चित्रण गरिएको *ऐना*मा देखिएका स्थानान्तरण, चरित्रान्तरण, विचारान्तरण र अधिआख्यानको शिल्पगत प्रवृत्तिले रामलाल जोशीलाई आधुनिक नेपाली कथाको मूल प्रवाहमा उभ्याइदिएको छ ।

- प्रा.डा. महादेव अवस्थी

मेरो दिमागलाई रन्थन्याउने २०७२ सालका कृतिहरूमा रामलाल जोशीको *ऐना* नै हो । *ऐना* नेपाली कथाको मूलप्रवाहमा जोडदाररूपमा टल्किएको छ ।

- प्रा.डा. हेमचन्द्र नेपाल

समीक्षकहरूको विचारमा *ऐना*लाई मदन पुरस्कारका निम्ति सूचिकृत गरेर मदन पुरस्कार गुठी नै पुरस्कृत भएको छ ।

- अश्विनी कोइराला, कान्तिपुर साप्ताहिक

२०७२ सालको साहित्य पढ्नेले ऐना पढेको छैन भने ठूलै कुरा छुटाएको छ भन्ने मेरो ठहर छ ।

– प्रा. राम लोहनी

ऐना पूरै पढिसकेपछि पनि आँसु नचुहाउने पाठक या त ढुङ्गाको मुटु भएको हुनुपर्छ, या त मुटु नै नभएको हुनुपर्छ भनेर म ठोकुवा गर्नसक्छु ।

– पूर्वमन्त्री रमेश लेखक

अपरिचित जोशी अचम्मका कथा शिल्पी । पढ्दा मनमा कस्तो-कस्तो भाव उत्पन्न हुने । बेजोड यस अर्थमा कि धेरै कथाले म भित्रैदेखि हल्लिएँ ।

– धनराज गिरी

ऐना सुदूर पश्चिमेली जनजीवनको भूत र वर्तमानको सुन्दर प्रतिविम्ब हो अनि सुदूर भविष्यको सुन्दर आमन्त्रण हो ।

– डा. बद्री शर्मा बिनाडी

ऐना पाठकका लागि भर्जिन कथाको खुराक हो । यसको नयाँपनले नै पाठकको मन जितेको छ ।

– कान्तिपुर दैनिक

ऐनामा सुदूरका सुस्केरा र सुसेली छन् । एक्लिँदै गएका मानिसका सन्ताप, सशस्त्र द्वन्द्वका बाछिटा, स्खलित हुँदै गएका मानवीय मूल्य अनि कहिल्यै नरित्तिने मातृत्वका महासागर छन् ।

– राजकुमार बानियाँ, नेपाल साप्ताहिक

सुदूर पश्चिमको माटोमा बसेर लेखिएको *ऐना*ले एकपटक नेपाली कथाको मूलप्रवाहलाई तरङ्गित गर्नेछ ।

– गजलकार ज्ञानुवाकर पौडेल

ऐना विश्वव्यापी बहसका लागि पश्चिम नेपालबाट जोडदाररूपमा आएको उत्तरआधुनिक समाचार हो ।

– सुभाषचन्द्र भण्डारी

भोक, शोक र वियोगको कथा, अवहेलना, उपेक्षा अनि मेरै समाज र लोकको कथा । ऐना हेरेझैं *ऐना*का अक्षरमा ठिङ्ग उभिएको छु ।

– शिवराज योगी, अन्नपूर्ण पोस्ट दैनिक

लामो खडेरी पछिको वर्षाको पानीका थोपाले माटो स्पर्श गर्दा फुक्कफुक्क धुँवा निस्कन्छ । ठीक यही बेला हिँडिरहनुभएको छ भने तपाईँको आँत रसाउँछ । *ऐना*भित्रका जोशीका कथामा सुदूर पश्चिमको माटोमा मिसिएको संघर्षको सुगन्ध उसैगरी रसाएको छ ।

– बच्चु वि.क., हिमाल खबर पत्रिका

*ऐना*ले सेती-कालीको चित्रलाई नेपाली कथा साहित्यमा विस्मयकारी ढङ्गले उभ्याइदिइको छ ।

– यज्ञराज प्रलय, नागरिक दैनिक, पश्चिमेली

*ऐना*ले नेपाली कथाको मूलधारलाई सुदूर पश्चिमतिर फर्काइदिएको छ ।

– सनत रेग्मी, नेपाली-पत्र, मुम्बई

ऐना सङ्घर्षशील सुदूर पश्चिमेली समाज, पात्र, घटना र जनजीवनको वास्तविक *ऐना* हो ।

– निशान्त खनाल, बाह्रखरी अनलाइन

सुदूरको धर्तीमा अडिएर केन्द्रमा मार हान्ने क्षेप्यास्त्र हो *ऐना* । *ऐना*ले केन्द्रको विनिर्माण त गर्छ नै मोफसलमा पनि नयाँ केन्द्र निर्माण गर्ने क्षमता राख्दछ ।

– ठाकुरप्रसाद ढुङ्गेल, धनगढी पोस्ट

धन्य भएँ दाजु ! हजारपटक चुमेँ, हजुरको हातलाई । लाखौँपटक सलाम गरेँ, हजुरको भावनालाई । सयौँपटक हेर्नेछु, *ऐना*मा आफ्नो अनुहार ।

– सिद्धराज जोशी

नेपाली साहित्यलाई सुदूर पश्चिमेली माटोको सुगन्धित उपहार हो, *ऐना* ।

– गणेश नेपाली

मदन पुरस्कार २०७२ विजेता

ऐना

रामलाल जोशी

BOOK HILL

प्रकाशक : बुक-हिल पब्लिकेशन
कालिकास्थान, काठमाडौँ
सम्पर्क : ९८५१०३२४८६, ९८५१०९१६१३
इमेल : info@bookhill.com.np
bookhillp@gmail.com

भाषा : सुभाषचन्द्र भण्डारी
आवरण तस्वीर : Manuela Thames (Official Photographer of Book-Hill)
डिजाइन : सुवर्ण हुमागाई

नयाँ (तेस्रो) संस्करण : साउन, २०७३
पुनः मुद्रण : असोज, २०७३
चौथो संस्करण : कार्तिक, २०७३

ISBN : 978-9937-9101-1-8

'AINA' BY RAM LAL JOSHI

प्रिय पृथ्वीलाई

कथा-क्रम

आरम्भ

आमा

आमाको शरीरबाट छुट्टिएर धर्तीमा पाइला टेकेपछि मेरो कथा आरम्भ हुन्छ । हाँस्छु । खेल्छु । बढ्छु । पढ्छु । रमाउँछु । मेरो जिन्दगी मेरै हुन्छ । धर्तीको कुनै कुनामा फिरफिराइरहेको सेतो कागजको पानामा कुनै दिन मेरो कथा भेटिन सक्छ ।

तर, आमाको कथा ?

आमाको कथा कागजमा लेख्न सकिँदैन । आँसुको मसीले हृदयमा मात्रै लेख्न सकिन्छ । पहाडका ढुङ्गाहरूले आमाको कथा बोल्न सक्छन् । चौबीस वर्षको उमेरमा बाबाले छोडेर गएपछि आमाको गति कस्तो भयो होला ? भोगिसकेको व्यथा कथाजस्तो लाग्छ । घाटको बालुवा बोक्नुभयो । भीरका पत्थर फोड्नुभयो । पहाडका ढुङ्गामा हड्डी घोट्नुभयो । साना छोरा र नानी छोरीकै लागि यौवन र जीवन समर्पण गरिदिनुभयो ।

हिसाब-किताब गर्दा समयले जिन्दगीको हिसाब बुझाउन सकेन र चित्त पनि बुझाउन सकेन । आमाको कथा पहाडका ढुङ्गाहरूमा खोपिएको छ । कलमले लेख्न सकिँदैन आमाको कथा । आमालाई रोइरहेको आँगनमै छोडेर म अरूहरूकै कथा खोज्न निस्कैँ ।

***

लक्ष्मी

नीला र गहिरा सागरजस्ता दुइटा आँखामा लक्ष्मीका कुनै समुन्नत सपना थिए होलान् । फुटपाथबाट म आएँ, उनको जीवनमा गरिबी, अभाव र समस्याहरू बाँड्नलाई । विवाह गर्दा आकाशको छानोमुनि बायाँ पाखुरीमा ओत लागेर टाउको लुकाएकी लक्ष्मीले आजसम्मको सहयात्रामा असन्तुष्टिका सुस्केराहरू सुसेलेको थाहा छैन ।

जीवनका रहर र इच्छाहरूलाई जो गीत, गजल, कविता र कथामा धित मार्छिन्, तिनको म के कथा लेखूँ ? घरबिनाको घरबारको तालासाँचो तिनलाई सुम्पेर म निस्कैँ, अरूहरूकै कथा खोज्न ।

***

गम्भीर सिंह

भाइ लालबहादुरले २०४६ सालमा सहादत प्राप्त गरेपछि रोइरहेकी आमालाई गम्भीर सिंहले भनेको थियो–

"तपाईँलाई रूवाएर म कहिल्यै मर्नेछैन आमा, नरूनुस् !"

पापी समयले उसको प्रतिज्ञालाई झूटो सावित गरिदियो । असी नाघेकी आमा आज गम्भीर सिंहको उही प्रतिज्ञालाई पलपलमा सम्झिँदै भक्कानिइरहन्छिन् । भन्छिन्–

"भगवान् ! बुढेसकालमा संसारका कुनै पनि बाआमाले छोराछोरी गुमाएर टुहुरा बन्नुनपरोस् ।"

गम्भीर सिंह समाजको कुनै दुष्ट र फटाहा थिएन । कुनै भ्रष्ट नेता र घुस्याहा कर्मचारी पनि थिएन । न कुनै शोषक, सामन्त र अत्याचारी थियो । थियो त केवल एक सामान्य किसान । पश्चिम तराईको एक ग्रामीण बासिन्दा । सर्वसाधारण नेपाली नागरिक ।

माओवादी युद्धकालमा भूमिगत छापामारहरूले आधा रातमा घरबाट हिँडाएको गम्भीर सिंह कहिल्यै फर्केन । आमा रोइन् र रोइरहिन् ।

शोकैशोकमा बाबु बिते । आफन्तहरू कराए । क्रान्ति सफल भयो । भूमिगत छापामारहरू खुला जीवनमा आए । माओवादी पार्टी सत्तामा आयो तर गम्भीर सिंह आएन । आजसम्म पनि फर्केर आएन । कहाँ गयो ? कता हरायो ? मारियो अथवा जिउँदै छ कि ? अत्तोपत्तो छैन । बेपत्ता पारिएको गम्भीर सिंह कहिल्यै त फर्केर आउला र कथा लेखौँला भनेर बसेको छु । ऊ फर्केर आउँदा उसको कथा अर्कै हुनेछ । यो होइन, उसको कथा ।

***

सरस्वती दिदी

दिल्लीबाट फर्केपछि राजबहादुरले एक दिन सुनायो-

"सरस्वती दिदी रेडलाइट एरियामा छे ।"

"कहाँ हो, रेडलाइट एरिया ?"

"नरक । हो, दिल्लीको रेडलाइट एरियामा अवस्थित नरक कोठीमा ऊ नारकीय जीवन व्यतित गर्दै छे ।"

गुलाबजस्तो फक्रिन नपाउँदै ऊ गाउँबाट बेपत्ता भएकी थिई । गुराँसजस्तो लालिमा भरिन नपाउँदै ऊ घरबाट भागेकी थिई । उसको कथा लेखिन नपाउँदै ऊ हाम्रो संसारबाट अलप भएकी थिई । यौवनका पखेटा पूर्णरूपमा पलाउन नपाउँदै ऊ गाउँबाट उडेकी थिई । सायद कुनै प्रेमिल युवकको मोहनीमायामा भ्रमित भएर हिंडेकी थिई ।

सरस्वती दिदीको जिन्दगी आँखामा देखिन बाँकी थियो । आँसुमा भोगिन बाँकी थियो र ऐनामा टल्किन पनि बाँकी थियो ।

स्वर्गबाट फर्किन सक्दैन मान्छे तर नर्कबाट अवश्य फर्किन्छ, एक दिन । फर्केपछि उसको कथा अर्कै भएर आउनेछ । यो होइन, उसको कथा ।

***

झङ्करे कामी

सोझा फलामका पाताहरूलाई पिटेर कुरूप्प कुप्रिएको हँसिया बनाउने झङ्करेले आफ्नै आरनअगाडि आफ्नो जिन्दगीलाई कुप्रिएको हेर्न चाहेन । आरनमा फलाम पिट्दा पिट्दा शरीरको पसिना सकिएपछि एक दिन ऊ गाउँ छोडेर हिँड्यो । गाउँमात्रै होइन, देशै छोडेर हिँड्यो । आफूमात्रै होइन, कल्सरी कमिनी र चारोटा लालाबालाहरूलाई काँधमा बोकेर उसले आफ्नो माटो छोड्यो । गाउँ छोडेको बत्तीस वर्ष भयो । त्यस यता उसको खबर कहिल्यै सुनिएन । कहाँ गयो होला ऊ ?

बुढापाकाहरू अनुमान लगाउँछन्- "बम्बैमा छ झङ्करे ।" तर खै, कहाँ छ ऊ ? कुनै अत्तोपत्तो छैन ।

आफ्नो माटो छोडेर जानुको दर्दनाक विवशता झङ्करेबाट सुन्ने अवसरै पाइएन । कहाँ गयो होला झङ्करे ? फर्केर कहिल्यै गाउँमा आएन । एकपटक पनि फर्केन ऊ । आफ्नो माटो सुँघ्न पनि आएन । कहिल्यै त आउला कि ? आउँदा उसको कथाले हृदयका तारहरू झङ्कृत गर्नेछ । यो होइन, उसको कथा ।

***

ललिता कुमारी

विवाह गरेर गएपछि ललिताको जिन्दगी कस्तो भयो थाहा छैन । लाग्थ्यो, ऊ मेरै अगाडि हाँसिरहोस्, नाचिरहोस् । सधैं-सधैं मुस्कुराइरहोस् । काँक्राको लहराजस्तो उसको जिन्दगी सधैं लहराइरहोस् । तर ललिता कहिल्यै फर्केर आइन माइती गाउँमा ।

ती दिनहरूमा कवितामा वर्णन गर्न सकिने थिई ऊ । गीत र गजलमा पुकार्न योग्य र अतिशय योग्य थिई तर मसँग परिपक्व कवि थिएन ।

यी दिनहरूमा उसको रोमाञ्चकारी जीवनकथा कसरी अगाडि बढ्यो र बढ्दै छ । कथामा अवश्य वर्णन गर्ने थिएँ तर मसँग भुक्तभोगी ललिता छैन आज ।

कहाँ गइहोली ऊ ? पहाडमा ढुङ्गा-माटोसँग पौठेजोरी खेल्दै छे कि ? तराईँका भावरमा घाँस दाउरा गर्दै छे कि ? अथवा ग्रामीण बजारको कुनै सानो झुपडीमा चिया पकाएर बेच्दै छे कि ? म पूर्णतः बेखबर छु उसको जिन्दगीबाट । भेट्दा उसको कथा रोमाञ्चकारी भएर आउनेछ । यो होइन, उसको कथा ।

***

खोजराम चौधरी

कमैया जिन्दगीबाट मुक्त भएपछि रामबहादुर च्याउखेती गर्न थाल्यो । चन्द्रिका बडायकले राज मिस्त्रीको काम सिक्यो । अङ्गानु चौधरी पेन्टिङ गर्न थाल्यो । पिरमलाल सिपालु काठमिस्त्री बन्यो । हरिरामले सैलुन चलाएर युवाहरूलाई इलमप्रति आकर्षित गऱ्यो । धनबहादुर र राजमतीले विद्यालयको जग्गा लिजमा लिएर तरकारी खेती गर्न थाले ।

मुक्त कमैया शिविरमा रहरलाग्दो जिन्दगी बाँचिरहेका छन् उनीहरू आज । श्रमबिना उत्तिकै कोही बस्दैन । इलमबिना कोही फाल्तु देखिँदैन । सबैका हातमा कुनै न कुनै सीप छ । शरीरमा जाँगर छ । पाखुरीमा पौरख छ । रहर लाग्दो पौरखी जीवन बाँचिरहेका छन्, उनीहरू आज ।

तर एउटा अभाव खड्किरहन्छ, बारम्बार ।

के ?

अभाव के भने उनीहरूसँगै मुक्त भएको खोजराम देखिँदैन आज, कतै पनि । मुक्त कमैयाहरूका सारा शिविर चहार्दा पनि देखिएन ऊ । एक-एक घर छान मार्दा पनि भेटिएन ऊ । कहाँ गयो होला ? उसका सँघारीहरू भन्छन् -

"द्वन्द्वकालमा सेनाको निशानामा थियो ऊ । कहाँ गयो थाहा छैन ।"

ऊमात्रै होइन, उसको पूरा परिवारै बेखबर छ, आजसम्म । कहाँ गयो होला खोजराम, पूरा परिवार बोकेर ? कुन इलममा लागेर के प्रगति

गर्दै छ आज ऊ ? भगिरथ प्रयास गर्दा पनि भेटिएन ऊ ऐलेसम्म ।
उसको उन्नतिको उत्साही कथा लेख्ने आकाङ्क्षा बाँकी छ । यो होइन,
उसको कथा ।

***

आकाश देव

उनको जीवन रोमाञ्चकारी लागेन आजसम्म । उपन्यासको निस्क्रिय
पात्रजस्तो । हाँस्दैनन् । रूँदैनन् । बोल्दैनन् । चल्दैनन् । अभावसँग
सामना गर्नुपरेन उनले । गरिबीसँग जुध्नुपरेन । भौतिक सुख र सुविधामा
सम्पन्न । कुनै विस्मयकारी घटनाहरूले तरङ्गित भएनन् उनी । जमेको
तलाउलाई पनि तरङ्गित गर्न सकेनन् । समय-समयका हुरी बतासले
उनको आँगनका रूखहरूका पात हल्लिए तर उनी कहिल्यै हल्लिएनन् ।
के सुनाउने उनको कुरा ? कसरी लेख्ने उनको कथा ? जहाँ मन छुने
सङ्घर्ष छैन, जहाँ आँखा रसाउने दृश्य छैन, जहाँ हृदय छुने जिन्दगी
छैन, त्यहाँको के कथा लेखूँ ? यो होइन उनको कथा । उनी होइनन्,
यस कथाका पात्र ।

कसको हो त यो कथा ?

जो सङ्घर्ष गर्दागर्दै या आफू पराजित भए या त समयलाई पराजित
गर्न सके । जसले संसाररूपी रङ्गमञ्चमा आएर धेरैको मन छुन सके ।
जसले मनलाई बिथोलेर मुटु हल्लाउन सके । जो हृदयरूपी ऐनामा
प्रतिविम्बित भए र भैरहेछन्, मेरो सानो जगत्का तिनै पात्रहरू छन्
यसमा । तिनैको कथा हो यो ।

अनि म ?

मेरो कथा ?

म यतै कतै प्रकट भएको छु !

मेरो कथा यसमै अटाएको छ !

***

खेल

रेडियो थिएन । टिभी थिएन । कम्प्युटर थिएन । फोन थिएन । मोबाइल थिएन । साइकल थिएन । गाडी थिएन ।

के थियो त ?

चिलगाडी ।

बस्, एउटा चिलगाडी थियो त्यस बेला । आकाशमा प्रायःजसो घुमिरहन्थ्यो । धर्तीबाट हेर्दा आकाशमा चिलजत्रै देखिन्थ्यो । चिलजस्तै उडिरहन्थ्यो प्रायः । चिलगाडीको आवाजले हामी रोमाञ्चित हुन्थ्यौँ । घर भित्रबाट बाहिर निस्किन्थ्यौँ । झाडीबाट खुला फाँटतर्फ दौडिन्थ्यौँ । एउटा हातको पाली बनाएर सूर्यका किरणलाई छेक्दै चिलगाडी उडेको तर्फ हेरिरहन्थ्यौँ । चिलगाडीको आवाज सुन्नेबित्तिकै रूपा मुख आकाशतिर फर्काएर उफ्रिँदै कराउँथी-

"चिलगाडी, मेरो बाबालाई ल्याइदे... मेरो बाबालाई ल्याइदे !"

शान्ति, लीलावती, मालती, च्यान्टे, जैभाने, गोरे, सबैजना उफ्रेर कराउँथे-

"चिलगाडी, मेरो बाबा ल्याइदे ! मेरो बाबालाई ल्याइदे !"

सबैका बाबा प्रायःजसो बम्बै गएका हुन्थे । जोरजोरले कराएपछि चिलगाडीले आफ्नो बाबालाई ल्याइदिन्छ भन्ने बालविश्वास सबैमा हुन्थ्यो । आवाज आकाशसम्मै पुग्ने किसिमले रूपा कराउँथी -

"चिलगाडी, बम्बैबाटी मेरा बाबालाई ल्याइदे !"

रूपासँग सब कराउँथे । कराउँदा कराउँदै उफ्रिन्थे । फेरि चिच्याउँथे । चिलगाडीसँगै दौडेर फेरि कराउँथे । म पनि त्यो रमाइलोबाट आफूलाई

रोक्न सक्दिनथेँ । मेरो अन्तहृदयबाट उल्लास उर्लेर आउँथ्यो । म झनै जोरले चिच्याउँथेँ-

"चिलगाडी, मेरो बाबालाई ल्याइदे !"

आकाशको एउटा कुनामा देखिएको चिलगाडी अर्को कुनामा पुगेर नबिलाउन्जेलसम्म हामी उफ्री-उफ्री कराइरहन्थ्यौँ । आकाशको चिलगाडीसँग गरेको बाल अनुरोधलाई रमाइलो मानेर बुढापाकाहरूले हेरिरहे पनि मेरो चिच्याहटसँगै आमा घरको भित्तातिर मुख फर्काउनुहुन्थ्यो र घ्वाँ-घ्वाँ रोएको म देख्थेँ । काइँली फुपू भन्नुहुन्थ्यो-

"बम्बै गएका मुन्छेलाई पो चिलगाडीले ल्याउँछ त, मरेका मुन्छेलाई पनि ल्याइदे भनेर ल्याउला र ? तैँले तेसो भन्नुहुन्न बा, तेरा बा त मरिसके । अब चिलगाडीले कैल्यै ल्याउँदैन ।"

मेरो मनमा भक्कानो फुटेर आउँथ्यो । शरीरमा चिड्चिडाहट पैदा हुन्थ्यो । सबैका बालाई चिलगाडीले ल्याउने रे । सबैका बाले नौलानौला लुगा र खानेकुरा ल्याउने रे, तर मेरा बालाई चिलगाडीले कैल्यै नल्याउने रे । मर्न छोडेर मेरा बा पनि बम्बै गएका भए हुने नि । यस्तो सोच्दै म समयसँग ठुस्केर रूइनी फेदमा बटारिइरहन्थेँ । साथीहरूसँग अलग भएर धेरै बेरसम्म कसलाई हो कुन्नि घुर्की लगाइरहन्थेँ ।

धेरै बेरपछि रूपा आएर फकाउँथी-

"रघु, चिलगाडी त उः द्वारीडाँडापारि बिलाइसक्यो । आऊ, अब हामी इजरकाटी खेलौँ ।"

रूपाले दुइटा हँसिया लिएर आउँथी । एउटा मलाई दिएर भन्थी-

"लेऊ रघु, तिमी यसले काट ।"

गाउँका बुढापाकाहरू डाँडापाखामा इजर काट्न गएका हुन्थे । डाँडापाखाका ससाना रूख, झार र बुटाहरू फाँडफुँड गर्थे । उजाड बनाएपछि त्यसैमा गहत मास छर्थे । हामी घरमा इजर काट्न थाल्यौँ । त्यस दिन रूपाका हातमा एउटा हँसिया थियो । मेरो हातमा अर्को । हामी मकैबारीको एउटा छेउबाट इजर काट्न थाल्यौँ । रूपा र म दुई

जना मिलेर असारका दुई कान्ला मकै स्वाहा । मकैबारी फाँडेर उजाड बनाएपछि भन्यौँ-

"लौ, अब इजर तयार भो । मास छर्नुपऱ्यो ।"

साँझमा आमा जब घर फर्किनुभयो, मकैबारी हेरेर बौलाहीजस्तै हुनुभयो । हातमा बाँसको लौरो लिएर मलाई लखेट्न थाल्नुभयो । म भागेर पर ऐरीझारमा पुगिसकेको थिएँ । उता हेर्छु त रूपाका बा सिस्नु पानीमा चोबेर तडातड रूपाका कलिला हात र खुट्टामा हिर्काउँदै थिए । कसरी-कसरी फुत्केर चिच्याउँदै रूपा मै भएतिरै दौडिई । भागेर हामी कति टाढा पुग्यौँ, थाहा भएन । राति अबेरसम्म पनि नफर्किँदा फेरि उहाँहरू हैरान । खोज्दाखोज्दै जब हैरान भएका देख्यौँ । अनि घोसेमुन्टो लाएर घर फर्कियौँ । यो बालबिठ्याइँले नै पनि हाम्रो बाललीलालाई आनन्दमय बनाएको थियो । जीवनको एक अनमोल क्षण थियो त्यो ।

***

बज्यै भन्नुहुन्थ्यो-

"काम गर्न सिक न बाबै, लगाएको खेती फाँडेर पनि खान पाइन्छ ? तिमीहरूको उमेरमा त हाम्रो बिहे भैसक्याथ्यो बाबै ! तेरा बाजे तँजत्रै हुँदा परदेश गैसक्याथे । म रूपाजत्रै थिएँ । घर सम्हालेर बसेँ । सासू-ससुराको सेवाचाकरी गरेर बसेँ । तिमीहरू नहुने मेलो गर्छौ । कसरी गरी खान्छौ बा, काम गर्न सिक न, काम ।"

अर्को दिन खेल्दै जब पीपलचौरको मैदानमा पुग्यौँ, मैले भनेँ-

"लौ अब बिहे गर्ने ।"

रूपा, लीलावती, शान्ति, मालती, गोरे, च्यान्टे, जैभाने सबै खुशीले उफ्रे-

"लौ, अब हामी बिहे गर्ने !"

सबैभन्दा अगाडि रूपाले उफ्रिँदै मेरो हात समाएर भनी-

"म तँसँग मात्तै बिहे गर्छु ।"

जैभानेले भन्यो -

"तेसो भे तिमीहरू मात्तै बिहे गर । म गर्दिनँ ।"

ऊ ठुस्केर पीपलको फेदमा घोसेमुन्टो लाएर बस्यो । गोरेले मालतीसँग बिहे गर्ने भयो । लीलावती र च्यान्टेको जोडी खूब सुहायो । जैभानेलाई मैले भनैं, "शान्तिसँग बिहे गर् न । किन ठुस्केर बस्छस् बाउँठे ?"

"तैं गर् न पाजी, त्यो चन्डाल्नीसँग ।"

ऊ झन् ठुस्कियो । शान्ति अशान्त भई । रून्चे स्वरमा भनी-

"मसँग को बिहे गर्छ त अब ?"

"जैभाने गर्छ नि ।", मैले भनैं ।

"गर्दिनँ त्यो कुक्कुरसँग ।", ऊ झन् ठुस्किई ।

जैभानेलाई सोधैं, "कोसँग गर्छस् त ?"

"म रूपासँग मात्तै गर्छु ।", घोसेमुन्टो लाएर भन्यो ।

अब ठुस्किने पालो रूपाको थियो । ठुस्केरै भनी-

"म त्यो फोक्सेसँग बिहे गर्दिनँ ।"

मैले रूपाको कानमा फुसफुस गरैं-

"ऐले एक छिन मात्रै त्योसँग गर के ! पछि तिमी र म बिहे गरौंला । त्योसँग त ख्यालख्याल हो के ।"

रूपाले मेरो वचन हार्न सकिन । असाध्यै मायालाग्दो मुख बनाएर एकपट्टि टाउको हल्लाई । जैभाने खुशी भयो । युद्ध जितेजस्तै मान्यो उसले ।

रूपा निन्याउरो मुख लगाएर जैभानेसँग गई । मलाई असाध्यै माया लाग्यो त्यस बेला रूपाको । शान्ति मेरो हात समातेर उभिई । हामी सबैले एक-एक ओटी स्वास्नी बिहे गर्‍यौं ।

स्वास्नीको आङ ढाक्न बम्बै जानै पर्ने बाध्यता हुन्थ्यो । बिहेपछि स्वास्नीलाई छोडेर हामी नजिकैको झाडीमा बम्बै गयौं । बम्बैबाट फर्किंदा खुला दुबीचौरमा स्वास्नीहरू आँखा चिम्म गरेर लहरै सुतेका हुन्थे । एक छिन आ-आफ्नी स्वास्नीमाथि चढ्थ्यौं । केही बेरपछि लीलावती, मालती र शान्तिले लाम्चा परेका ढुङ्गा अथवा काठका टुक्रालाई काखमा लिएर नवजात शिशुको आवाजमा आफैं च्यहाँ....च्यहाँ गर्थे र आफ्ना छोराछोरीलाई छाती खोलेर दूध चुसाउँथे । ठीक यसै बेला आफूमाथि चढ्न लागेको जैभानेलाई लात्ताले हिर्काएर रूपा चिच्याउँथी-

"तँ माँटोक्नेसँग म बिहे खेल्दिनँ । उता मर् राँडीका छोरा !"

रूपा ठुस्केर मेरो हात समात्न आइपुग्थी । जैभाने मुरमुरिएर फेरि पीपलका फेदमा बटारिन्थ्यो । अब जैभानेले उपद्रो गर्ने भो । म डराउँथेँ । म फेरि रूपाको कानमा फुसफुस गर्थें-

"ऐले एकै छिनलाई हो क्या, पछि हामी बिहे गरौँला ।"

रूपा र जैभाने फेरि लोग्नेस्वास्नी हुन्थे । हामी फेरि पनि पीपल चौरको झाडीमा बम्बै जान्थ्यौँ । बम्बैबाट फर्किँदा सबैका स्वास्नीहरू दुबीचौरमा लहरै सुतेका हुन्थे । हामी फेरि आ-आफ्नी स्वास्नीका माथि चढ्थ्यौँ ।

***

एक दिन मितबाका पछाडि लागेर म द्वारीडाँडाको लिस्नेभीरबाट तल ओर्लिएँ । घरबाट साथीहरूसँग छुट्टिएर आउनुपर्दा मलाई असाध्यै नरमाइलो लाग्यो । आफ्नो लोग्ने बनेको जैभानेलाई लात्ताले हिर्काएर मसँग टाँसिन आउने रूपा बाटोमा पनि मसँगै हिँडेको अनुभव गरिरहेँ । खुल्लीखोलाको तीरैतीर हिँड्दा पश्चिमको सूर्यलाई छेकेर बनेको मेरो छायाँ मसँगै लम्किरह्यो । म त्यसलाई रूपा नै हो भनेर भ्रमित भैरहन्थेँ । बाटामा भेटिने ठूला खोलामा मितबा मेरा हातै समातेर पारि तार्थे । म रूपाले हात समातेको कल्पना गर्थें । बाटामा कति गाईगोठ भेटिए । कुखुरा, बाख्रा र बँदेल पालेका कति खर्क भेटिए । साँझपख लहरै आगो बालेर कुखुरा, कालिज र लुइँचेका मासु भुटिरहेका कति हटारूहरू देखिए । मन त्यसै त्यसै रमाइरहेको त थियो परन्तु पीपल चौरको जस्तो रमाइलोचाहिँ थिएन ।

तेस्रो दिनको दिउँसो झाप्रीखोला तरेर उकालो हिँडेपछि मालिकाको डाँडाबाट तल समथर फाँट देखाउँदै मितबाले भने-

"उः त्यै हो मलवार, चारोटा नदी तरेर जङ्गल छिचोलेपछि गौरीफन्टा आउँछ । त्याँबाट रेल चढेर तीन दिनमा हामी बम्बै पुगिहाल्छौँ ।"

***

मितबाको बम्बै म पैलोचोटि जाँदै थिएँ । यसअघि हामी पीपलचौरको बम्बै जान्थ्यौँ । कैले शान्तिसँग, कैले रूपासँग बिहे गरेर म बम्बै जान्थेँ । पछिल्लो पटक पीपलचौरमा रूपासँग बिहे खेलिसकेपछि त्यो खेल प्रायः बन्द भएको थियो । रूपासँग खेलेको अन्तिम बिहेलाई सम्भिँदै म बम्बै जाँदै थिएँ । पीपलचौरको होइन, साँच्चिकैको बम्बै । मालिकाको डाँडा काटेको पाँचौँ दिनमा हामी बम्बै पुग्यौँ । मितबाको बम्बै अर्कै थियो ।

साँच्चिकैको बम्बै पीपलचौरको बम्बैजस्तो थिएन । त्यहाँ अग्ला घरहरू थिए धेरै, हाम्रो सल्लेघारीका सल्लाका रूखहरूजस्तै । घरैघरको जङ्गल थियो बम्बै । समुद्र थियो, झाप्री खोलाका नीलो तालहरूभन्दा भयानक । सयौँ चिलगाडीहरू थिए । आकाशका झिलिमिली ताराहरूजस्तै लाखौँ बिजुलीबत्ती थिए । भेडाका हूलजस्तै गाडीहरू लामका लाम थिए । मान्छेहरू गोरा र चिल्ला थिए । आधा शरीरमात्रै छोपेका आइमाईहरू थिए प्रशस्तै । केटीहरू गोरा, चिल्ला र राम्रा-राम्रा थिए । कोही रूपाजस्ता पनि थिए । तर रूपाभन्दा राम्रा कोही थिएनन् ।

अहँ, मेरो मन बम्बैमा बसेन ।

एक दिन मितबालाई भनेँ, "म बम्बैमा बस्दिनँ ।"

"क्या अर्न्या होइ त, काँ जान्या ह्वै ?"

"म मधेसमा गएर पढ्छु ।"

"लौ, जा त राम्ररी पढ्नू । एक-दुई मैनाको बादमा चिठी पठाउँदै अर्नू ।"

मितबाले सावनको मैनामा चन्द्रे खत्रीसँग मलाई रेलमा चढाइदिए । म मधेसमा आएर पढ्न थालेँ । थारू गाउँको बसाइ असाध्यै नियास्रो लाग्ने खालको हुन्थ्यो । पटकपटक सम्झना हुन्थ्यो- रूपाहरू अझै पीपलचौरमा बिहे खेल्दै छन् कि ? एक दिन साथी कमलले फिलिम हेर्न जाऊँ कि जाऊँ भनेर कर गर्‍यो । जब फिलिम हेरेर फर्किएँ, मैले आफूलाई रोक्नै सकिनँ । म असाध्यै रोएँ त्यस दिन । रूपाको सम्झनाले म पानीपानी भैसकेको थिएँ ।

जसोतसो चार वर्ष पढेर जब म घर फर्किएँ, आमाले भन्नुभो-

"तेरा साथीहरू सबैले बे अरिसके । रूपा, शान्ति, मालती, जैभाने, गोरे सबैको बे भैसक्यो । अब यै मङ्सिरमा म पनि ब्वारी ल्याउँछु । बे अर्ने उमेर भैसक्यो तेरो ।"

म छाँगाबाट खसेँ । "रूपाको बे भैसक्यो" भन्ने आमाको वाक्य कानमा गुन्जिरह्यो । के रूपाको साँच्चिकैको बिहे भैसक्यो ? उतिखेर "तँसँग मात्रै बिहे गर्छु" भन्ने रूपाले ऐले किन अर्कैसँग बिहे गरी ? किन क्यै नभनेर चुपचाप बिहे गरी ? मेरो मथिङ्गलमा सयौँ बारूले प्रश्नहरू रिङ्गिरहे । मेरा लागि पीपलचौरको सम्झना तीतो भएर आयो । केटौले उमेरदेखि नै पलाएको बिहे गर्ने रहर मरेर गयो । मनमा विरक्ति लागेर आयो । काँइली फुपू भन्नुहुन्थ्यो-

"बाबै, समयमै लाको खेती राम्रो, बैंसमै भाका छोराछोरी राम्रा । उमेरमै बिहे गर्नुपर्छ । तेरा दौँतरीहरू कोई पनि बाँकी छैनन् अब ।"

बिहेको कुरा उठ्दा मेरा मनमा रूपाको सम्झना गाढा भएर आउँथ्यो । रूपाले गरेको विवाह पीपलचौरमा जैभानेसँग गरेको जस्तो ख्यालख्याली थिएन । अब उसको साँच्चिकैको बिहे भैसक्यो । ऊ अब आफूमाथि चढ्न आउने जैभानेलाई हिर्काएजस्तै आफ्नो लोग्नेलाई लात्ताले हिर्काउँदिन होली । ऊ आफ्नो लोग्नेलाई छोडेर मेरो हात समाउन आउँदिन होली । मसँग उसको बिहे अब कहिल्यै हुँदैन । हामी साँच्चिकैको बिहे पछि गरौँला भनेको थिएँ । त्यो 'पछि' आएकै थिएन । किन रूपाले अर्कैसँग बिहे गरी ?

मेरो मन सारै उदास भएर आयो । बिहे गर्ने रहर त्यागेँ । म पढ्न काठमाडौँ गएँ । बिदाको बेलामा कहिलेकाहीँ घर आउँदा पनि आमाको उही करकर सुनिन्थ्यो-

"बरू आफ्नै इच्छा लागेको केटीसँग गर् तर यो मङ्सिरसम्म पनि तैँले बिहेचाहिँ गरिनस् भने म जोगिनी हुन्छु । कहिले पनि घर फर्किन्नँ बुझिस् कुरो ।"

दशैँको तेस्रो दिन आमालाई भनेँ-

"तेसो भए काइँला भण्डारीकी छोरीको कुरा गर्न जानोस् ।"

आमा जानुभयो ।

"केटाकेटीको चित्त बुझियो भने पढेलेखेको केटोलाई छोरी नदिनु के छ र ? तुम्रा छोरालाई छोरीसँग कुरा गर्न आजै पठाइदेऊ ।"

काइँला भण्डारीले आमालाई त्यसो भनेर पठाएपछि म त्यसै दिन सृष्टिसँग कुरो छिन्न गएँ । कुरैकुरामा उसले नढाँटीकन भनी-

"म आफ्नो ब्वाइफ्रेन्डलाई छोड्न सक्तिनँ । त्यो कुरा मञ्जुर छ भने मात्र म तिमीसँग बिहे गर्छु, नत्र गर्दिनँ ।"

धन्य सृष्टि ! धन्य सम्बन्ध !

जमाना कहाँको कहाँ पुगिसकेछ । मलाई जिन्दगी ख्यालख्यालकै हो कि जस्तो पनि लाग्यो । सृष्टिले मसँग ख्यालख्यालको बिहे गर्नेजस्तो कुरा पो गरी । हाम्रो पीपलचौरको बिहेजस्तो । ख्यालख्यालको बिहे त हामीले पीपलचौरमा गरिसक्याथ्यौँ नि ! के अब यो उमेरमा पनि ख्यालख्यालको बिहे गरिन्छ र ? सायद विवाह र सम्बन्धमा समयले खेलाची गर्न सुरू गरिसक्यो कि ? सृष्टिको कुराले मलाई नराम्ररी झस्कायो ।

"शहरबाट नै विवाह गरेर म हजुरका लागि राम्री ब्वारी ल्याइदिउँला ।" हिँड्ने बेलामा आमासँग यत्ति भनेर म चाँडै काठमाडौँ फर्किएँ ।

***

लगातार चार वर्ष काठमाडौँमा बसेपछि पीपलचौरमा हामीले खेल्ने गरेका ग्रामीण खेलहरू मैले प्रशस्तै देखैं । सायद बाललीलाहरू पनि शहरमा पसेपछि प्रौढ भए कि जस्तो लाग्यो ।

एक दिन मैतीदेवी मन्दिरको फलामे बेन्चमा झोक्राएको थिएँ । बैंस विस्फोट होलाजस्ती नवयौवनालाई पिठ्युँमा बोकर एक अधबैंसे पुरूषले गेटनेरै मोटरबाइक रोक्यो । अधबैंसेको पिठ्युँमा बेसरी घोचिरहेका उसका स्तनहरू मोटरसाइकलबाट ओर्लिएपछि उछिट्टिए । एक-अर्काको हात समातेरै पुरूष र युवती मन्दिरका अगाडि उभिए । मूर्तिहरूलाई प्रणाम गरे । टीका लगाएर एक-अर्कालाई अङ्कमाल गरे । उनीहरू फर्किन लाग्दा मैले गौर गरैँ- धन्य भगवान् ! ती अधबैंसे पुरूष कोल्टीपाखाका

मल्ल काका थिए । उता काकी दुःखजिलो गरेर गाउँको बिंडो थामिरहेकी थिइन् । ती युवतीभन्दा उमेरदार उनका छोरीहरू थिए तर जागिर खान काठमाडौँमा बसेका मल्ल काकाको खेल भने अर्कै थियो । ती युवती मल्ल काकाको जागिर र पैसामा यौवनको खेल खेल्दै थिइन् ।

मल्लेनी काकीलाई सम्झेँ- "वैवाहिक खेलकी ख्यालख्यालकी पात्रजस्ती बिचरी !"

रत्नपार्कको छेउ लागेर साँझ अबेरतिर कोठामा फर्किंदै थिएँ । भित्तामा अडेस लागेकी एक युवतीलाई एउटा लाठेले च्यापेको देखेँ-

"डार्लिङ भोलि त ब्यानैदेखि रिल्याक्स गर्न जाने ल ।"

युवकको प्रस्तावमा "हस्" भन्ने उसको मसिनो प्रत्युत्तर सुनेँ । बिस्तारै अघि बढ्दै थिएँ । पछिबाट आउने त्यही युवती लमकलमक गर्दै अघि बढ्दा पो बल्ल चिनेँ । आम्मै, त्यो त च्युराघरे पारू दिदी पो रैछे । च्युराघरे पारू तीन वर्षअघि नै पढ्न काठमाडौँ आएकी थिई । काठमाडौँमा ऊ प्रियलता भएकी रैछे । यतै बिहे गरिछे उसले । उसको श्रीमान् दुई वर्षदेखि दुबईमा छ, कमाउन गा'को रे । यता प्रियलताको अर्कै खेल देखेँ । यो खेल ख्यालख्यालकै हो कि साँच्चिकैको हो छुट्याउनै सकिनँ ।

मानसिक र शारीरिकरूपमा थाकेर अबेर कोठामा पुग्दा कहिलेकाहीँ वसुधा भाउजू भान्साबाटै कराउँथिन्-

"बाबू, खाना मैले पकाइसकेँ । कोठामा पकाउनुपर्दैन ।" सधैँ होइन, कहिलेकाहीँ । घरकी धनी वसुधा भाउजू खाना खान बोलाउँथिन् । उनका श्रीमान् दुई वर्षदेखि कोरियामा थिए । सानो छोराको साथमा उनी माथिल्लो तलामा बस्थिन् । म थिएँ एक वर्षदेखि भाडामा । समवयस्कका कारण मसँग निकट व्यवहार थियो उनको । सङ्कोचहरू दूर थिए । आत्मीयता निकट थियो, किन-किन !

एक वर्षको बसाइँ त्यति लामो होइन तथापि हृदयको सानिध्यता उनका लागि ठूलो आधार भएको कुरा उनका व्यवहारबाट म सहजै

अनुमान लगाउन सक्थेँ । एक दिन यस्तै आत्मीयतापूर्वक पाइन्ट खोल्न लगाइन् उनले ।

पाइन्ट खोल्न लगाएर के त ?

केही होइन । मैलिएको पाइन्ट खोल्न लगाएर उनैले धोइदिएकी थिइन् । यतिसम्म थियो, वसुधा भाउजूको आत्मीयता ।

शनिबारको दिन म दिपेशसँग चाँगु गएको थिएँ । नास्ताको पैसा तिर्न भनेर पर्स खोलेको मात्रै के थिएँ- चकित परेँ । पर्समा एक-एक हजारका पाँचवटा नोट सजिएका थिए । कहाँबाट कसरी आयो पर्समा यत्तिका पैसा ? कसले राखिदियो ? भगवान्ले राखिदिए कि ? दिपेशसँग भनेँ, उसले पत्याएन । पैसा देखाएपछि चाहिँ उसले जिस्क्यायो-

"कतै मोजमा त छैनस्, अबे केटा ?"

"के मोज ? कस्तो मोज ?"

"ओइ केटा, लभ चक्करमा त छैनस्, कतै ?"

"लभ चक्करबाट के तलब आउँछ रे बेबकुफ ?"

"आउँछ रे केटा, आउँछ । मलाई लाग्छ, तँ मोजमा छस् ।"

"कस्तो मोज ? के मोज ? भन् न यार ।"

"अरे बेबकुफ तलबवाला लभ अर्कै हुन्छ । मोज लभ ।"

ऊ भन्दै गयो-

ऊ जहाँ-जहाँ बस्यो, त्यहींका घरपट्टिसँग उसको मोज लभ भयो । तरूनी श्रीमतीलाई छोडेर उनीहरूका श्रीमान् विदेश गएका हुन्थे । हामीले पीपलचौरमा आ-आफ्ना श्रीमतीलाई छोडेर बम्बै गएजस्तो । तरूनी घरपट्टिहरूसँग बेडलभ भएपछि पैसाको टन्टा आफैँ हराएर गयो । कुनै महिना, कुनै दिन पनि उसलाई पैसाको अभाव खड्केन । घरमा बस्ने अवधिसम्म खूबै माया दिन्छन् । खर्चको अभाव हुनै दिँदैनन् । कुनै समयपछि उनीहरूका श्रीमान् आउँछन् अथवा उनीहरू स्वतः यौन पार्टनर फेर्छन् ।

उसले भनेको रोमाञ्चक रहस्यमा म रूमल्लिएँ । उसले आफ्नो अनुभव भनिसक्दा मलाई 'सुइयँ' गर्न मन लाग्यो । धन्य जिन्दगी ! धन्य प्रेमको लीला ! अहो ! कस्तो खेल !

मैले आफ्नो बाल्यकालीन पीपलचौरको खेललाई सम्झें । रूपा नचाहिकनै जैभानेसँग बिहे गर्थी । तर साँचो प्रेम मलाई गर्थी ऊ । म नचाहीकनै शान्तिसँग बिहे गर्थें तर साँचो प्रेम रूपालाई गर्थें । त्यो अनमोल र स्वर्गीय खेलको अन्त्य कसरी भयो ? थाहै भएन । यस्तै यस्तै अनमोल लीलाहरूको लेखोट नै त रै'छ यो जीवन ।

घरधनी आइमाईहरूसँग भएका दिपेशका मोज लभका रोचक कुरा सुनेपछि पर्समा पैसा राखिदिने शङ्काको घेरामा मैले वसुधा भाउजूलाई राखें ।

म कोठामा पुग्दा अथवा घरैमा बस्दा उनको अनुहार सधैं हँसिलो र स्वभाव फरासिलो हुन्थ्यो । मेरो अगाडि चञ्चल भएर सधैं चलायमान रहन्थिन् उनी ।

"वसुधा भाउजूले नै हुनुपर्छ पर्समा पाँच हजार राखिदिएको ।", आफ्नै मनसँग भनें मैले तर दिपेशसँग भनिनँ । उस्तै अबेर गरेर फर्किने क्रममा मानसपटलमा वसुधा भाउजू नाचि रहिन्, हाँसिरहिन् ।

"कति पढाइमा मात्र झोत्राइरा'को, कैलेकाँही फ्रेस पनि त हुनुपर्छ नि । भाउजूलाई फिलिम हेर्न लैजाने कुरै गऱ्या होइन आजसम्म ।" केही दिनअघि जिस्केर भनेकी थिइन् उनले । वसुधा विम्बित हुँदै थिइन् अहिले बाटोमा र उनको आवाज पनि । भनेको थिएँ त्यस बेला-

"पढ्ने विद्यार्थी, काँबाट पैसा पाउनु भाउजू ?"

"आँट गरे दैवले पुऱ्याउँछ नि । तँ आँट्, म पुऱ्याउँछु भन्ने त उखानै छ नि । आँट भए पो लुरे बाबुको ।", यसो भन्दा खितखिताएर हाँसेकी थिइन् उनी ।

म सिटीबसमा थिएँ । एउटा मनले सोच्यो कतै आफूलाई फिलिम हेर्न लैजाने आँट दिनकै लागि मेरो पर्समा पैसा राखिदिइन् कि ? छेउमा उभिएकी महिलाको "उता सर्नुस् न !" भन्ने आवाजले झसङ्ग भएँ । "हँ...वसुधा भाउजू !", झन्नैले भनिनँ ।

साँझपख अबेर गरी घर पुग्दा वसुधा भाउजू भान्साबाटै फेरि कराएको सुनें-

"बाबू खाना मैले नै पकाइसकेँ, कोठामा पकाउनु पर्दैन ।" वसुधा भाउजूका अघि उभिएर भनेँ-

"भगवान्‌ले मेरो पर्समा पाँच हजार राखिदिएछन् नि भाउजू !"

उनका लागि आश्चर्यको कुरा थिएनछ यो । अचम्म मानिनन् । "त्यसो भए आँट्नु भो त लुरे बाबु ?" भन्दै उनी खित्का निकालेर हाँसिन् । म लुरे थिइनँ । तर उनले किन लुरे भनिन् ? उनले फिलिमको कुरै गरिनन् । केवल "आँट्नु भो त बाबु" भनिन् । के आँट्ने होला मैले ? उनको उन्मुक्त र चुनौतीपूर्ण हाँसोको प्रत्युत्तर नदिई म भान्साबाट कोठामा भागेँ ।

कोठामा पस्दा बिस्तरा सुतेकै थियो । ओछ्यानमाथि पल्टेर कोल्टो फर्किँदा सम्झनाको गहिरो खाडलमा रूपा तैरिँदै थिई । जैभानेलाई लात्तीले हिर्काएर दायाँ हात समाउन आइपुग्छे कि जस्तो लागिरह्यो । "म तँसँग मात्तै बे गर्छु के, त्यो फोक्सेसँग गर्दिनँ ।" उसका कलिला शब्द फेरि एकपटक दिमागमा गुञ्जिए । दायाँ हात हेरेँ । केही थिएन । खाली थियो ।

मथिङ्गलमा आमाको चर्को आवाज गुञ्जिएकै थियो-

"यो मङ्सिरमा तैँले बे गरिनस् भने म जोगिनी हुन्छु, बुझिस् कुरो । कैले पनि घर फर्किन्नँ ।"

गिदीको सेतो पानामा ऐले भर्खरकी वसुधा भाउजूले ठाउँ बनाइसकेकी थिइन् । उनको गुलाबी खिलखिलाहट र "आँट्नु भो त लुरे बाबु" भन्ने आवाज कानमा रन्केकै थियो । बारम्बार दिमागमा ठोक्किन आउने यी आवाजहरूबाट कोसौँ टाढा भागेर जाऊँ कि जस्तो लाग्यो । जीवनको यो खेलबाट हात खडा गरेर अलप हुने मन भएर आयो ।

***

धन्य भगवान् ! म फेरि उही पीपलचौरमा थिएँ । मलाई एकपटक फेरि उही जिन्दगी वापस मिलेको थियो । उही रूपा वापस मिलेकी थिई ।

यो कसरी सम्भव हुन सक्छ ?

झूट ?

तर बिलकुल म त्यही क्षणमा थिएँ । त्यो जिन्दगी मलाई वापस मिलेको थियो । उही कलिलो र मायालु अनुहारमा रूपा मेरो सामुन्ने आई । उनै दायाँ हातका कलिला दुई औँला समातेर रून्चे स्वरमा भनी-

"म हजुरलाई कति माया गर्छु । हजुरलाई कति चाहन्छु । मलाई अब धेरै नतड्पाऊ मेरो मायालु । मेरो राजा !"

निधार र कपालमा जब उसका कलिला औँलाहरू चल्न थाले, कम्पायमान् र जागृत उसका ओठको न्यानो उच्छवासमा जब म निस्सासिन थालेँ- निद्राबाट झल्याँस्स भएँ ।

कठै मेरो भगवान् ! झूटो भ्रम । मेरो ऊ जिन्दगी थिएन । म पीपलचौरमा थिइनँ । ऊ रूपा थिइन । म उही भाडाको कोठामा थिएँ र रूपा रूपमा आएकी उनी थिइन्- वसुधा भाउजू ।

आवाज उनैको थियो । हात उनैको थियो । औँलाहरू उनैका थिए । मेरो सामुन्ने तातो सास उनैको थियो । मदहोस शरीर उनैको थियो । मेरा सामुन्ने अग्ला शिखरहरू थिए । म भासिँदो खोँचमा थिएँ । उफ् ! वसुधा भाउजू !

शिखर चुम्ने मेरो सपना थिएन । सामुन्नेका अग्ला शिखरहरू नचढीकनै मैले यौवनको युद्धबाट भाग्न चाहेँ । प्रेमको खेलबाट हात खडा गर्न चाहेँ । ट्वाइलेट जाने बहानामा म फुत्केँ । वसुधा भाउजूको अवस्थालाई कल्पना नगरीकनै म भाडाको कोठाबाट भागेँ । उनको तातो सास कति बेला चिसो भयो होला । "अर्को जुनीमा नपुंसक भैजाएस्" भनेर अवश्य श्राप दिइन् होला उनले । त्यस रात पाँच हजारको ऋण नतिरीकनै म भागेँ, वसुधा भाउजूबाट । फर्केर कहिल्यै गइनँ उनका सामुन्ने । "थुक्क साला" भन्यो दिपेशले पनि मलाई । स्याबासी पाउनु पनि थिएन । म भागेँ, खेल मैदानबाटै । मलाई खेल जित्नु पनि थिएन ।

***

पूरा चौध वर्ष भयो गाउँमा फर्किआएको पनि । बाह्र वर्षदेखि उही पीपलचौरमा छु । आज पीपलचौरमा विद्यालय छ । जहाँ म पढाउन थालेकै दश वर्ष भयो । मेरी सानी छोरी हात समातेर टुकुटुकु त्यही स्कुलमा पढ्न जाँदै छे आज ।

जहाँ रूपाका पदचापहरू छन्, त्यो ठाउँमा स्कुल भवन बनेको छ आज । सुनेको छु- रूपा विकट गाउँमा नङ्ग्रा खियाउँदै छे आज पनि । मावलमा बसेर रूपाको सानो छोरो आज यही स्कुलमा पढ्दै छ । ठ्याक्कै रूपाकै जस्तो अनुहार छ उसको । हात र औँलाहरू उस्तै छन् । नाक र निधार रूपाकै लिएर आ'को छ उसले । लाग्छ, रूपाका कलिला पदचापहरूमाथि उसको कलिलो प्रतिविम्ब खडा छ ।

आज छुट्टीको दिन । म बिहानैदेखि पीपलचौरको ठूलो ढुङ्गोमा बसेर यो कथा लेख्दै छु । अहिले एक हूल केटाकेटीहरू पीपलचौरको धुलोमा खेलिरहेका छन् । कोही ढुङ्गाका गट्टा र बार्रा खेल्दै छन् । कोही खिलखिलाउँदै ढुङ्गामा चिप्लेटी खेल्दै छन् । आँखामा पट्टी बाँधेर लुकाचोरी खेल्दै छन् कोही । अघि मेरो हात समातेर जहाँ रूपा उभिन्थी, त्यो ठाउँमा मेरी सानी छोरी आफ्ना कलिला हातका अँजुलीमा माटो खेलाउँदै छे । अलि पर ढुङ्गाका टुक्राहरू बटुलेर रूपाको छोरो घर बनाउँदै छ । घरि मेरी छोरीले उसको घरमा माटोको धुलो खन्याएको देख्छु । घरि रूपाको छोराले मेरी छोरीको कलिलो हातमा ढुङ्गाका टुक्राहरू थमाएको देख्छु । मलाई लाग्दै छ- उनीहरूले आफ्नो संसारको अधुरो घर बनाएर जीवनभरि नबिर्सिने दुःखको सुरूवात गर्दै छन् । पीपलचौरको खेल कैले नटुङ्गिने खेल होजस्तो लाग्दै छ । रूपाको छोरो र मेरी छोरीको कलिलो अनुहार पढेर म बुझ्दै छु- पीपलचौरको यो धुलोमा आधा रूपा र आधा म आज पनि पिरतीको अधुरो घर निर्माण गर्दै छौं ।

***

रङ्गमञ्च

खेल्दाखेल्दै एक दिन उदयलाई राजा बनायौँ । राजा बनेपछि उसले भन्यो-

"राजाको काम के ?"

सबै एक मतले चिल्लायौँ- "पैलो काम देश बनाउने !"

अनि कलिला हातहरूले एक-एक ढुङ्गा बोक्दै कालीसाजको रूखवरिपरि सानो चौतारो बनाउन थाल्यौँ- राजा बस्नलाई । धना र सीताले खोलाको किनारबाट गारो बोके । भजनसिंह र चौठे चौतारो चिन्न थाले । अरूहरू सबै ढुङ्गा बटुल्न थाल्यौँ । उदयचाहिँ राजा भैहाल्यो । उसको काम हेरिराख्ने मात्रै । एक दिनमा सकिएन चौतारो बनाउने काम । गाईबाख्राहरू कुदाएर घर फर्कन्थ्यौँ । फेरि अर्को दिन उसैगरी गाईगोरू मेलामा लाएर चौतारो बनाउन थाल्थ्यौँ ।

थोरै दिनमा कालीसाजको वरिपरि चिटिक्क परेको सानो चौतारो निर्माण भयो । चौठे दमाई र भजनसिंह कामीले कालीसाजको रूखलाई बीचमा पार्दै सागिने बेसीको चौडा फाँटवरिपरि कमेरोको धुलोले रेखी हाले । क्रिकेट मैदानजस्तो देखिने हरियो फाँट कमेरोको सेतो घेराले अझै सुन्दर देखियो । नवनिर्मित चौतारामा उभिएर दायाँ हातको माझी औँलाले सागिने बेँसीको हरियो फाँट देखाउँदै राजा उदयले घोषणा गर्‍यो-

"त्यो सेतो घेराभित्रको सबै भाग अब मेरो राज्य भयो । तिमीहरू यस राज्यका रैती भयौ, बुझ्यौ ?"

खिन्तुरी हाँसी- "हा- हा- हा- हा !"

दुई जना अरू पनि हाँसे ।

नरभानले भन्यो-

"ए, नहाँस्, नखरमाउली, राजाले भनेको कुरामा हाँस्नुहुँदैन भन्ने था'छैन ।"

उसले खिन्नता व्यक्त गरी-

"तेसो भए हामी काँ नुहाउने त ? खोला त बाइरै पऱ्यो । काँ पौडी खेल्ने त ? ताल पनि बाइरै पऱ्यो ।"

दले चोर झन् जोरले हाँस्यो- "हा... हा... हा... ।"

"किन हाँसी मर्छस् माँटोक्ने, राजाका अगाडि हाँस्न लाज मान्नुपर्छ भन्ने कुरा था'छैन तँलाई ?"

धर्मेले साफसँग फड्काऱ्यो दलेलाई । डाँट खाएर पनि ऊ चुप लागेर बसेन । भन्यो-

"अनि हाम्रा गाईगोरू अब अर्काका हुने भए त ? चर्न त उः मेलामा गा'का छन् नि । त्यो मेलो हाम्रो राज्य होइन त ?"

सबै चुप् ! सबै नाजवाफ !

राजा उदयले मञ्चबाटै सम्झायो-

"हैन, हैन । तेल्लाई त हामीले भोलिपर्सि जितेर आफ्नो राज्यमा गाभ्नुपर्छ । त्यो तलको खोला पनि अनि उः त्यो माथिको मेलो पनि युद्ध जितेर आफ्नोमा मिलाउनुपर्छ ।"

अनि दोस्रो दिन राजा उदयलाई अगाडि लाएर खेल्दै, रमाउँदै सबै खोलामा पुग्यौँ । राजा उदयले ठूलो ढुङ्गामा बसेर सबैलाई अह्रायो-

"उः त्यो समथर पानीका ढुङ्गाहरू हटाऊ, सबै मिलेर । त्याँनेर ताल बनाउनुपर्छ पौडी खेल्नलाई ।"

तुरून्त ढुङ्गाहरू हटायौँ । भजनसिंह र चौठेले ठूल्ठुला ढुङ्गाहरू किनारतिर लगाए । सबै मिलेर सङ्लो ताल बनायौँ । राजाज्ञा शिरोपर गऱ्यौँ । ढुङ्गाहरू हटाएर पौडी खेल्ने ताल बनाइसकेपछि ठूलो ढुङ्गामा बसेर राजा उदयले फेरि घोषणा गऱ्यो-

"अब यो खोलाको पल्लो किनारसम्म हाम्रो राज्यको सिमाना भो, बुझ्यौ ?"

सबैले एक स्वरले भन्यौँ- "बुझ्यौँ ।"

नरभानले एउटा नयाँ कुरा ल्यायो फेरि । सबलाई एक-एक गरेर हेर्दै भन्यो-

"राजालाई सरकार भन्नुपर्छ, सरकार !"

फेरि एकै स्वरले चिल्लायौँ- "बुझ्यौँ सरकार !"

खिन्तराले लगाएका कपडा खोल्दै भनी-

"साह्रै गर्मी भो, पौडी खेलौँ न !"

सबै आ-आफ्ना लुगाहरू खोल्न थाल्यौँ । भजनसिंह र चौठे तालमा हाम फाल्नै आँटेका थिए, राजा उदयले हकार्‍यो-

"ए ए, पख् पख्, । तिमीहरूले ऐले ताल छुन हुँदैन । तिमीहरू त डुम । सँगै पौडी खेल्दा ताल छोइन्छ । तिमीहरूको पालो चाइँ अन्तमा । सबले पौडी खेलिसकेपछि है ? बुझ्यौ ?"

उनीहरूका कन्सिरी ताते । तर के गर्ने ? राजाका अगाडि रिस देखाउनु भएन । खिस्रिक्क परेर दुवैले भने-

"बुझ्यौँ सरकार !"

किनारामा नाङ्गै उभिएर हेरिराखे बिचराहरूले । अरू हामी तालमा पस्न तयार भयौँ । राजा उदयले फेरि भन्यो-

"मलाई पनि तिमीहरूसँगै पौडी खेल्न मन लाग्यो । आऊँ ?"

"हुन्न हुन्न, राजाले अलग्गै एक्लै खेल्नुपर्छ । जनतासँग पौडी खेल्न हुन्न !", जनकले मनाही गरिदियो ।

"तेसो भए पैला म खेल्छु, पौडी !"

"हुन्छ सरकार !", सबै नाङ्गाहरू एकैसाथ चिच्यायौँ ।

राजा उदय बडो सानका साथ एक्लै पौडी खेल्न थाल्यो । "पार्वती आऊ है, मसँग पौडी खेल्न । अरू चाइँ होइन नि फेरि !", खेल्दाखेल्दै राजाले आदेश दियो ।

पार्वती कुदेर हाम फाली तालमा । सीमा मुरमुरिई-

"तेल्लाई मात्र बोलाउँछ जैले नि, पाजी राजा !"

"चुप् लाग् राजालाई तेसो भन्नुहुन्न, चन्डाल्नी ।", नरभानले हकारेपछि ऊ चुप् लागी ।

दोस्रो दिन गुलेली खेल्दै राजा उदयका पछाडि हूल बाँधेर मालुमेलामा पस्यौँ । परपर जङ्गलको बीचमा पुगेपछि नरभानको गुलेलीले एउटा चरा भुइँमा खसाल्यो । राजा उदयकै पराक्रमले शिकार सफल भएको मान्यौँ । चौतारीमा पुगेपछि राजा उदयले फेरि घोषणा गऱ्यो-

"आजदेखि उः त्यो मालुमेलाको चुचुरोसम्मै हाम्रो राज्यको सिमाना भो । हामीले युद्ध जित्यौँ । बुझ्यौ ?"

यसरी हामीले आफ्नो एउटा स्वतन्त्र राज्य निर्माण गऱ्यौँ ।

***

एक दिन राजा उदयले कालीसाजको चौराहामा राजसभाको बैठक आयोजना गऱ्यो । सबैलाई एक-एक गरेर हेरेपछि उसले घोषणा गऱ्यो-

"अब एक जना मेरो महारानी बन्नुपऱ्यो अनि अर्को एक जनालाई प्रधानमन्त्री बनाउनुपऱ्यो ।"

उदयको कान्छो भाइ चङ्खे फुरूङ्ग भएर मञ्चमा उक्लियो । भन्यो-

"म त राजाको भाइ भैहालेँ ।"

नरभानले फड्कायो उसलाई-

"तैँले आफैँले भनेर हुन्छ ? हामीले बनाउनुपर्छ राजाको भाइ त । तँ हुँदैनस्, ह्याँ मर् । रिठे हुन्छ राजाको भाइ ।"

अनि रिठे खुशीले उफ्रेर गयो चौतारामा । राजाका सामुन्ने गएर बस्यो, सानसँग । राजाले नै नरभानलाई प्रधानमन्त्री छान्यो । पार्वती महारानी हुनलाई आफैँ मञ्चमा उक्लिन खोज्दै थिई, रिठेले रोक्यो-

"पख् पख्, तँ काँ महारानी हुने ? मेरो रानी पो हुनुपर्छ तैँले त !"

पार्वतीलाई रिठेले रोकेपछि खुशीले उफ्रिँदै सीमा उक्लिन खोजी मञ्चमा । राजा उदयले आदेश दियो-

"ल पार्वती माथि आऊ, हाम्री महारानी हुनलाई ।"

पार्वती खुशीले उफ्री मञ्चमा । सीमा खिस्रिक्क परेर मुरमुर्रिई-

"जैले नि तेसलाई मात्र रानी बनाउँछ, पाजी राजा !"

रिठेले राजा उदयलाई सुझाव दियो-

"सीमालाई महारानी बनाउनुपर्छ । पार्वतीलाई म रानी बनाउँछु ।"

"हुँदैन, हुँदैन । महारानी पार्वती नै बन्छे ।", राजाले अडान लियो ।

"तेसो भए म राजाको भाइ बन्दिनँ । तिमीहरू आफैं खेल । म खेल्दिनँ ।", रिठे ठुस्केर हिँड्यो घरतिर । दोस्रो दिनदेखि ऊ अर्कै ग्रुपमा गयो खेल्न । हाम्रो समूहमा आउँदै आएन ।

***

पुसको पारिलो शुक्रबारका दिन विद्यालयमा धुमधामसँग राजाको जन्मोत्सव मनाइयो । खेलकुद, कविता, नृत्य, पुरस्कार वितरण र सांस्कृतिक कार्यक्रमहरूले जन्मोत्सव समारोहलाई उल्लासमय बनाए । गाउँका बुढाबुढी, युवा-युवती, तन्नेरी, आइमाई, विद्यार्थी सबै जम्मा भएर गाउँ कार्यालयबाट विद्यालयसम्म जुलुस निकालियो । सुल्तान मास्टर ठूल्ठुलो स्वरमा भट्याउँथे- "हाम्रो राजा, हाम्रो देश !" पूरा जुलुसमा एउटा स्वर घन्किन्थ्यो- "प्राणभन्दा प्यारो छ !"

दोस्रो दिन हामी हाम्रो सागिने फाँटको राज्यमा थियौँ । आफ्नो देशमा । नरभानले प्रस्ताव गर्‍यो-

"लौ, हाम्रो राजाको जन्मोत्सव मनाउनुपर्‍यो आज ।"

"हो, हो मनाउनुपर्छ, हिजो स्कुलमा मनाएजस्तै ।", सबले एक मतले पारित गर्‍यौँ ।

अलि पर रात्माटेको ढिस्कोबाट चौठे र भजनसिंहले पातमा एकमुठी रातोमाटो ल्याएर आए । त्यसलाई अबिर मान्यौँ । अबिरले राजा उदयको

ललाट रङ्ग्यायौँ । भजनसिंह र चौठे राजालाई काँधमा चढाएर अघिअघि हिंडे । नरभानले नारा लगायो- "हाम्रो राजा हाम्रो देश !" जुलुस भाँतिमा हिंडेका सबै उच्च स्वरले चिल्लायौँ- "प्राणभन्दा प्यारो छ !"

सागिने फाँटको चारैतिर जुलुस घुमेर कालीसाजको चौतारामा पुग्नै लाग्दा एकाएक नौलो दृश्य देखियो, सागिने बँसीको हाम्रो राज्यमा, हाम्रो राज्यको चौतारामा-

राजा उदय बस्ने चौतारामा एक दर्जनभन्दा बढी राउटेहरू उभिएका थिए । आइमाई र नाङ्गा केटाकेटीहरू कोही बसेका पनि थिए । कोही खेल्दै । राउटेहरूको मुखियाले कालीसाजको वरिपरि घुमेर माथि टुप्पोतिर हेर्दै आफ्ना युवाहरूलाई अह्रायो-

"यै रूखबाट चौध आटा ठेकी निस्कन्ना भन्न्या मेरा मुनले धेक्याको छ । लौ तुमीहरू जवान मान्ठले यै रूखकन ढाल्नु पड्न्या हो अइले ।"

मुखियाको आदेश पाएपछि भुत्रा मैला थाङ्नाले आधा शरीर बेरेका दुई जना बन्चरो उठाएर रूखका फेदमा हान्न तयार भए ।

राउटेहरूको हरकतले हामी चकित पर्‍यौँ । हेरेका हेर्‍यै । राजा उदयले अगाडि सरेर सम्झायो-

"यो रूखमा हामीले चौतारो चिनेका छौँ । यो हाम्रो रूख हो । तपाईंहरू यो रूख नकाट्नुहोस् । जानुहोस्, ह्याँबाट । अन्तै जङ्गलमा गएर काट्नुहोस् । यो रूख त हामी काट्न दिन्नौँ । जानुहोस् ।"

राउटेको मुखिया जङ्गियो-

"लौ कस्तो कुरा हर्‍याको तुमीले । कोटको राजा काठमान्नुमा छ । बोटको राजा भन्न्याको मुइ हो । मुकन तमीको भन्न्या अधिकार केइ पन छैन । जङ्गल मुइले जति काट्या पन मेरो मर्जी हो ।"

मुखियाले बन्चरा उठाएकाहरूलाई रूख काट्ने आदेश दियो फेरि । बन्चराहरू रूखमा सोझिए । राउटेका बन्चराहरू रूखमाथि होइन, हाम्रो कलिलो मुटुमाथि नै सोझिएजस्तो लाग्यो । भित्रैबाट मुटुको घड्कन बढेर आयो । राजा उदय अगाडि सरेर कड्कियो-

"खबरदार, रूखमा हात लगायौ भने। यो हाम्रो रूख हो, भाग तिमीहरू ह्याँबाट !"

"हो, हो भाग तिमीहरू ह्याँबाट ! भाग्छौ कि ढुङ्गाले !" भुइँबाट एक-एक ढुङ्गा उठाउँदै एकै स्वरमा सब चिल्लायौँ। अहँ, भागेनन्। कस्ता अटेरी जब्बर राउटेहरू। भाग्नुको सट्टा जड भए। डराउनुको सट्टा जङ्गियो राउटेहरूको मुखिया-

"तुमीको पन मरिजाने दशा आउन्छ पख। यो सप्पै बोटको राजा मुइ हो। यो बोट काटेर यैको ठेकी कोसी बनाईकन बेच्न्या हौँ। घुमीघुमीकन जिन्नगी काट्न्या हौँ। यो रूख नकाट्न दिया भन्या तुम्रा मुन्टा काटीकन फाल्दिन्या हौँ।"

राउटेको धम्कीले हामीलाई असह्य र अधैर्य बनायो। राजा उदयको सहनशीलताको बाँध भत्कियो। आफ्नो वीरता र पराक्रम देखाउने अवसर चुकाउन चाहेन राजाले। "ठोक्" भनेर गुलेली ताक्नासाथ राउटेमाथि ढुङ्गाहरू हिर्काउन थाल्यौँ। राजा उदयको गुलेलीले निसानामै ठोक्यो। गुलेलीको सानो ढुङ्गो बेपत्तासँग गएर मुखियाको टाउकोमै रोपियो।

चिल्लायो मुखिया-

"ऐया बाउजिउ, यी माकापोइ शत्रुले मारिहाल्न्या भया। हामीको वन देउताले इन्को नाश गर्दिन्या हो। उठ सप्पै बाइजाऊँ। यिनु माकापोइका ठौर नबसौँ। बाइजाऊँ।"

अनि राउटेहरू जङ्गलै जङ्गल भाग्न थाले। जङ्गलकै बीचमा चिल्लाउँदै, गाली गर्दै उत्तरतर्फ बेपत्ता भए। युद्ध जितेको गर्वले छाती फुलाउँदै खुशीले उफ्रियौँ। हर्षले गद्गद् भयौँ।

यसरी राजा उदयको नेतृत्वमा आक्रमणकारी शत्रुहरूलाई ठोकेर भगायौँ। आफ्नो सुन्दर र शान्त राज्य बचायौँ।

घटनाको भोलिपल्ट पूरा गाउँ नै आतङ्कित भयो। राउटेहरूमाथि आक्रमण गर्नु ठूलो अनर्थ मानियो। रजबार काकाले छोरा उदयलाई भकुरेपछि पनि उनको आक्रोश रोकिएन। धेरैबेरसम्म उनी फतफताइरहे-

"राजाले नै राउटेलाई 'तिमी बोटको राजा, म कोटको राजा' भनेपछि जङ्गलका सबै रूखमा राउटेहरूकै अधिकार छ । तिमी डाँकाहरूले किन ढुङ्गा हान्नु पऱ्या'थ्यो बिचराहरूलाई । राउटेहरूको चित्त दुखाउनु राम्रो होइन । बढी जान्ने भएका डाँकाहरू !"

राउटेमाथि भएको आक्रमण कसैले राम्रो मानेन ।

***

पौडी खेल्दाखेल्दै एक दिन राजा उदय रानीखोलाको तालबाट निस्कन सकेन । पानीको अतल गहिराइमा कता भासियो कता ऊ । रानीखोलाको किनारमा उभिएर चिल्लायौँ । रोयौँ । करायौँ-

"राजा उदयलाई बचाऊ, बचाऊ ! उदयलाई बचाऊ !", मान्छेहरूलाई गुहाऱ्यौँ । भगवान्‌लाई पुकाऱ्यौँ-

"राजा उदयलाई बचाऊ !"

अहँ, सारा प्रयत्न व्यर्थ भए । हाम्रो छटपटी र चिच्याहट सामर्थ्यहीन थियो । लाख प्रयत्न गऱ्यौँ । हरे भगवान्, आफ्नै आँखाअगाडि डुब्दै गरेको राजा उदयलाई बचाउन सकेनौँ । उफ्... निष्ठुर समय ! निर्दयी भगवान् ! दुष्ट काल ! थुक्क हामी !

उदयको अवसानपछि उस्तै रहेन, हाम्रो जिन्दगीको रङ्गमञ्च । छोराको मृत्यु सहन नसकी उसका बाआमाले मानसिक सन्तुलन गुमाए । नङ र मासुजस्ता बाँकी हामी पागलजस्तै भयौँ । हाम्रो खेलको रानो माहुरी नभएका टुहुराजस्ता भयौँ । कहिलेकाहीँ रिठे आएर भन्थ्यो-

"जाऊँ सागिने बैँसीको फाँटमा राजाखेल खेलौँ । उदयले छोडेर गए पनि म छँदै छु नि । म उदयजस्तै राजा बन्छु । सबै मिलेर राजाखेल खेलौँ, जाऊँ ।"

तर खेल्ने रहर कसैलाई पनि जागेर आएन । नरभान, भजनसिंह, चौठे, धर्मे, दले, सीमा, पार्वती कोही तयार भएनन् । सबै उदास, सबै दुःखी, सबै खिन्न ।

सोच्थ्यौँ- "राजा उदयले भ्रमको भान दिएर छक्याएको पो हो कि ? हामीलाई चकित पार्दै रानीखोलाको तीरैतीर कहिले उँभो सागिने बँसीको फाँटतर्फ आउला कि ?"

अहँ, आएन । कहिल्यै आएन । अँध्यारो रातमा डुबेको सूर्य हरेक बिहानीमा फर्केर आउँथ्यो तर सङ्लो पानीमा डुबेको उदय फर्केर आएन । हाम्रो संसार उस्तै रहेन ।

त्यस दिनदेखि सागिने फाँटको हाम्रो राज्य उजाडियो । हाम्रो बालासंसार तहसनहस भयो । खेल्ने मन मरेर गयो । गोठाला जाने रहर हराएर गयो । राजाखेल खेल्ने सागिने फाँट मरूभूमि समान भयो । पौडी खेल्ने रानीखोला भूतखोलामा परिणत भयो । एउटा निर्दोष खेल र सुन्दर संसार सदाका लागि उजाडियो । हाम्रो स्वर्ग समाप्त भयो ।

***

धेरै वर्षपछि आज देख्दै छु-

सागिने बँसीको फाँटमा ठूलो कालीसाजको रूख छैन । राजाखेल खेल्ने चौतारो खण्डहरमा परिणत भएको छ । जुन ठाउँमा हाम्रो बालाराज्य थियो, त्यो सागिने बँसीको ठूलो फाँटमा पशु हाटबजार लाग्ने गरेको छ । गाउँका बूढा भैँसी, राँगा र गोरूहरू ट्रकमा खाँदेर मान्छेको आहारका लागि शहरमा सप्लाई गर्ने प्रमुख स्थान भएको छ, सागिने बँसीको फाँट । जङ्गल फँडानी गर्दै रानीखोलाको किनारसम्मै मानव बस्ती तन्किएको छ । जुन चौतारामा अघि उदयलाई राजा मानेर राजाखेल खेल्थ्यौँ, आज त्यही ठाउँमा दैनिकजसो कुनै चटकेहरूका चटक र भ्रमका खेल भैरहेका देखिन्छन् ।

कुनै दिन झोलामा बोकेका पुराना सिसीहरू चौरमा फिँजाएर एउटा हिन्दुस्तानी कराइरहेको हुन्छ-

"ल हजुर, कपाल पिराएको पनि ठीक पार्छ । आँखा दुखेको र दम लागेको पनि ठीक पार्छ । ल हजुर, यो दवा लिनुस् । यो दवाले दिमाग

खराब भएको पनि ठीक पार्छ । बुद्धि हराएको पनि ठीक पार्छ । टेन्सन भएको पनि दूर गर्छ हजुर, यो दवाले मान्छीलाई तन्दुरूस्त बनाइहाल्छ । एकचोटि लगेर विचार गरिहाल्नुस् हजुर, कपाल झरेको ठाउँमा कपाल आइहाल्छ । हड्डी दुखेको पनि ठीक पारिदिन्छ । हल्काहल्का मालिस गर्‍यो भने यो दवाले पेट दुखेको पनि ठीक पारिदिन्छ । नाइटोभन्दा अलि तल्तिर चिलाएको पनि ठीक भैजान्छ । लौ हजुर, लगेर विचार गरिलिनुस्, यो दवा एकदमै राम्रो छ ।"

रोगले ग्रस्त कुनै मान्छेहरू भन्छन्-

"हाम्रो यहाँका डाक्टरहरूले त पैसा मात्र लुट्न जानेका छन् । यिनीहरूभन्दा त त्यो देशीले कति राम्रोसँग सम्झाएर औषधि दिन्छ । त्यसको दवाई त कति राम्रो छ कति !"

कुनै दिन एउटा चटकेले बेरोजगार मान्छेहरूको हूल जम्मा गरेर त्यही खण्डहर भएको चौतारामा कालाजादू देखाइरहेको हुन्छ । पानीको दूध बनाउँछ । डोरीको सर्प बनाएर नचाउँछ । मान्छेको कलेजो बाहिर निकालेर देखाउँछ । हेर्नेहरू भन्छन्-

"यो ईश्वरकै अर्को अवतार हो । यसले गाईलाई गधा बनाउन सक्छ । गधालाई गाई बनाउन सक्छ ।"

यो सबै खेल हेरेर म सोच्दै छु- मान्छेको कलेजो निकाल्न सक्ने यस जादुगरले रानीखोलाको तालमा डुबेको राजा उदयलाई फिर्ता ल्याउन सक्छ होला कि सक्दैन होला ? लुटिएको हाम्रो बालाराज्य, राजाखेल र बालाजीवन फर्काउन सक्छ होला कि सक्दैन होला ?

***

नायक

त्यो जमाना रूद्रप्रसादको थियो । गाउँमा आकर्षणको केन्द्र कोही थियो भने तिनी थिए- रूद्रप्रसाद । गोरो वर्ण, अग्लो कद, खाइलाग्दो जिउडाल र चिटिक्क परेको पहिरन उनको व्यक्तित्वका विशेष आकर्षण थिए । सफेद कुर्ता सलवारमा जब उनी देखा पर्थे, सावरका जुत्ता, रेशमी गम्छा, सुनौलो घडी, मुगाको औंठी, अत्तरको बास्ना र धुपछायाँमय चस्माको सजावटले कुनै साहेबजस्तै लाग्थे । जापनिज पानासोनिक रेडियोबाट समाचार सुन्दै दायाँ हातको दुई औंलामा याक चुरोट च्यापेर जब उनी फुइयँ गर्थे, मुखबाट आकाशमा उडेको सेतो धुवाँको रबाफ अर्कै हुन्थ्यो । त्यसमाथि 'चाइने' थेगोका साथ बीचबीचमा 'अगर र लेकिन' शब्द मिसाएर देश, परदेश र विशेष गरी बम्बैका गफ छाँट्दा उनका वरिपरि मान्छेको घेरो स्वाभाविक हुन्थ्यो । रूद्रप्रसाद प्रायः बम्बै गैरहन्थे । फर्किंदा आकर्षक व्यक्तित्व बनाएर आउँथे । मेरो बाल मस्तिष्कभरि त्यस बेला रूद्रप्रसाद एक्ला नायक थिए । त्यो जमाना रूद्रप्रसादको थियो ।

जुके खोलामा नुहाउन जाँदा होस् अथवा खैरेघारीमा गाईबाख्रा चराउन, जहाँ गए पनि मेरो दिमागभरि रूद्रप्रसाद घुमिरहन्थे । साँझपख वनबाट फर्किंदा मालुका घुम्रेका लहराका चस्मा बनाएर आँखामा लाएपछि म आफूलाई रूद्रप्रसाद भएको अनुभव गर्थें । काँक्राका सुकेका लहराहरूको चुरोट बनाएर सर्काउँदै मुखबाट फुइयँ...धुवाँ फ्याँक्ने बेला ममा रूद्रप्रसादको रवाफ चढेको हुन्थ्यो । ठूलो भएपछि एक दिन अवश्य

रूद्रप्रसादजस्तै बन्ने, बम्बै जाने र जापनिज पानासोनिक रेडियो ल्याउने कल्पनाले म रोमाञ्चित हुन्थेँ ।

एक दिन सफेद लुगा लगाएका रूद्रप्रसाद रूँदै गरेको कान्छो छोरो अम्मरेलाई छोडेर बम्बैको बाटो लागे । आफ्नो सानो निर्दोष बालकको माया उनले कसरी मार्न सके ? उनी कस्ता बाबु हुन् ? मलाई साह्रै ननिको लाग्यो । उनीदेखि उदेक लागेर आयो । मनमा लाग्यो- म आफ्नो छोरोलाई यसरी रूँदै छोड्ने थिइनँ । त्यसपछि मन कुँडिएर आयो । मेरो बालमस्तिष्कको रङ्गीन रङ्गमञ्चबाट रूद्रप्रसाद ओझेल परे । एक दिन अवश्य रूद्रप्रसाद बन्ने आकाङ्क्षा मरेर गयो ।

***

मङ्सिरको अन्तिम दिन रङ्गीन सिउँदो भएकी षोडशी साहिँली बौजू मेरो सामुन्ने उभिइन् । साहिँली बौजूको उद्याम यौवनले समयलाई चुनौती दिइरहेको थियो । लाग्थ्यो- उनको भर्भराउँदो आग्नेय यौवनका अगाडि समयले एक दिन घुँडा टेक्नेछ । कागजमा वर्णन गरी नसक्नु सुन्दरता थियो उनमा । अवर्णनीया साहिँली बौजू । हावामा लहराएका रेशमी केशहरू जब उनको मुख मण्डललाई छोप्न थाल्थे, उनको सौन्दर्य शब्दको बयानबाट माथि उठ्थ्यो । गोरो अनुहार माथिका उनका दुइटा काला आँखीभौ भित्र पौडी खेल्न सकिने तलाउ थिए । बिहे गरेर हाम्रो गाउँमा आइसकेपछि साहिँली बौजू मेरो बाल मस्तिष्करूपी रङ्गमञ्चकी एकछत्र नायिका भइन् । मलाई साहिँली बौजूका लागि जल्दी जवान हुनु थियो ।

कल्पन्थेँ- मलाई चाँडै जवान हुनुछ । बम्बै जानुछ । साडी ब्लाउज र गहना ल्याउनुछ र एक दिन साहिँली बौजूसँग विवाह गर्नुछ । बस्, यो कल्पनाले म यति रोमाञ्चित हुन्थेँ कि साहिँली बौजूसँगै आकाशमा उडेको पागल सपना देख्थेँ । त्यो जमाना साहिँली बौजूको थियो ।

एक दिन अनायास साहिँली बौजूलाई साहिँला दाइको बाहुपाशमा देखेँ । साहिँली बौजू निर्वस्त्र भएर उसको अङ्गालोमा खितखिताउँदै थिइन् । साहिँला दाइमा उनी सम्पूर्णरूपमा समर्पित भएकी मैले देखेँ ।

छि ! साहिली बौजूसँग मलाई एकाएक घृणा लागेर आयो । मेरा नजरमा उनी पुश्चली देखिइन् । मनले भन्यो–

"छि ! फुँडी, कुरूपा, बेसर्मा र विश्वासघाती साहिँली बौजू ।" साहिँला दाइसँग पनि त्यसै-त्यसै जलन भएर आयो । ईर्ष्या लागेर आयो । त्यसपछिका दिनमा साहिँली बौजूसँग कुनै मोह बाँकी रहेन मेरो ।

***

गाईबाख्रा मेलामा छोडेर दिनभरिका लागि निवृत्त भएको मनुवा कठायत जब सालघारीको डाँडामा बसेर तिरिरी बाँसुरी अलाप्थ्यो, तब ढुङ्गो पनि पग्लेर चुहिन थाल्थ्यो । गाईबाख्राहरू चर्न छोडेर घोरिन्थे । मृगका कान ठाडा हुन्थे । प्राणीजगत्‌लाई लट्ठ्याउने जादूगरी कला थियो मनुवा कठायतको बाँसुरीमा । जवान अवस्थामै श्रीमतीले छोडेर गएपछि ऊ एक्लो भएको थियो, यस संसारमा । साथीभाइले अर्को विवाह गर्न सल्लाह दिँदा आफ्नी दिवङ्गत पत्नीको यादमा आँखाबाट पग्लेर झर्थ्यो ऊ । मलाई लाग्थ्यो–

राजा मधुकरले रानी मधुमालतीलाई मुरली बजाएर स्वर्गबाट बोलाएझैँ मनुवा कठायतले बाँसुरी अलापेर आफ्नी स्वर्गवासी पत्नीलाई सालघारीको बीचमा बोलाउने गर्छ । हरेक दिन बाँसुरीको धुनसँगै उसकी स्वर्गीय पत्नी स्वर्गबाट सालघारीको डाँडामा ओर्लिन्छे । एक-अर्काका आँसु पुछेपछि साँझपख ऊ फेरि स्वर्गमा जान्छे । मनुवा कठायत गाईबाख्रासँगै घर फर्किन्छ । मलाई यस्तै लाग्थ्यो, बाँसुरीको जादूमा लट्ठिएपछि ।

बाँसुरी बजाउने विचित्र कला थियो उसमा । गोठाले जिन्दगीमा मनुवा कठायत मेरो हृदयको नायक भएर आयो । त्यो जमाना मनुवा कठायतको थियो ।

म जानीनजानी उसको बाँसुरी मुखमा लगाएर प्याइँ-प्याइँ गर्न खोज्थेँ । त्यही प्याइँप्याइँमा आफू एक दिन मनुवा कठायतजस्तो बाँसुरीको कलाकार हुने उत्कट आकाङ्क्षा राख्थेँ । मेरो आकाङ्क्षामा आमा तगारो भएर आउनुभो । हातबाट बाँसुरी खोसेर पर मिल्काउँदै भन्नुभो-

"यस्तो दुःखीले गर्ने काम गर्ने तँ ? त्यो त विचरा दुःखीहरूले बजाउने चिज पो हो त । पढेलेखेर ठूलो मान्छे पो हुनुपर्छ तैँले त । भोलिदेखि बाँसुरी बजाउन थालिस् भने तेरो कानको जरा उखेल्छु बुझिस् ।"

ओहो ! आमाले भनेको कुरा साँचो हो भने म कसरी दुःखीले बजाउने बाँसुरी बजाएर बस्न सक्थेँ र ? मुट्ठ पगाल्ने शक्ति भए पनि म जीवनभरिका लागि दुःखी भएर बस्ने कल्पनाचाहिँ गर्न सक्दिनथेँ । हैट, मैले त्यागेँ, त्यो बाँसुरी बजाउने रहर । मनुवा कठायतजस्तो बाँसुरीवादक हुने आकाङ्क्षा हराएर गयो ।

***

केशव सरले मेरो हातमा सिलपाटी थमाइदिनुभो, एक दिन । कागजको सेतो पान्नामा होइन, कालो सिलपाटीमा सेता धर्का कोरेर उज्यालो जीवनतिर डोरिएको थिएँ म । आमाले औंला ठड्याएर भन्नुभो-

"केशव सर, यसलाई घोत्रेठ्याक लाएर पनि आफूजस्तै बनाइदिनू है, बिन्ती छ ।"

"वाह ! केशव सरजस्तै ?"

म रोमाञ्चित भएर उड्न थालेँ । वाक्पटुता केशव सरको असाधारण थियो । कठोर अनुशासन, उच्च बौद्धिकता र शिष्यप्रियताले केशव सर सबैका हृदयमा विराजमान थिए । उनको करिस्मेटिक व्यक्तित्त्वले त्यस जमानालाई चुनौती दिएको थियो । विद्यार्थी जीवनकालमा केशव सर मेरो हृदयका नायक भएर आए । म केशव सरजस्तै बन्ने धुनमा पागल भएको थिएँ । त्यो जमाना केशव सरको थियो ।

वार्षिक परीक्षाको नतिजा प्रकाशन भएको तेस्रो दिन केशव सरलाई कालोमोसो दलियो । ट्यापे, मुन्द्रे र ड्रगिस्ट केही उरन्ठेउला फेलरहरूले कालोमोसो दलेर उनलाई गाउँ घुमाए । केशव सरको अवस्था देख्दा घ्वाँ-घ्वाँ रून मन लाग्यो त्यस बेला । शरीरभरि चिटचिट पसिना आउन थाल्यो । आङमै मुत आउलाजस्तो भयो । हत्तेरी ! बरू म गाईगोठालो भएर खाउँला तर केशव सरजस्तो बन्दै बन्दिनँ । मरिगए बन्दिनँ । मेरो आकाङ्क्षा हरायो । केशव सर बन्ने धुन मेरो मानसपटलबाट धुमिल बन्दै धुलोमा मिल्यो ।

***

अल्लारे यौवनमा पुगेपछि स्वस्तिका जस्तै जीवनसाथीको कल्पना गर्न थालेँ । रूप, सुन्दरता, बोली, व्यवहार, साहस, धैर्य, शील-स्वभाव, यी सबै गुणले युक्त थिइन्, स्वस्तिका सहारा । यौवनका अल्लारे दिनहरूमा कुन युवाले आफ्नो दिल-दिमागमा सजाएन होला र स्वस्तिकालाई ? उनलाई हेरेर म दृढ निश्चय गर्थें- धर्तीको जुनसुकै कुनाबाट खोजेर पनि स्वस्तिकाजस्तै स्वास्नी ल्याउँछु । हो, बिलकुल स्वस्तिकाजस्तै । गाउँका चोक र चौतारीहरूमा युवाहरूको बयानकी पात्र थिइन् स्वस्तिका । त्यो जमाना स्वस्तिकाको थियो ।

चार जना छोराछोरी दिएर शैलेश बितेपछि स्वस्तिकाका लागि यो संसार अँध्यारो भयो । छब्बीस वर्षीय जवानीको विष कसरी मार्न सक्थिन् र उनी ? आँगनमा फुलेको गुलाबले जवानीमा रङ्ग थपेर जान्थ्यो । वसन्तले बैँसलाई उत्ताउलो बनाएर जान्थ्यो । जिन्दगी स्वस्तिकाको वशमा थिएन । उनी के गरून् ?

शरीरलाई कोठामा कैद गर्न सकिन्छ तर मनलाई ? शरीरलाई डोरीमा बाँध्न सकिन्छ तर मनलाई ? शरीरलाई सुकाउँदै थन्क्याउन सकिन्छ तर मनलाई ? मन पापीलाई केही गर्न सकिन्न । मनकै लगाममा शरीर लत्रिरहन्छ ।

सत्ताईस वर्षको उमेरमा स्वस्तिकाले हर्क मगरलाई घरमा भित्र्याइन् । आइमाईले पोइल जाने चलनलाई उनले त्यस जमानामा पहिलोपटक ठाडै चुनौती दिइन् । छोराछोरी र जोई नभएको एक्लो अधबैँसे हर्क मगरलाई उनले बाँकी जिन्दगीको साथी बनाएर रखौटो राखिन् ।

"थुक्क, लाज सरम नभएकी छड्डुल्नी !"

"तेति राम्रो पोइ टोकेर मगरमा जात फाली, इज्जत नभेकी राँडले ।"

"पोइ नपाएपछि त आइमाईको जात बौलाएर मर्छ भन्थे, साँच्चै हो रै'छ ।"

"पोइ चाइयाथ्यो भने अलि गतिलो मर्दको पोइल जानु नि राँडले, कोई नपाएझैँ त्यो थ्याप्चे मगरलाई घरमै राखेर कसरी माथि चढाउन सकेकी ? छिः छिः छिः !"

गाउँलेहरूले उनको उछित्तो काढेसँगै मेरो मन मरेर गयो उनीबाट । छि ! त्यस्ती स्वास्नी हुनुभन्दा त नहुनु वेश भन्ने लाग्यो । हत्तेरी ! स्वस्तिकाजस्ती कृतघ्न श्रीमती नहोऊन् कसैकी । यस्तै भावले उनीप्रति वितृष्णा जागेर आयो । आँखामा उनीप्रतिको लोभ रहेन । मनमा आकर्षण रहेन । स्वस्तिकाजस्ती स्वास्नी ल्याउने आकाङ्क्षा मरेर गयो ।

***

सात वर्ष शहरमा बसेर साहित्य अध्ययन गरेपछि जीवनका सातै रङ बुझिए । मेरो जीवन उस्तै कहाँ रह्यो र ? पुराना बाल आकाङ्क्षा सम्भेर हाँसो उठ्थ्यो । त्यस्ता साना आकाङ्क्षामा मात्रै जीवन सीमित कहाँ रह्यो र ? शहरको स्थापित लेखक, प्राध्यापक र बुद्धिजीवीका रूपमा सम्मानित जीवनले अर्कै शान लिएको थियो । कति देशहरूको भ्रमण गरिसकेको थिएँ । पढेलेखेकी आधुनिक श्रीमती मसँग थिई । आधुनिक सुविधा सम्पन्न जीवनशैली थियो मेरो ।

कुनै दिन रूद्रप्रसादजस्तै बनेर बम्बै जाने रहर, रूबसी साहिँली बौजूसँग बिहे गर्ने कल्पना, मनुवा कठायतजस्तै बाँसुरी-कलाकार बन्ने

सपना, केशव सरजस्तै शिक्षक बन्ने आकाङ्क्षा र स्वस्तिकाजस्तै स्वास्नी ल्याउने चाहना मेरो जीवनका लागि तुच्छ भैसकेका थिए । कहाँ तुच्छ बालकल्पना, कहाँ यत्रो भव्य यथार्थ जिन्दगी । विगत-कल्पना र वर्तमान-यथार्थ तुलनायोग्यै थिएनन् । काइँला काकाले भनेझैँ- कहाँ इन्दिरा गान्धी, कहाँ खड्किनी बौजू ? वर्तमानले विगतलाई धर्तीमा छोड्दै मेरो जिन्दगी आकासिइरह्यो । मेरो जिन्दगीको नायक मै थिएँ । त्यो जमाना मेरो थियो ।

एक दिन साँझ सुत्ने बेलामा स्वास्नीले भनी-

"आमाले जतिखेर पनि केटाकेटी र मसँगै कुरा गरिरहन खोज्नुहुन्छ । डिस्टर्बमात्रै गरिराख्नुहुन्छ जैले पनि । आमालाई फेसबुक चलाउन सिकाइदिनू क्या ! आफ्ना साथी बनाएर रमाउनुहुन्छ । सँगै बसेर जतिखेर पनि कुरा गर्न काँ सकिन्छ र ? यो त एक्लाएक्लै रमाउने जमाना हो नि, बुझ्नुभएन ? आमालाई चाँडो फेसबुक चलाउन सिकाइदिनू ल ।"

वाह ! कस्ती बुद्धिमान् मेरी आधुनिक श्रीमती । "बुझेँ, बुझेँ । हो त नि, यो त आधुनिक जमाना । हामी अत्याधुनिक जिन्दगी बाँचिरहेका मान्छे । एक्लाएक्लै त रमाउनुपर्छ नि ।", यति भन्न म विवश थिएँ, किनकि म आधुनिक युगको मान्छे थिएँ । त्यो जमाना मेरो थियो ।

***

शहर पसेको सत्ताईस वर्षपछि फर्केर म गाउँ जाँदै थिएँ । गाउँ पुग्दा देखेँ- नैने दाइ आफ्ना बूढा बाबु रूद्रप्रसादको सेवामा तल्लीन थिए । उनकी श्रीमती सासू-ससुराको सेवामा निमग्न थिइन् । नैने दाइ भन्दै थियो-

"मेरा बाले हाम्रा लागि कत्रो दुःख उठाउनुभो । हाम्रै लागि देश-परदेश धाउनुभो । भोका-नाङ्गा रहन दिनुभएन । बालाई शिरमा राख्नु हाम्रो कर्तव्य हो ।"

हातको मैला टक्टक्याउँदै नैना बौजू बोलिन्-

"बूढा सासू-ससुरा भनेका देउता समान हुन् गोसी । बुढाबुढीलाई एक्लै छोड्न मन लाग्दैन । बुढेसकालमा मान्छेको चित्त सानो हुन्छ भन्छन् । सानो कुरामा पनि चित्त दुख्छ कि भन्ने पीर लागिरहन्छ ।"

बूढा रूद्रप्रसाद पेटीमा बसेर ट्वारट्वार हुक्का तान्दै थिए ।

आफ्ना सन्तानबाट सुखी देखिन्थे उनी । जीवनदेखि सन्तुष्ट पनि ।

पल्लो घरको आँगनमा पुगेपछि देखेँ- साहिँली बौजूको चुल्ठो उस्तै थिएन । यौवन उस्तै थिएन । कपाल खुइलिएर टिठ लाग्दो भएको । अनुहारभरि धुजैधुजा देखिएका । झुम्रो जिउ, कृशकाय शरीर र निचोरिएको जिन्दगी । साहिँली बौजू दयालाग्दो अवस्थामा थिइन् । यस अवस्थामा पनि उनी दमले थलिएका आफ्ना श्रीमान्को राल, सिँगान र खकार सोहोर्दै थिइन् । उनीप्रति माया र करूणा भरिएर आयो मेरो मनमा । मेरा नजरमा उनी पुश्चली र फुँडी देखिइनन् । हृदयमा उनीप्रतिको सम्मान साँच्चै उर्लेर आयो ।

मनुवा कठायत सत्सङ्ग भवनमा गाउँका किशोरहरूलाई बाँसुरी सिकाउने कार्यमा निमग्न थियो । उसैले सिकाएर गीत-सङ्गीतको क्षेत्रमा राम्रो स्थान पाएका बाँसुरीवादक कलाकार युवाहरू उसप्रति नतमस्तक थिए । दुःखको आहालमा पनि मैले देखेँ- मनुवा कठायत जीवनप्रति पूर्ण सन्तुष्ट थियो । उसको जीवन सार्थक भैरहेको थियो ।

सेवानिवृत्त जीवन बिताइरहेका केशव सरले गाउँमा उच्च र सम्मानित आसन लिएका थिए । उनको विद्वता पूजनीय थियो । उस बेला कालोमोसो दल्नेहरू पनि उनको पाउमा झुकेर पश्चाताप र ग्लानिले पग्लिएका थिए । सट्टामा गुरू द्रोर्णाचार्यलाई झैं हातको बूढी औंला काटेर दिन पनि तयार थिए । उनको जीवनलाई कसैले व्यर्थ भन्न सक्ने अवस्था थिएन । परम् सुखी र सन्तुष्ट देखिन्थे केशव सर ।

अन्तमा देखेँ- स्वस्तिका आफ्ना चार सन्तानहरूलाई अझै पनि न्यानो वात्सल्य दिइरहेकी थिइन् । अभिभावकत्व प्रदान गरिरहेकी थिइन् । अपार

ममता र श्रद्धाका साथ आफ्ना छोराछोरीहरूको हृदयमा बसेकी थिइन्, उनी । छोराछोरीहरूले भनेको सुनें-

"हाम्री आमाले अनेक दुःख, कष्ट र लान्छनाहरू सहेर पनि हामीलाई कहिल्यै विपत्तिमा पार्नुभएन । कुखुराको माउले आफ्ना चल्लाहरूलाई आफ्नो प्वाँखभित्र लुकाएझैं हाम्री आमाले आफ्नो न्यानो काखमा हामीलाई लुकाउनुभयो । हाम्री महान् आमाको ममतामा नै हामी संरक्षित भयौं । आमालाई सुखी राख्नु हाम्रो परम् कर्तव्य हो ।"

गाउँका बुढाबुढीहरूले पनि भनेको सुनें-

"महिला पनि त बहादुर हुन्छन् नि । पुरूषभन्दा के कुरामा कम छन् र महिला ? उः स्वस्तिकालाई हेर्नोस् न । बाबुको अभाव हुन नदिएर आफ्ना सन्तानलाई कसरी हुर्काएर असल मानिस बनाई । कहिल्यै नराम्रो काम गरेको सुनिएन । समाजसँग कसरी सङ्घर्ष गरेर सफल भई । महिलाले नै पोइल जानुपर्छ भन्ने काँ लेखिया छ र ? स्वस्तिका हक्की, निडर र बहादुर नारी हो है । यस जमानाकी एउटा प्रतिनिधि नारी हो ऊ ।"

यतिका वर्षपछि आज लागिरहेछ- शहरमा गएर मैले के पढें ? के बुझें जिन्दगीलाई मैले ? कहाँ-कहाँ उडिरह्यो मेरो जीवन । मेरो जीवनको नायक को हो ?

सानो प्रश्नवाचक चिह्नमुनि बसेर सोचिरहेछु ।

***

पर्दा

"अइ हसिना, महिन् चिन्ले ?"

"ना...आ....ई !"

"मै सुमन दादा । नाइ चिन्ले ?"

"ऐया डाई... ! कहाँ रहो दादा अत्रा बरस्तक् ? आज कहाँसे आइलो ?"

"मैं सदरमुकाममे रहुँ । वहीं बैठ्ठु । तै कैसिन् बाटे हसिना ?"

"ठीके बाटु दादा । कैसिन् हुइगिलो टुँ ? मै टो एक्को नाई चिन्नु टुहिन् ।"

"अस्टे हो, जिन्डगी । धेउर बरस हुइगिल तबेमारे ।"

"हाँ"

"कहाँ जाइ लग्ले हसिना ? घर कहाँ हो तोर ?"

"बजार खेले गिल्रहुँ दादा । अब घरे जाइटु । तुँ कहाँ जाइलग्लो ? चलो दादा हमार घर, आज यहीं बैठो । आज तुँ नाइजा पाइबो, जन्लो ?"

अठार वर्षपछि बाटोमा भेटिएकी हसिनाले मेरो बाटो छेकिदिई । "अत्रा बरसपाछे भेट हुइल, आज तो मैं तुहिन् जाए नाइदेम् ।", उसको स्नेह अकाट्य थियो । उसको पछाडि डोरिन बाध्य भएँ म । अठार वर्षको बिछोडले पनि अठ्ठाईस वर्ष अघिदेखिको आत्मीय सम्बन्ध फिका भएको रहेनछ । उस्तै लाडिलो जुवानले मन खिची हसिनाले-

"चलो दादा आज, मोरिक् साथ चलो ।"

हसिनाको वचन हार्न सकिनँ । गएँ म, उसकै पछाडि डोरिएर । मध्यरोडबाट दक्षिण तानिएको बाटो पाउडन्डी हुँदै थारू बस्तीको बीचमा पुग्यो । बस्तीबीचको सडकमा थारूहरू कोही जाँड पिएर मतुवार भएका

देखिए । कोही बेहोस भएर लडेका पनि । सडक किनारामा हल्लिँदै मुत्न लागेका देखिए कोही । यी दृश्यहरूले थारू बस्तीका पुराना यादहरूलाई ताजा गराए, एकपटक फेरि ।

सफा आँगन भएको एक पुरानो शैलीको लामो बुक्रे घरभित्र डोऱ्याई हसिनाले । डोरे खटियामाथि दरी बिछ्याएपछि- "बैठो दादा" भनेर आफू डेहेरीले खण्ड-खण्ड बनाएको अँध्यारो कोठाभित्र छिरी ।

सायद उसकी नन्द हुँदी हो, जवान बठनियाले पित्तलको अम्खोरामा पानी ल्याएर दिई । काँसको थालमा ढिक्री बोकेर अँध्यारो सुरूङबाट निस्की हसिना । डोकनीमा कुटेको खुर्सानीको अचार र बङ्गुरको मासु थियो साथमा । हँसिलो अनुहार पारेर भनी-

"मुसाक् चट्नी खाइबो दादा ?"

ढिक्री र मुसाको चट्नी सानोमा बाँडीचुँडी खाएको र मीठो गरी खाएको उसलाई याद रहेछ सायद । हाँसेर भनिदिएँ- "हाँ-अँ !"

कालीकाली जवान बठनियाँले ल्याएको पहेँलो अम्खोराको पानी पिउन लागेथेँ जब, भित्री भित्तामा टाँगिएको तस्वीरले मेरा पुराना आँखाहरूलाई स्मृत तुल्यायो । बुक्रे भित्तामा टाँगिएको तस्वीर पुरानो थियो, परन्तु स्पष्ट थियो देखिएको ।

हँसिली हसिना आफ्नी आमाको काखमा खिलखिलाइरहेकी थिई तस्वीरमा । उस्तै खाइलाग्दी र सुन्दरी उसकी आमाले छोरीलाई काखमा लिएर उभिएको तस्वीर । मलाई लाग्यो-तस्वीर बोल्दै छ । तर बोलेन ।

तस्वीरले मलाई पैँतीस वर्षअघिको मैनापुरमा पुऱ्यायो एकपटक फेरि । दिमागको पर्दा खुल्यो स्वाट्टै । मानसपटलमा धुमिल बनेका दृश्यहरू ताजा बनेर आँखाअगाडि नाच्न थाले एकपटक फेरि-

म उसबेला बैदार काकासँग पहाडबाट मलवारमा झरेको थिएँ, पढ्न भनेर । मलवार क्षेत्रमा थारूका घना बस्ती थिए । मैनापुर गाउँमा एउटैमात्र पहाडी बैदार काकाको घर थियो, थारू बस्तीको बीच भागमा । मैनापुर केवल थारूहरूकै गाउँ थियो ।

बाक्लो बस्ती भएको मैनापुर गाउँको सबैभन्दा उत्तरपट्टि लौटनको घर थियो । लौटनको घरसँगै जोडिएको थियो, कैलाशपतिको घर । फूलराम थारूको घर पश्चिम सडकको किनारामा थियो । भरथरी डगौरा, जालीराम चौधरी, फिरूलाल र सोमैयाका घरहरू मैनापुरको बीच गाउँमा थिए । भलमन्सा भजनलाल र झिल्कानेको घर एकैसाथ जोडिएका थिए । कोइलाहन घरको पछाडि फत्तेबहादुरको घर थियो । महतान घर, पत्थर भुजान घर र बड्काहन घर सँगसँगै जोडिएका जस्ता थिए । बगाहन घरका पछाडि ठूलो कुवा थियो । कुवाको उत्तरतर्फ थियो, गाउँकै एउटै मात्र पक्की घर । त्यो घर थियो, पटरानी चौधरीको ।

पटरानी चौधरी ?

पटरानी चौधरी जमिनदार खेमचरणकी कान्छी श्रीमती थिइन् । उत्तर कोटफाँटा भागी महतोकी कान्छी छोरी पटरानीलाई खेमचरणले दोस्री श्रीमतीका रूपमा भित्र्याएका थिए । घरमा उनैको बोलवाला थियो । खेमचरण सान, सौकत, खानपिन र ऐयासीमै केन्द्रित थिए । बरेलीको बरन्डी दारू र लालझाडीका कालिजका अत्यन्त सौखिन थिए तिनी । टुक्टुके मिल, पम्पिङसेट र ट्रेक्टर तिनका कमैयाहरूले नै चलाएका थिए । घरायसी काममा तिनलाई उति लगाव थिएन । सकेजति रेखदेख गर्ने अभिभारा कान्छी श्रीमती पटरानीकै थाप्लोमा थियो ।

एक दिन पटरानी चौधरीसँग बात मार्दै बेदार काकाले मलाई देखाएर भने-

"तुहार घरमे बैठुइया घरमास्टर इहे हो ।"

पटरानीले सोझो नजरले हेरिन्- "अच्छा !"

डोरीको खटिया पारिलो घाममा तेर्स्याउँदै भनिन्-

"बैठो घरमास्टरवा बाबु !"

त्यस दिनदेखि म पटरानीको घरमा घर मास्टरवाका रूपमा बस्न थालेँ । दुइटी लहुन्डीहरूलाई साँझ बिहान पढाएर आफू पढ्न थालेँ ।

***

"आज हम्रे मछ्री मारे जाइटी दादा ।"

यति भनेर बिफनी र गङ्गा थरूनीहरूको साथमा गए माछा मार्न ।

"घौँगीफेन् खोजके नानो होई ।", आफ्ना छोरीहरूलाई कराइन पटरानी । मछ्री र घौँगी खोज्न थरूनीहरू पूरा हूल बाँधेर जान्थे, प्रायःजसो ।

पटरानी भन्थिन् बैदार काकालाई-

"घौँगी बडा मिठ् रहठ् । जब् चिख्बो तब पता पाइबो हिकार स्वाद !"

बैदार काका हाँसेर भन्थे- "नाइ चिखम् !"

पटरानी बैदार काकालाई एकपटक घुरेर हेर्थिन् अनि भित्र पस्थिन् ।

प्रायःजसो बैदार काका म बस्ने घरमा आइरहन्थे । सञ्चो-बिसञ्चो सोधिरहन्थे-

"केइ चिन्ता नअरेस् म छँदै छु है ।"

पटरानी जिस्काउँथिन्- "का करे सेकबो तुँ ?"

उनी अत्यन्त चलाख मानिस हुन् । कुराका बडा सिपालु । थारू गाउँ प्रायःजसो घुमिरहनु उनको दिनचर्या हुन्थ्यो । सबका घरको हालखबर सोध्थे- "कैसिन् बाटो ?" भलमन्सा भजनलाल र जमिनदार खेमचरणसँग तिनले छिट्टै गहिरो दोस्ती गरे । लौटनप्रसाद, सखीराम र महतानेहरूका तिनी प्रिय थिए । थारूहरूलाई अगाडि-पछाडि लगाएर हिंड्ने र साँझमा टन्न जाँड खुवाइदिने हुँदा उनीहरू दङ्ग हुन्थे बैदार काकासँग ।

दिनहुँजसो जाँड पिउनु थारूहरूको विशेषतै हुन्थ्यो । अझ जाँडकै लागि माघ थारूहरूको प्रिय महिना हुन्थ्यो । प्रायः महिनाभरि नै जाँड पिएर मस्ती गरिरहेका देखिन्थे उनीहरू । महिनाभरि सुँगुर र बङ्गुरको मासु खानु, ढिक्री पकाउनु, मुसाको चटनी खानु, घौँगी चुस्नु र ऋण गरेर पनि जाँड-रक्सी पिउनु उनीहरूको जीवनशैली हुन्थ्यो, माघमा । रक्सी पिएर कोही कोही सडकमै लडिरहेका भेटिन्थे । बठनियाँहरूसँग टाढा-टाढा नाचगान र मेलाहरूमा हूल बाँधेर रमाउन गएका देखिन्थे

कोही । खानपिन, नाचगान र मस्तीमा निस्फिक्री देखिन्थे उनीहरू । हरेक माघमा थारूहरू सम्पत्ति र शरीरमा आफूलाई आधा रित्याउँथे ।

माघको अन्तिम एक दिन एकाबिहानै लौटन देखियो, बैदार काकाको आँगनमा । माघको ठिहि्याउने जाडोमा उसले दुइटा हातहरू खोकिलामा च्यापेको थियो । घुँडाभन्दा माथिसम्म मात्रै मैलो काछनी बेरेको थियो । खुट्टामा खटखट बज्ने काठका चप्पल थिए, हातले बनाएका । जाडोले ऊ ठिहिरिएको थियो । बैदार काकाका आँखामा हेर्दै भन्यो-

"बाजे महिन् बडा कर्रा पर्टा । लहुन्डा-लहुन्डी ओ जन्नीकिन् पाल्नाफे मुस्किल परटा । और तुहार रिन फेन् मै नाइ तिरे सेकम् । मुहिन् कमैया रखो बाजे । मै तुहार कमैया बैठम् । गौकसम् ।"

त्यस दिनदेखि लौटनप्रसाद बैदार काकाको घरमा कमैया भएर काम गर्न थाल्यो । उसकी जन्नी ओर्गान्नी भई । गाईभैँसीको घारीसँगै फुसको बुक्रो बारेर कमैया लौटनको परिवार बैदार काकासँगै बस्न थाल्यो ।

बिहान भालेको डाकोसँगै उठेर लौटन कहिले खेत जोत्न जान्थ्यो । कहिले काठका पैयावाल लडिया कुदाएर टाढाको जङ्गलमा काठी गर्न जान्थ्यो । पुस माघको महिनातिर राति सडकमा एकनासले हिंडेका सयौँ लडियाहरूका बीचमा आफ्नो लडिया पनि हेलिदिन्थ्यो, लौटन कहिले । धान बेच्न जाने सयौँ लडियामाथि बसेका संघारीका स्वरमा स्वर मिलाउँदै उसले गाएको पनि सुनिन्थ्यो कहिले ।

करिब चार-पाँच दिनपछि सत्ती अथवा राजापुरबाट धान बेचेर फर्कन्थ्यो लौटन । गाउँका सयौं साथीहरूसँग गीत गाउँदै चुरे पर्वतमा बाबियो काट्न जान्थ्यो । काममै जिन्दगी निमग्न थियो उसको । न जाडो कहिल्यै, न गर्मी, न बर्सात ।

सीतारमतीसँग कुनै गुनासो थिएन उसको । न कहिल्यै भनाभन भयो । न मनमुटाव, न झगडा । उसकी जन्नी सीतारमती एक जोधाहा थरूनी थिई । बैदार काकाकी ओर्गान्नीका रूपमा गोबर सोहोर्नु, आँगन बढार्नु,

कोठा सफा गर्नु, भाँडा माझ्नु, पानी भर्नु, खेती स्याहार्नु, कुटाइ-पिसाइ गर्नु, बैदार काकाको बिस्तरा लगाउनु, तेल लगाउनु उसैका थाप्लोका कामहरू थिए । दुइटा सिङ्गाने छोरी बोकेर आएकी सीतारमतीले चार वर्षको अन्तरालमा तीनवटा छोराहरू जन्माई । कोही भन्थे-

"सीतारमतीका छावाहरू त दुरूस्त बैदार बाजेजस्तै छन्, पहाडिन्के बियार तो बडा सुग्घुर देखाइटा ।" परन्तु लौटनलाई यो अनुमान र आरोपसँग कुनै आग्रह थिएन ।

एक दिनचाहिँ अचम्मको कुरा थाहा पायो उसले । माघको महिना साँझ अबेरसम्म उसैसँग रक्सी खाए मालिक बैदारले । कुखुरा काट्न लगाए । डोकनीमा खुर्सानीको अचार कुट्न लगाए । लौटनकै बुक्रामा अगेनावरिवरि बसेर जाँड पिए, बैदार, लौटन र सीतारमतीले । डोकनीमा कुटेको खुर्सानीको अचार थपीथपी खाए बैदारले । लौटन धान बेचेर फर्केको थियो, एक छिन अघिमात्रै ।

"थाकेको छस् स्वाट्ट पार्दे, सब् थकाइ मेटिन्छ ।", बैदारले थपिरहे । लौटनले पिइरह्यो । राति अबेरसम्म पनि जाँड पिएपछि मतुवार बने तीनै जना । लौटनलाई बढी नै लागेछ सायद । डेहेरीले बार बनाएको कोठामा अचेत भएर पल्टियो ऊ । राति ३ बजे मुत्न जानलाई लड्खडाउँदै जब ऊ बाहिर निस्कने बाटो खोज्न थाल्यो, तब उसका आँखा तिरमिराए । टुक्कीको धमिलो प्रकाशमा उसले देख्यो-बैदार र सीतारमती एक ज्यान भएर सुतेका थिए । सीतारमतीको लेहङ्गा कता थियो खै ? बैदार काकाको अङ्गालोमा ऊ निर्वस्त्र बेहोस थिई । बैदारका हातखुट्टाहरू उसमाथि थिए । यसभन्दा बढी हेर्न चाहेन उसले ।

"का करटा बुरचोडी साला पर्वटिया ?", यत्ति भनेर ऊ बाहिर निस्कियो।

खलिहानमा पुगेर जोरले चिच्यायो ऊ- "जागो रे जागो !"

मुती सकेर भित्र पस्दा बैदार र सीतारमती आगो फुक्दै थिए अँगेनामा । पर कुनातिर निहुरेर लौटनले खै, किन हो बन्चरो समात्यो । देखेर बैदार कराए-

"एइ लौटन, बात् त सुन् जरा । तेरो सौँकी र रिन आजदेखि मिनाहा गर्दिएँ मैले बुझिस् । अब् ओ धान फे नातिरिस् महिन् बुझ्ले बात् ?"

लौटन खडा थियो, बैदारका अगाडि ।

भन्यो- "अच्छा !"

सरासर आफू सुतेको ठाउँमा गएर पल्टियो । सुतेरै ऊ करायो-

"अइ सीतारमती हियाँ आ !", सीतारमती जुरूक्क उठेर गई । बैदार काका अँध्यारोमै निस्किए बाहिर ।

***

एकसाथ रक्सी पिउँदा पिउँदै जमिनदार खेमचरणसँग गजबको दोस्ती बनिगो, बैदार काकाको । उसो त भलमन्सा भजनलाल पनि तिनीहरूकै बीचमा देखिन्थ्यो, कहिलेकाहीँ । खानपिन र शिकारमा गजबको सौख थियो, खेमचरणको । आफ्नो लहरू तयार गर्न लगाएर मल्कानेलाई जब बोलाउन पठाउँथे बैदार कहाँ, दौरा सुरूवाल, नेपाली ढाका टोपी, सफेद चस्मा र टल्किएका जुत्तामा ठाँटिएर बडा रवाफका साथ आउँथे बैदार काका । लालझाडीमा शिकारका लागि प्रस्थान गर्थे उनीहरू । लहरूमा बसेर सैर गर्न निस्कन्थे । मल्काने सारथि हुन्थ्यो उनीहरूको । साँझमा कहिले कालिज, कहिले बँदेल र कहिले मृग अवश्य ल्याई आउँथे । शिकारबाट आएको राति बैदार काकाको बास त्यहीँ हुन्थ्यो, पटरानीकै घरमा । साँझमा मुडा बालिन्थे । आगो ताप्दै अगेनावरिपरि बसेर राजसी ठाँटमा रक्सी खाने जमानाको रवाफ अर्कै थियो, त्यस बखत । पटरानीले स्वयम् रक्सी थपिदिएको म देख्थेँ । बैदार काकाको गिलासमा उनको तस्वीर प्रतिविम्बित हुँदो हो सायद । बैदार काका विशेष पसन्दका पुरूष थिए, पटरानीका । सायद पटरानी पनि ।

पटरानीको जवानीको रवाफ अर्कै थियो, त्यस जमानामा । बुट्टेदार लेहङ्गा, स्तनलाई टम्म पारेको बुट्टेदार साँघुरो ब्लाउज, चाँदीका लाठहरूको माला, हात र खुट्टामा चाँदीकै बाला, गलामा मोतीको हार र कानमा ठूला ढुङ्ग्री । यस्तो पहिरनमा ठेट थरूनी देखिन्थिन् पटरानी ।

त्यति गोरो होइन, ठीकैको वर्ण थियो उनको । शरीर पुष्ट र खँदिलो, स्वभाव चञ्चल । तर उनका थरूवा खेमचरण ढल्किँदो उमेरका शान्त पुरूष थिए । परिपक्व, भद्र र शालीन स्वभावका । त्यस जमानामा लबेदा, सुरूवाल, जुहारी र नेपाली टोपीमा ठाँटिने मैनापुरभरिका उनी एक्ला थारू थिए । बडा रवाफिलो र सानदार जीवनशैली, परन्तु शिथिल र रूग्ण शरीर थियो उनको ।

दिउँसोतिर एक दिन पटरानीलाई मैले जाँड खाइरहेकी देखेँ । बैदार काका मचियामा बसेका थिए, उनी भुँइमै । मुसाको चटनी जिब्रो फड्कारेर चाट्दै थिए उनीहरू। साँझ खेमचरण आउँदा पटरानी उन्मत्त थिइन् ।

त्यस दिन असाध्यै जाडो थियो । सायद हिउँदको साँझ थियो त्यो । बैदार काका, खेमचरण र भजनलाल रक्सी खाँदै थिए । पटरानी दारू र मासु थपिरहेकी थिइन्, तिनैलाई । देशीराम दौडेर आयो ढोकामा । तीनै जनाका गिलासमा हेरेर भन्यो-

"बरबाड हुइगिल काका लौटनवा ओराइगिल ।"

"हँ, कैसिक मरल ?", तीनै जना आत्तिए ।

"आज सक्कारेसे रक्सी पिले रहे । दिनमेफे जाँड पिअल । तबसे सुतल रहे । अब्बे उकार जन्नी जगाई लागल तो ऊ ठन्डा हुइगिल रहे । मरल मनै कहाँसे उठी ना ? "

यति भनेर देशीराम दौडेर गयो गाउँतिर ।

बैदार काकाले भने-

"मोर सौंकी फेन् डुब्गिल साला !"

***

सत्र दिनपछि भलमन्साको घरमा गाउँलेहरू जुटे । लौटनको भाइ पल्टु जयरामसँगै बस्यो खटौलीमा । खेमचरण हुक्का तानिरहेका थिए । जालीराम अठार बीसवटा खोरियामा जाँड हाल्दै थियो । भलमन्सा भजनलालले प्रस्ताव गरे-

"सीतारमती अभिन जवान बा, पल्टुके फेन् भोज नाइहुइल हो । तो अब सीतारमती पल्टुके जन्नी होकर बैठिई । कैसिन् पल्टु ?"

सबैले पल्टुको अनुहारमा हेरे ।

"मै का बटाऊँ ?", पल्टु फिस्स हाँस्यो ।

जयरामले भन्यो-

"ठीके तो हो ।"

गाउँलेहरूले एक मतले यो प्रस्ताव पारित गरे । आफ्नी भउजी सीतारमतीलाई जन्नी मान्न मन्जुर गऱ्यो पल्टुले । बैदार काकामा छटपटी देखियो, परन्तु सीतारमतीको थरूवाको रूपमा पल्टु लौटनको सट्टा उनको कमैया बस्न मन्जुर भएकोले उनको हैरानी क्षणभरमै हरायो । सीतारमतीको मन्जुरी वा नामन्जुरी के थियो खै ? तर उसको खामोसीलाई मन्जुरीकै रूपमा बुझियो । दोस्रो दिनदेखि उसको थरूवाको रूपमा पल्टु बैदार काकाको कमैया बस्न आयो । उस दिन बैदारले सौँकी माफी गरिदिएको कुरा सीतारमतीले भनिन । भन्न चाहिन सायद ।

***

अर्को त्यस्तै साँझमा महताने आयो दौडेर ।

"फूलमती हेरागिल् !", भन्यो उसले र दौड्यो पत्थरभुजान घरतर्फ । गाउँका लड्काहरूले रातभर खोजे जालीरामकी जन्नी फूलमतीलाई ।

"वाणी मेला हेरे तो नाइगिल ?", तेजरामले शङ्का व्यक्त गऱ्यो ।

तेजराम, जालीराम, पिरमपति र चुन्नुलाल रातारात वाणी पुगे, फूलमतीलाई खोज्न ।

फूलमती त्यहाँ थिइन ।

"चिनकुमारीके घर गिल हुईं ।" भनेर छिमेकीका तीन जना लड्कीहरू उता गए खोज्न ।

अहँ, भेटाएनन् कतै पनि ।

हिउँदका बिहानहरूमा खलिहानमा भुसी जलाएर मकै पड्काउनु किसानहरूका लागि अर्कै आनन्द हुन्थ्यो । साझा खलिहान गाउँको

पछाडितिर थियो । महताने, फिरूलाल, पल्टु र सोमैयाहरू गए खलिहानमा बिहान झिसमिसेमै, आँखा मिच्दै ।

"उः हेरो दुइठो कुक्कुर निक्रटा पैरामनसे ।", भन्यो फिरूलालले । झिसमिसे अँध्यारोमा उतै नजर लगाए सबैले । रातभरि एक-अर्कासँग गुडुल्किएर सुतेका कुकुरजस्ता दुइटा मान्छेहरू परालको खातबाट हतार-हतारमा उठेर भागे ।

"ऐया डाई.........मर्गिनु !", भन्यो महतानेले ।

"उः हेरो, फूलमती और पर्वतियाके छावा !"

हिजो साँझदेखि फूलमतीलाई कहाँ कहाँ खोजेनन् गाउँलेहरू र उसको थरूवाले । तर ऊ यहाँ हराएकी रै'छे, परालको खातमा । उसका साथमा बैदार काकाको जेठो छोरो इन्द्रकान्त पनि हराएको रहेछ तर ऊ हराएको थाहा थिएन ।

इन्द्रकान्त र फूलमती परालको खातमा सँगै भेटिएको हल्ला हावाझैँ फैलियो गाउँमा । तरूनी लहुन्डीहरू मुखामुख गरेर हाँस्न थाले ।

"पर्वटिया साला बुर्चोडी" भनेर मुरमुरिन थाले, गाउँका जवान लड्काहरू ।

गत वर्षमात्रै पिपरवाबाट भोज गरेर ल्याएकी आफ्नी जन्नी फूलमतीलाई काट्नका लागि खुकुरीमा धार लाउन लाग्यो जालीराम । जालीरामको रिस प्रकट नहुँदै गाउलेहरू जुटे फेरि भलमन्साको घरमा । सबैले एकमतले सल्लाह गरे-

"गाउँको कुरो हो । कुरालाई बढाउनु हुँदैन । जवानीमा गल्ती भैजान्छ । बरू जालीरामलाई फूलमतीको... चोखाउनी दिएर मनाउनुपर्छ ।"

भलमन्साले निर्णय सुनाएपछि फूलमतीको... चोखाउनी भनेर बैदार काकाले सत्र सय रूपैयाँ तिरे । फूलमती चोखिएर जालीरामकै जन्नी भई । जालीरामले जाँड खुवायो, जवान लड्काहरूलाई । यस घटनाले शिर तल गरेर हिंड्नुपर्ने भयो, बैदार काकाले ।

***

बैदार काका वैशाखसम्म पनि देखा परेनन् गाउँमा ।

जेठमा ?

अहँ !

असारमा ?

अहँ !

साउन, भदौ अनि असोजसम्म पनि देखिएनन् ।

"कहाँ हेरागिल बैदार ?", पटरानीको चासो थियो ।

कहाँ गए हुन् त बैदार काका ?

कार्तिकमा पनि र मङ्सिरमा पनि देखा परेनन् उनी । पूरा एक वर्षपछि फेरि हिउँदमा आए, पटरानीको घरमा । पटरानी धेरै खुलेर बोलिनन् । ठुस्स परिरहिन् । खेमचरणको लहडुमा चढेर पर पुगिसकेपछि उनी एकोहोरिएर हेर्न थालिन्, लहडुलाई ।

फेरि उस्तै शिकारको सिलसिला दोहोरियो ।

प्रायः साँझहरूमा उस्तै खानपिनको सिलसिला सुरू भयो ।

आगोको धुनी फेरि जगाइयो ।

"आज तो जाँड खाइनास् लागटा । नानो रे... !"

धुनी ताप्दै खेमचरण कराउँथे । माटोको घ्याम्पोमा राखेको जाँड स्वयम् पटरानी तीनवटा खोरियामा हाल्थिन् । आगोको वरिपरि बसेका खेमचरण, भजनलाल र बैदार काकाले मीठो मानीमानी खाएको दृश्य असाध्यै रमाइलो लाग्थ्यो ।

"मुसाक् चटनी नाइ हो ?"

खेमचरण फेरि कराउँथे । खुर्सानीको अचार र मुसाको चट्नी थप्थिन् पटरानी ।

त्यस दिन उठ्नै नसक्ने गरी जाँड पिए, बैदार काकाले । आगोको धुनी नजिकै खटिया तेर्स्याएर विस्तरा लगाइदिइन् पटरानीले । खेमचरण आफ्नो कोठामा सुत्न गए । बैदार काका खटियामा पल्टिए तर पटरानी आगो ताप्दै बसिरहिन्, अबेरसम्म पनि ।

राति उठेर हेर्दा बैदार काका आफ्नो ओछ्यानमा थिएनन् । ठूला डेहरीहरूले घेरेर बार बनाइएको कोठा पटरानीको थियो । अहिले डेहेरीको आडमा खटियासँगै जोडिएको पर्दा हल्लिरहेको थियो । आधा रातमा पर्दा किन हल्लियो ? अचम्म लाग्यो । खुलदुली पनि । खेमचरण साँझ नै आफ्नो उत्तरपट्टिको कोठामा सुत्न गइसकेका थिए । एक्लै पटरानी । किन पर्दा हल्लाउँदै छिन्, आधा रातमा ? डेहरी र पर्दा जोडिएको छिद्रबाट हेर्ने प्रयास गरेँ । उफ् ! बैदार काका पटरानीमाथि चढेर ढिकी कुट्दै थिए । मलाई पटरानीको गजबको स्वभाव बल्ल थाहा भयो ।

बिहान उठ्दा पटरानी आफ्नो काममा निमग्न थिइन् । खेमचरण हुक्का तान्दै थिए । बैदार काका त्यहाँ थिएनन् ।

खानपिनको क्रम चलिरह्यो ।

फेरि धुनी जगाइन्थ्यो । पटरानी जाँड हाल्थिन् खोरियामा । आगोको वरिपरि बसेर जाँड पिउनुको मजा अर्कै हुन्थ्यो । बैदार काका मतुवार हुन्थे । आगो नजिकै खटिया तेर्स्याइन्थ्यो । उनी पल्टन्थे । आधा रातमा फेरि पर्दा हल्लिन्थ्यो । बिहान उठ्दा पटरानी आफ्नो काममा निमग्न हुन्थिन् । खेमचरण हुक्का ट्वारट्वार गरिरहन्थे । बैदार काका त्यहाँ हुन्नथे ।

यो क्रम चलिरह्यो ।

बहुत समयपछि पटरानीले फेरि एकपटक बच्चा जन्माइन् । छावा रामचरणलाई जन्म दिइन् । अर्को वर्ष निखाउन नामले जन्मियो, अर्को छावा ।

र, अन्तमा अत्यन्तै रूपवती बालिका हसिनालाई जन्म दिइन् ।

एक रात खेमचरणले एकाएक बन्दुक पड्काए, ड्याम्म !

बन्दुक ?

हो, बन्दुक पड्काए, उनले आधा रातमा । शिकार गर्नु उनको सौख थियो । बन्दुक उनैले पड्काएका थिए । जमिनदार खेमचरण चौधरीले ।

भोलिपल्ट सबेरै पूरा गाउँ ठूलो कुवामा जम्मा भएको थियो । डोरीले बाँधेको बाल्टी कुवामा खसालेर कोही पनि पानी निकाल्न सकिरहेका थिएनन् ।

कलुवा, पल्टु, देशीराम, महताने, पिरमपति, बड्काने, सोमैया, भजनलाल, भरथरी, जङ्गबहादुर, फिरूलाल, खेमचरण, बैदार काका, जालीराम, फूलमती, गङ्गा, चिनकुमारी, बिफनी, सीतारमती सबै-सबै त्यहाँ थिए तथापि त्यत्रो भीडमा कोही नभएजस्तो । केही अपुगजस्तो र कसैको अभावजस्तो लागिरह्यो ।

कारण ?

कारण, त्यहाँ सबै हुँदा पनि पटरानी थिइनन् । दिउँसो एघार बजेतिर पुलिसहरू आए । कसो-कसो गरी कुवाभित्रबाट बडेमानको मानव लास निकालियो । शरीर पानीले टम्म फुलेको थियो । शरीरमा कतै घाउ, खत थिएन । जस्ताको त्यस्तै शरीर थियो । गाउँलेहरू सबै निःशब्द उभिएका थिए । सबैको अनुहार ओइलाएको थियो । मैले काखमा सत्र महिनाकी अत्यन्त सुन्दर बालिका हसिनालाई बोकेको थिएँ । त्यतिका मानिसहरूमा केवल हसिनामात्रै रोइरहेकी थिई- च्यहाँ...च्यहाँ ! आमाको दूध खोज्दै थिई ऊ । आफ्नी प्रिय छोरीको लाडिलो क्रन्दन आमाले सुन्न छाडेकी थिइन् । लास बनेकी पटरानी गाउँलेहरूको बीचमा गहिरो निद्रामा थिइन् । हसिना चिच्याई-चिच्याई रूँदै थिई । उसलाई फकाउने मसँग शब्द थिएन । मुटु चुडाल्ने उसको क्रन्दनले म पग्लिएको थिएँ । मेरा आँखाबाट आँसु झरिरहेका थिए ।

"का करे रोइटो दादा मुसाक् चटनी, पिर लागल् कि का ? मासु फे पिरो बा ?"

"हँ ?", म झस्किएँ ।

उफ् ! म त्यस घटनाको अट्ठाईस वर्षपछाडि थिएँ ।

हँसिली हसिना मेरो काखमा होइन, मेरो अगाडि उभिएर हाँस्दै थिई ।

***

पापीघाट

लीला मभन्दा सात वर्ष जेठी थिई । मेरो उमेर थियो, १० वर्ष । लीलाको उमेर १७ वर्ष । लीला शुकवीर अङ्कलकी कान्छी छोरी । गाउँले नाताले मेरी दिदी । म दिदीकै नाताले लीलाको पिछा गर्थें । मभन्दा सात वर्ष जेठी लीलाले मलाई बालक कालमा काखमा खेलाइहोली । पिठ्युँमा बोकी होली । हातको औँला समातेर बाटोमा डोऱ्याइहोली । माटोमा सँगै खेल्यौँ होला । पानीमा सँगै भिज्यौँ होला । खै, के-के लीला गरेर म बुझ्ने अवस्थामा पुगेँ । आफूलाई याद हुने अवस्थामा पुग्दा लीलासँगै, लीलाकै छायाँमा हुर्केको पाएँ ।

गाउँमा भर्खर स्कुल खुल्दा लीलाको पढ्ने उमेर ढल्किसकेको थियो । सायद बैँसका पखेटा लागिसकेका थिए । म भर्खर स्कुल जान थालेको थिएँ । १० वर्षमा मैले कखरा सुरू गरेँ । लीला र मेरो अर्कै सानिध्य बढ्यो, गोठाले जीवनमा । ऊ कहिलेदेखि गोठाला जान सुरू गरेकी हो, मलाई थाहा छैन । म पनि उसकै पछिपछि कहिलेदेखि गोठाला जान थालेँ, याद छैन । जे भए पनि मलाई लीलासँग गोठाला जान जत्तिको अर्को आनन्द कुनै थिएन ।

लीला दिदी अलि ठूली हुनाले बाख्राहरू उसैका जिम्मा लगाएर आमा मलाई उसैसँग गोठाला पठाउनुहुन्थ्यो । कम्मरमा सेतो पटुकी बाँधेर गोठाला जाँदा लीलाले चामल भिजाएर गुडको डल्लो त्यसैमा राखी पटुकीमै बाँधेकी हुन्थी । गाई, बाख्रा मेलामा छोडी रूखको छहारीमा गट्टा खेलिसकेर अथवा जङ्गलको झाडीमा लुकामारी खेलेर थाकेपछि

ठूलो चुच्चे ढुङ्गामा बसेर ऊ गुड र चामल एउटैमा मुछ्थी अनि एक फाँको मेरो मुखमा हाल्दिन्थी । अर्को आफ्नो मुखमा । स्कुल जानुभन्दा अघिको प्रायः दैनिकी यही थियो मेरो । स्कुल जान थालेपछि पनि छुट्टीको प्रतीक्षा गर्थें । पढ्न जानुभन्दा हजार गुना आनन्द मेरा लागि लीलासँग गोठालो जानुमा हुन्थ्यो ।

म एघार वर्ष पुगिसकेपछि भएका घटना र लीलाले गरेका क्रियाकलापहरूले मेरो स्मृतिपटललाई अहिले पनि खलबल्याइरहन्छन् । लीला १७ वर्ष पार गरेकी ग्रामीण बाला । पुष्ट छाती, गोरो अनुहार, काला केश, लच्किँदो नितम्ब । ऊ ग्रामीण सुन्दरी नै थिई । उसका हरेक अङ्गमा बैंसको लाली चढिसकेको थियो । बैंसका पखेटाले उसको मनलाई नजाने कहाँ उडाएर लग्थे होलान् तथापि त्यस बेलाको गोठाले जीवनमा मलाई नै उसले आफ्नो प्रेमी मानेकी थिई । मैले भने उसको जवानीको यौनिक भाव र वासनामयी प्रेम बुझ्न सकिनँ । बुझ्ने उमेर पनि थिएन ।

एक दिन गाईवस्तुहरू मेलामा छोडेर भैंसीको सिङ आकारका आँख्लाहरू टिप्दै भैंसिङेको गुफाजस्तो झाडीभित्र पुग्यौं दुवै जना । सूर्यका किरणसमेत नपर्ने झाडी-कुञ्ज डर लाग्दो थियो । लीलाले आफ्नो कम्मरबाट सेतो पटुकी खोली र लहराको काँपमा झन्ड्याई । मेक्सीजस्तो घाँगर सर्लक्क माथि उचाली । मेरै सामुन्ने गुलाबी अनुहार लगाएर टुत्रुक्क बसी अनि 'सिइ ईईई...' पिसाब फेर्न थाली । मैले हेरिराखें । उसको पिसाब ओरालो भुइँमा सानो खोलाजस्तै हतारमा बगेर गयो । म आज सोच्दै छु, उसले होइन, उसको पिसाबले मसँग लाज मानेर त्यति चाँडो बगेर गयो होला ।

पिसाब फेरि सकेपछि ऊ सन्तुष्ट भईजस्तो लाग्यो । आफ्नो कम्मरमुनिको घाँगर तल नसारेरै ऊ उठी । मलाई उसका सेता तीघ्रा हेरिरहूँजस्तो लाग्यो । उसले हाँस्दै आफ्नो सेतो पटुकीले मलाई एक फन्को बेरी । आफू पनि त्यसमै बेरिई र भनी-

"करन, आँखा चिम्म गर् त ।"

"नाइँ, जङ्गलमा डर लाग्छ ।"

"म छु नि लाटा, तेरी दी !"

उसका मुखबाट पूरा वाक्य फुटेन । च्वाप्प गालामा म्वाइँ खाई । भनी- "करन, मेरो गालामा माया गर् न !"

"के माया ?"

"थुतुनो यता ले न ?"

"नाइँ, म भैँसिङेले तेरो मुखमा घोचिदिन्छु ।"

"ल, म आँखा चिम्म गर्छु अनि म्वाइँ खा है ?"

"लीला दिदी ! म चन्द्रेलाई तेरो गालामा म्वाइँ खाइदे भनूँ ?"

"चुप् कर्ने, तेरो ब्वारी छैन ?"

लीलाले मलाई अँगालो हालेकी थिई । भनी-

"करन भाइ, एक छिन सुतौँ है ?"

मलाई अचम्म लाग्यो, त्यति माया गर्ने लीला दिदी आज किन यस्तो गर्दै छे ? म उसको बाहुपाशमा थिएँ ।

पारि जङ्गलमा सुरिलो आवाजमा गीत गुञ्जियो-

दायाँ खुट्टा ठेस लागिजाऊ, परदेश जान्तक,
साईका घाँटी म लागिजाऊँ, ज्युनारी खान्तक !

साँझपख घर फर्किँदा लीलाको शरीर पसिनाले निथ्रुक्क भिजेको थियो।

***

सायद, साउन लागिसकेको थियो क्यारे । गाउँको तल बगरे खोला उर्लिँदै थियो । खोला तरेरै गाईबाख्रा चराउन जानुपर्थ्यो । लीलाले आफ्ना गाईगोरू पारि लखेटेर खोलाको वारि किनारमा मलाई पर्खेकी थिई । नीलो चोली, रातो घाँगर र उही सेतो पटुकीमा लीला अप्सरा नै देखिएकी थिई । साउन लागे पनि खोला त्यति बढेको थिएन । सधैँ सजिलै पार गर्थ्यौँ तर आज खोला तर्दा लीला दिदीले फेरि उही हरकत दोहोऱ्याई । आफ्नो घाँगर दुवै हातले माथि सारी । यति माथि सारी

कि कम्मरमुनिको कुनै पनि भाग देखिन बाँकी रहेन । अचम्म लाग्यो, आजकाल लीला दिदी किन जानीजानीकन निर्वस्त्र हुन खोज्छे !

पारि पुगेपछि ऊ खितिति... हाँसी, बल्ल घाँगर तल झारी । खोलाको पल्लो बगरमा साना-साना पानीका खाल्डाहरू थिए । एउटा सङ्लो पानी भएको खाल्डोमा ऊ घोप्टो परेर सतर्कताका साथ हात पानीमा यताउति गर्न थाली । मैले हेरिरहेँ । एक छिनपछि पानी छप्ल्याङछप्ल्याङ गर्दै माझी औँलाजत्रै माछो मुट्ठीमा ल्याई । फुत्केला भन्ने डरले जतनसँग अर्को हातको चोर औँला र बूढी औँलाले त्यसको पुच्छर समातेर देखाउँदै भनी-

"करन, तेरो ब्वारी यत्रै छ ?", अनि हाँसी खितिति... !

म रातोपिरो भएँ । ऊ मेरो पिसाब फेर्नेलाई 'ब्वारी' भन्दी रहिछे ।

भनेँ- "धत् !"

ऊ झन् जोरले हाँस्न थाली ।

म उँधो मुन्टो गरेर त्यही खोपिल्टोमा अर्को माछा हेर्न थालेँ ।

"उठ् कर्ने, गाईबाख्रा डाँडामा पुगिसके ।"

माझी औँलाजत्रो माछो मुट्ठीमा च्यापेर लीला दिदी अघि लागी । म उसको पछि-पछि । एकै सासमा हामी डाँडामा पुग्यौँ । डाँडाको पल्लोपट्टि अलि गहिरोमा सुरम्य स्थान थियो । खेतजस्तै गह्रा-गह्रा भएको । गाउँलेहरू त्यस ठाउँलाई 'बाजथैल' भन्थे । सधैँ बाँझो रहने बाजथैलमा यसपालि गगने भुलले मकै लगाएको थियो । बाँदर, दुम्सी र मलपासाले मकै नाश पारिदिन्थे । तिनैबाट खेतीपाती बचाउनु ठूलो समस्या हुन्थ्यो । गगने काका बाजथैलको सिरानमा कुणो (टहरो) बनाएर आफैँ मकैखेती कुर्थे । खाना त्यहीँ बनाउँथे । धुवाँ भइरहोस् भनेर आगो बालिएको हुन्थ्यो । केही दिनपछि मकै पोलेर खाने असाध्यै मजाको समय आउँदै थियो ।

लीलाले भनी-

"करन ! जा, बाजथैलबाट आगो ल्याएर आ ।"

"किन दिदी, आगोले के गर्ने ?"

"जा न जा, लिएर आ न ।"

"अहँ, म जान्नँ ।"

"जा न भाइ, म तँलाई ऐले गुड-चामल दिउँला नि !"

उही ठूलो ढुङ्गामा बसेर लीला दिदीको हातबाट गुड-चामल खान मलाई असाध्यै मन पर्थ्यो । म एक सासमा बाजथैल पुगेर मालुका पातमा आगोका फिल्काहरू लिएर आएँ ।

एकै छिनमा उसले आगो बाली । मैले अचम्म मानेर सोधैँ- "लीला दिदी के गर्ने आगोले ? गुड-चामल पकाउने हो ?"

आगो फुक्तै भनी, "तेरो ब्वारी पोलेर खाने के ।"

यति भनी र खितित... हाँस्न थाली । म पुनः लजाएँ । उसले लाज मानिनँ । मैले उसको लामो चुल्ठो समातेर पिठ्युँमा मुड्कीले प्वाक्क हानेँ । फेरि खितिति... हाँसेर भनी, "ल्या, तेरो ब्वारी पोलेर खाऊँ ।"

दनदनी आगो बल्यो । उसले मुठ्ठीमा च्यापेर ल्याएको माझी औँलाजत्रो माछो आगोमा हाली । बडो ध्यानपूर्वक छेस्काले माछोलाई मजासँग पोली । आगोका फिल्का ल्याएको मालुका पातमै दुई भाग लगाई । फेरि खितिति... हाँसेर भनी, "लौ खा, तेरो पोलेको ब्वारी, खूब मीठो हुन्छ ।"

मुखमै बिलाएर जाने पोलेको माछो मीठो मानेर खाई । मैले पनि अचारको पित्को जत्रो पोलेको माछा खाएँ ।

अहो ! म के कसम खाऊँ । त्यस्तो स्वाद मैले आजसम्म चाखेकै छैन । लीला दिदीले माछो पोलेर खुवाएको होइन । कहिल्यै नबिर्सिने गरी आफ्नो मायाको स्वाद चखाएकी हो । बल्ल आज यो कुरा मलाई अनुभूति भइरहेछ ।

***

गाउँमा दशैंको रौनक सुरू भइसकेको थियो । सोह्रश्राद्ध सिद्धिएर नौरथा लागिसकेको थियो । मकै टिपेर हरेक घरमा खातका खात सुलीमा

टाँगिएको दृश्य अनुपम लाग्दथ्यो । काँकडी झुलमा काँक्राहरू पहेँलिसकेका थिए । झुलेका धानका बालाहरूले पूरै खेतलाई पहेँलीपुर बनाइरहेका थिए । बगरेखोलाको पानी सङ्लो र सफा भएर बग्न लागिसकेको थियो । रातहरूले शरद्को स्वच्छ यामलाई उदात्त बनाइरहेका थिए । केटाकेटी र युवा-तन्नेरीहरूले दिउँसो पिङको चहइ-चहइ र रातको गाना-बजानाद्वारा गाउँको वातावरणलाई उल्लासमय बनाइरहेका थिए ।

अनि लीला ?

यस्ता उल्लासमय दिनहरूमा पनि लीलाको मन आफ्नो पखेटामाथि मलाई बसाएर खुला वायुमण्डलमा स्वच्छन्द चराझैँ उड्थ्यो होला ।

एक दिन, नौरथाको चौथो दिन थियो क्यारे । लीला दिदीले मलाई बगरे खोलातिर लिएर गई । उसका हातमा एउटा पोको थियो । सायद त्यो कपडाको पोको थियो । बगरे खोलामा पुगेपछि अलि तल उँधोपट्टि दुइटा ठूला ढुङ्गाको बीचबाट छहराजस्तो बनेर पानी बग्ने ठाउँ थियो । त्यहाँ पुगेर कपडाको पोको एउटा ढुङ्गामा राखी । मलाई "तँ ढुङ्गामै बस" भनी । आफू चोलीका तुनाहरू फुकाल्न थाली ।

त्यस दिन उसले सधैँको जसो घाँगर लगाएकी थिइन । मखमली चोलो, छिटको गुन्यु लाएकी थिई । सेतो पटुका उसरी नै बेरेकी थिई । म अवाक् बनेर हेरिरहेँ । उसले चोलो, पटुका र गुन्यु खोलेर पानीमा फाली । उसको शरीरमा कम्मरमुनि पेटीकोट थियो । माथि केही थिएन । दुई ढुङ्गाको बीचमा छहराजस्तो ठाउँमा गएर ऊ निहुरेर नुहाउन थाली । आज उसले अरू दिनको जस्तो पेटीकोट माथि उचालिन । तर निहुरेर नुहाउँदा कहिल्यै नदेखेको अनुपम र आनन्ददायी दृश्य मैले पहिलोपल्ट देखेँ- उसका युगल स्तनहरू चारा टिप्न उद्यत ढुकुरजस्ता देखिए । ती असाध्यै सेता र दूधजस्ता थिए । उसमा कुनै लज्जा र सङ्कोचको भाव थिएन । मैले बगरे खोलाका सम्पूर्ण दृश्यलाई छोडेर आफ्ना आँखा उसका युगल स्तनमा केन्द्रित गरेको थिएँ । मेरो हेराइ निर्निमेष थियो ।

उफ् ! लीला दिदी मेरो अगाडि किन आजाद हुन खोज्दै छे ? मैले बुझ्न सकिनँ । सायद मेरो सामर्थ्यले भ्याएन । उसले आफ्ना दुवै स्तनलाई शरीरका अरू अङ्गजस्तै दुवै हातले मज्जाले मिची । यसो गर्दा न उसमा लज्जाका रेखाहरू देखिए, न त अरू दिनजस्तै खितिति हाँसी । गम्भीर भावमा स्नान गरिसकेपछि ढुङ्गामै उक्लेर लुगा फेरी । सुनौला केशबाट पानीका थोपाहरू ढुङ्गामा चुहाउँदै उसले भनी–

"करन, मेरो कुरा मान्छस् ?"

"के ?"

"मान्छस् कि, मान्दैनस् ?"

"भन् न लिली ।", म उसका छातीतिर चारा टिप्न उद्यत अघिकै युगल पक्षी खोज्दै थिएँ ।

"मसँग भागेर जान्छस् ?"

"काँ ?"

"पापीघाट !"

लीला दिदीले भनेको सबै ठाउँमा म गएको थिएँ । बाजथैल, बगरे खोला, चुच्चे ढुङ्गा, पीपलडाँडा सबै ठाउँमा । तर 'पापीघाट' उसको मुखबाट पहिलोचोटि सुनेँ ।

"काँ हो, लीलादी पापीघाट ?"

"यो खोला बगेर पापीघाटमा त मिसिन्छ नि ।"

"धारे खोलाभन्दा तल ?"

"धारेखोला पनि पापीघाटमै मिसिन्छ । यताबाट सेती, उताबाट कर्नाली मिसिएपछि अझ उँधो पापीघाट आउँछ अरे, हामी त्यैं जाऊँ है ?"

"किन ?"

"तँ ठूलो भएपछि हामी त्यैं बे गरौँला । त्यैं सँगै बसौँला । जाऊँ है ?" उसले मेरो जवाफ पर्खिरही । मैले आधी घन्टासम्म केही बोल्न सकिनँ । उसले मलाई उसैगरी म्वाइँ खाएर पहिलोपल्ट रोएको देखेँ ।

उफ् ! एक निर्दोष बालकप्रति लीलाको कति निर्दोष प्रेम ! कति गहिरो आत्मीयता ! कति गहिरो अपनत्व !

***

घरमा आएर दिउँसोतिर आमालाई सोधेँ-

"आमा, 'पापीघाट' काँ पर्छ ?"

आमाले अचम्म मानेर प्रतिप्रश्न गर्नुभयो-

"किन चाइयो, तँलाई 'पापीघाट' ?"

मैले जिद्दी गरेपछि आमाले भन्नुभयो-

"पापीघाट, त्याँ तल उँधो मधेस जाने बाटोमा पर्छ । सेती र कर्नाली 'त्रिवेणी' मा मिसिएपछि भयङ्कर ठूलो घाट मदेशतिर बग्छ । ठूलीगाडभन्दा अझ उँधो गएपछि पापीघाट आउँछ । त्यो त पापीहरू जाने ठाउँ हो । पापीघाटको पारिपट्टि बगरमा, सालघारीका बीचमा यताबाट पाप गरेर गएका मान्छेहरूको बस्ती छ । याँ पाप गरेका मान्छेहरू पापीघाट तरेर मात्रै त्याँ जान्छन् ।"

"कस्तो पाप गरेको मान्छे आमा ?", मेरो जिज्ञासा थियो ।

"अर्कासँग बात लागेका, तल्जात-मूलजात गरेका, अर्काको गर्भ बोकेका, हाडनाता करणी गरेका र गाउँबाट निकाला भएका सप्पै पापी त्यैँ जान्छन्, पापीघाटमा ।"

आफ्नै मनसँग प्रश्न गरेँ- "लीला दिदीले के पाप गरेकी छे र ? मसँग भागेर पापीघाट जाऊँ भन्छे ।" जात नमिल्ने आफूभन्दा सात वर्ष कान्छो र नाबालक बाहुन केटालाई केटीले भगाउनु सायद पाप मानिथ्यो कि ? के त्यही डरले मलाई भागेर पापीघाट जाऊँ भनेकी हो ? त्यो प्रश्नको उत्तर अहिलेसम्म भेटाएको छैन मैले ।

***

दुई महिनापछि लीला दिदीको विवाह भयो । मलाई गलामा लगाएर लीला दिदी धरधरी रोएको त्यो दिन असाध्यै नरमाइलो लाग्यो ।

छ वर्ष बम्बै बसेर आएको छक्कबहादुरले लीलाको सिउँदो सिन्दूरले भरिदियो । छक्कबहादुर दाइ खाइलाग्दो युवक थियो । गोरो हट्टाकट्टा, हिन्दी सिनेमाको हिरोजस्तै । भर्खरै इन्डियाबाट आएको । पारिडाँडासम्म गीत घन्काउने टेपरेकर्डर काँधमा बोकेर हिँड्थ्यो । कपाल उँभो फर्काएर कोर्थ्यो । जेबमा सधैँ काइँयो राखेको हुन्थ्यो । हातमा सुनौलो घडी, आँखामा चस्मा र औँलामा चारवटा औँठी लगाएको हुन्थ्यो । छक्कबहादुरको रूप, रङ्ग र रवाफ देखेर आइमाई र बुढाबुढी छक्क पर्थे । केटाकेटीहरू छक्कबहादुरजस्तै हुन पाए हुन्थ्यो भनेर कल्पन्थे । म पनि छक्कबहादुरको जस्तै जेबमा सानो काइँयो बोकेर ठाडो कपाल कोर्न थालेको थिएँ ।

मलाई कुतूहलता जाग्न थालेको थियो । अब लीला दिदीले छक्कबहादुरका अगाडि घाँगर माथि सारेर पिसाब फेर्ली कि नफेर्ली ? मलाई देखाएझैँ सेता तिघ्रा देखाउली कि नदेखाउली ? क्रौन्च पन्छीले शिकार झम्टिन तयार भएजस्ता आफ्ना युगल स्तन उँधो पारेर देखाउली कि नदेखाउली ? यो जिज्ञासा मेरो मनमा यति तीब्र भयो कि तत्काल मलाई लीला दिदीसँग बगरे खोलामा उसले नुहाएको हेर्न जाने मन भयो । अब लीला दिदीले छक्कबहादुरको गालामा म्वाइँ खान्छे होला । मलाई सारै नरमाइलो लाग्यो ।

***

विवाह गरेको तीन महिनामा छक्कबहादुर दाइ पुन बम्बै फर्कियो । लीला दिदी र मेरो गोठाले जीवन जारी थियो । उसको व्यवहारमा कुनै परिवर्तन आएको थिएन । घाँगरको सट्टा अब ऊ गुन्यु र चोलो लाउने गर्थी । मलाई देखाएरै पिसाब फेर्नु, खोला तर्दा कम्मरमुनिको पूरै भाग देखाउनु, चुच्चे ढुङ्गामा गुड-चामल खुवाउनुजस्ता लीला दिदीका व्यवहारमा कुनै परिवर्तन आएन ।

समय कति चाँडै भागेछ । १५ वर्ष पुगेको पनि थाहै भएन । पढ्नकै लागि आमाले मलाई मधेस पठाउने हुनुभयो । मधेस जाने कुराले मेरो मनस्थिति खल्बलियो । मेरो स्वर्णिम गोठाले जीवनको अन्त्य हुनै लाग्यो

त ? लीला दिदीको सानिध्य, गुड-चामल खुवाएको हातको स्पर्श, अमुक प्रेम, यी सबै यतिसम्मकै लागि मात्र थिए त ? बाजथैलमा आगोमा माछा पोलेर खाएको प्रेम, भैँसिङेको झाडीभित्रको लीलादीको न्यायो म्वाइँ, बगरे खोलाको दृश्यमोहबाट के अब म टाढिने भएँ त ?

यिनै अनुत्तरित प्रश्नले उब्जाएका संशय भावले मेरो मनमा छटपटी भइरह्यो । झोला भिरेर जाने बेलामा लीला दिदीको अनुहार अश्रुमय थियो । आँसु पुछ्दै डाँडाको फेदीमा आएर उसले भनी-

"चाँडै पढेर फर्कनू ल, तँ र म पापीघाट जाउँला है ?", मैले लीलादीको आँसु पुछ्दै भनेँ, "छिट्टै आउँछु ।"

छुट्टिने बेलामा लीलादीले उसैगरी गालामा म्वाइँ खाई, जसरी बगरे खोलामा खाएकी थिई ।

मैले मनभरि भक्कानो फुटाएर माछीगाड तरेको थिएँ ।

***

मधेस गएर मलवारमा पढ्न थालेँ । नयाँ ठाउँ । नयाँ परिवेश । नौलो बाटो । मलाई अघि बढ्न निकै कठिन भयो । मसँग त्यहाँ लीला दिदी थिइन । चुच्चे ढुङ्गा थिएन । बगरे खोला थिएन र बाजथैल पनि थिएन । जहाँ लीला दिदी र म माझी औँलाजत्रै माछा पोलेर आधा-आधा खान्थ्यौँ, त्यो संसार अब त्यहाँ थिएन ।

बराबर घरको याद आइरहन्थ्यो । अझ लीला दिदीको सम्झना र सौँराईले त मलाई पागलै बनाएको थियो । एक वर्ष जसोतसो गुजारेर म पहाड फर्किने दिनको व्यग्र प्रतीक्षा गर्न थालेँ । परीक्षाको तेस्रो प्रश्नपत्र सकेर फर्किँदा बाटोमा अचानक चन्द्रे भेटियो । भन्यो-

"भर्खर पहाडबाट पुग्दै छु । खाना खाएको छैन । हिँड रौतेला तमरो कोठा काँ हो ?"

ऊ मलाई रौतेलो भन्थ्यो । कोठा नपुग्दै उसले अप्रत्यासित खबर सुनायो -

"लीला मैयाँका ठाकुर त स्वर्गवास भएछन् ।"

"हँ ? के भनिस् ??"

"हो रौतेला, उनको स्वर्ग भएको एक मैना भैसक्यो ?"

"हँ, कसरी ?"

"ख्वै रौतेला, सुनेका कुरा हुन् । कोई भिरङ्गी लागेर मऱ्यो भन्छन् । कोई एसिड कि के... लागेर मऱ्यो भन्छन् । कोई चाइँ सेटकी छोरी कि जोइसँग लागेको देखेर सेटले माऱ्यो भन्छन् । मुक्कुर कुरा चाइँ के हो ? था छैन ।"

उसको कुरा सुनेर मलाई आकाशबाट खस्दै छु कि जस्तो लाग्यो । खुट्टा धरमराए । मैले लीला दिदीको अनुहार सम्झैं । कठैबरा ! लीला दिदी, म आउनुभन्दा तीन दिनअघि उसले मलाई छक्कबहादुरले पठाएको चिठी पढेर सुनाउन लाएकी थिई । चिठी पढ्दै जाँदा अन्तमा गीतमा लेखेको थियो -

असौज सरादे पुनी, भात खाइजाएई नन्नी
बम्मैका सेठकी छोरी, घर नजा भन्नी ।

गीत पढेको सुनेर लीला उदास भएकी थिई । कठैबरा ! उसको अनुहार ऐले कस्तो भयो होला । मैले कल्पना गर्न सकिनँ । भनैं-

"चन्द्रे दाइ, म पनि तँसँगै पहाड जान्छु । तँ कैले फर्किन्छस् भन् त ?"

"अरे, रौतेला, म त बम्बै जाऊँ, भनेर आया हुँ, अब काँ घर फर्किने ? हजुर पनि पढाइमा लाग्या मान्छे । नजाइबक्स्योस् पहाड । समय सुविकाल राम्रो छैन, नजाइबक्योस् ।"

***

एक मैनापछि वर्षायाम सुरू भयो । खोलानाला बढेर तर्न नसकिने भए । लीला दिदीको अनुहार सम्झिँदै मुटुमा भक्कानो फुटाएर वर्षाका दिनहरू काटैं । तीन महिनाको पट्यारलाग्दो समय काटेपछि शरद्को आगमनले मौसम स्वच्छ, सफा र निर्मल भयो । स्कुलको छुट्टी हुन सायद दुई दिन बाँकी नै थियो । झोला काँधमा भिरेर लागैं म, उकालो

पहाडको बाटो । तीन दिन हिँडेपछि नौरथाको चौथो दिन घरमा पुग्न अबेर भैसकेको थियो ।

लीला दिदीको मुख कसरी हेर्ने ? मलाई यही छटपटी र बेचैनी थियो । अबेर राति जानुभन्दा भोलि बिहान भेट्नु नै उचित ठानैं । कठै ! लीला दिदी कस्तो पहिरनमा होली ? दिल दिमागमा यही कुरा खेलिरह्यो । आँगनमा पुग्नै लाग्दा गाउँका सारा मान्छे देवीथानमा जम्मा भएको देखैं । झिसमिसे अँध्यारोमा सबैका मुखबाट मुर्मुरिएका आवाज मात्रै सुनैं । कोही हाँस्दैनन् । कोही ठट्टा गर्दैनन् । ठूल्ठुला स्वरहरूले गाली गर्दै तलतिरबाट चार-पाँच जना आएको देखैं । कोही भन्दै थिए-

"यो गाउँको इज्जत नभएजस्तो भो, तरबारले छेक्नुपर्छ ती पापिष्टहरूको गर्धन !"

कोही भन्दै थिए- "ढिला नगरौं । राताराात जाँदा ठूलीगाड नतर्दै वारि नै भेट्छौं । एक-एक गर्दै बगाउनुपर्छ ठूलीगाडमा ।"

अर्को आवाज सुनियो -

"रातिको कुरा ठीक हुँदैन । भोलि बिहानै पारि गाउँका ठकुरीहरूको हुलै लगेर पापीघाटमा आगो लाउनुपर्छ ।"

मैले कुराको भेउ पाउन सकिनँ । ईश्वरा आन्टी, खगीसरा दिदी, पद्मिनी भाउजू र बिनाहरू बाटोको छेउमा उभिएरै कुरा गरिरहेका थिए । सोधैं- "के भयो आन्टी ?"

"के हुनु बा, दुःखार्नी लीलाको कर्म भन्ने कि भाग्य भन्ने ?"

"हैन, के भयो लीला दिदीलाई ?", म अधैर्य बनैं ।

"के भनूँ भाइ ? पापीघाटका पापिष्टहरूले लीलालाई जबरजस्ती लगे ।"

"हँ, जबर्जस्ती ? कसरी लगे ?"

"छ जना भूतजस्ता पापीघाटका खतुकीहरू आएका थे रे । दिउँसो मसानीडाँडामा लीलालाई भेटेर "तिम्रो लोग्ने छैन, कसरी जिन्दगी काट्छ्यौ ? हिँड मसँग पोइल" भनेर एक बन्तोलाले भनेछ । रिसले लीलाले आँसीले टाउकोमा हिर्काइ अरे । रगतका धारा लागेछन् अनि सँगै आएका अरू ६ जनाले हातखुट्टा पटुकीले बाँधेर डोलीमा हालेर लगे अरे ।"

"हात हालेर अर्काकी जोई लिने चलन त खत्तम हो दिदी, हैन ?", बिना आक्रोश पोख्दै थी ।

"जोई मात्र हो र ? कन्ने केटी पनि तानेर लैजान्छन्, पिचासहरू ।", ईश्वरा आन्टीले रोष प्रकट गरेकी थिइन् ।

उफ् ! मैले कस्तो नियतिको सामान गर्नुपऱ्यो । लीला दिदी मेरो सबभन्दा कोमल भावनासँग किन जोडिएर आई होली । मलाई पटक-पटक दुःखी बनाउन ऊ मेरो मुटुमा किन बसी होली ।

भोलि बिहान बगरे खोलामा लीला दिदीसँग नुहाउन जाने मेरो सपना चकनाचुर भयो । लीला दिदीले आफू सत्र वर्षकी हुँदा मलाई देखाएको व्यवहार दोहोऱ्याउने पालो अब मेरो थियो, किन्तु सम्पूर्ण सपनाहरू समयले चकनाचुर पारिदियो । म अधैर्य भइसकेको थिएँ । लीला दिदीको पिछा गर्नुबाहेक मैले आफूलाई शान्त पार्ने कुनै विकल्प देखिनँ । दुई वर्षपछि घर फर्केको थिएँ । आमाले टाउको मुसार्नुभयो । आफ्नो दुई वर्षे वियोगको दुखान्त कथा-व्यथा आमालाई सुनाउन सकिनँ । मुटुमा भक्कानो नै फुटेर आयो । त्यो रात मलाई एक वर्षजत्तिकै लामो लाग्यो । भोलिपल्ट शिवराज काका, शुकवीर काका, डम्मरे दाइ, गगने भुल र १०-१२ जना ठकुरीका तन्नेरीहरूसहित पापीघाटतिर हान्नियौँ । सत्र घन्टा लाग्ने बाटो आठ घन्टामा पार गऱ्यौँ । बाटोमा कोही भेटिएनन् । दिउँसो १ बजे पापीघाट पुग्यौँ । दुई जना मगरलाई असी रूप्पे दिएर नाउबाट पारि तऱ्यौँ । पापीघाटको बगरमा पुगेका मात्रै के थियौँ, आकाश खसेजस्तै लाग्यो ।

पापीघाटको बस्तीमा लोग्ने मान्छे कोही थिएन । राति नै भागाभाग भैसकेछ । केवल स्वास्नी मान्छेको मात्रै भीड थियो । सयौँ आइमाईहरूको अनुहारमा एक-एक गरी लीलालाई खोजेँ । भेट्टाइनँ । सबै आइमाईहरू मौन थिए । शोकमग्न । कसैले पनि केही बोलेनन् । सबैका अनुहार मलिन र उदास थिए । आइमाईहरूको भीड छिचोलेर जब अघि बढ्न खोज्यौँ, मेरा खुट्टा धरमराए । सासको गति रोकियो । पापीघाटका हजार ढुङ्गाहरूले मुटु थिचेझैँ भयो । आँखा तिरमिराए । विश्वास गर्न

गाह्रो भयो । पत्याउन मुस्किल भयो । ठम्याउन कठिन भयो । यो कुरा म कसरी भनूँ- लीला लास बनेर भिडको बीचमा उत्तानो सुतेकी थिई ।

उफ् ! सेतीको बगरमा, पापीघाटको छालमा, मेरी लीलादीलाई उत्तानो पारेर सुताइएको थियो । मेरा लागि त्यो क्षण असह्य बन्यो । कहिल्यै नआउनुपर्ने त्यो क्षण कसरी मेरा अगाडि नमेटिने यथार्थ बनेर आयो । अघि कखरा पढ्दा 'सिलपाटी'मा लेखेर मेटेजस्तो त्यो क्षण मेरो स्मृतिपटलबाट मेटिइदिए हुन्थ्यो । मैले सुनें-

"हिजो राति नै लीलाले पापीघाटमा हाम फाली । मुस्किलले गाउँका युवाहरूले घाटभित्रबाट लास बाहिर निकाले ।"

आफूलाई जबरजस्ती तानेर ल्याएको पीडा खेप्न नसकी लीलादीले पापीघाटमा हामफालेकी रै'छे ।

पापिष्ट दुष्टहरूको शिर गिँडिदिने उत्तेजना एकाएक शिथिल भयो । सबैका आँखामा आँसुका धारा बग्न थाले । मेरी लीलादीको लासलाई मैले उही बाल्यमयी स्नेहका साथ अन्तिमपटक स्पर्श गरेँ । पापीघाटको छालमा, सेतीको बगरमा लीलाको कोमल शरीर, लामो केश, ठूला आँखा, गोरो अनुहार क्षणभरमै खरानी बनेर बालुवामा परिणत भयो । धुवाँ बनेर आकाशमा विलीन भयो ।

उफ् ! चुच्चे ढुङ्गामा बसेर गुड-चामल खुवाएको, बाथजथैलमा माछो पोलेर खाएको, भैँसिडेको झाडीमा स्वाइँ खाएको, बगरे खोलामा नुहाउँदै भागेर पापीघाट जान अनुरोध गरेको, यी सबै-सबै लीलाका अनमोल लीलाहरू थिए । अब केवल सम्झना बनेर मलाई अधुरो र अपूर्ण बनाएर गए । उफ् ! धन्य जिन्दगी, धन्य ईश्वरको लीला !

समयले कसरी मलाई क्षणभरमै अत्यन्त निर्बल, निरूपाय र निरीह बनाइदियो । लीलाको पवित्र लासको खरानीमा माझी औँला चोपेर निधारमा लगाएँ । घाट तरिसकेपछि रूँदै वारिबाट एकपटक आफैँलाई ठिटलाग्दो दृष्टिले हेरेँ- मेरी लीलालाई निलेको पापीघाट आफ्नो नीलो लीला देखाउँदै बगिरहेको थियो ।

***

मध्यान्तर

"एइ, टोपी डास्-टोपी डास् !"

"आउन लागे चाँडो अर ।"

"एइ, डाङ्रे मेरो टोपी पनि डास् ले !"

"माँटोक्ने आफैँ डास् न ।"

"डास् न मूला, आधा तँलाई दिउँला ।"

"तेरीमाँ टोक्ने यो पनि डास् !"

"एइ, खन्टीको पोइ, चाँडो डास् !"

"तेरो मुखैमा कीरा परून् ।"

"तेरै टोपीमा कुकुरले हगोस् ।"

"तेरै टोपीमा छेरोस्, काले कुकुरले ।"

"एइ, खन्टी तँ पनि रूमाल डास् ।"

"छैन मुसँग ।"

"लुङ्गी खोलेर डास् न !"

"हुन्दे ।"

"डास् न कुकुर्नी, ऐले गुड फाल्छ क्या !"

"एइ डास् न, बम्बैको खडीसक्खर पनि फाल्न सक्छ ।"

"म त रूमाल डास्छु भाइ !"

"एइ, छिटो अर, ञा आ !"

"ए, लुक् लुक्, आयो, आयो !"

"ए धौली, ञा मर् !"

"पख् पख्, चुप् चुप् !"

धौली थिई । डाङ्रे थियो । भीमे, खन्टी, रतने पाल्सिङे र दुई जना अरू थिए । ए, दोभाने पनि थियो क्यारे ! बाटोमाथि चौर, त्यसमुनि ढिस्को र तलैतल बाटो थियो । दुबीचौरमा हामी खोपी खेल्दै थियौँ । डाङ्रेले पहिले देख्यो– तल दम्सिलो बाटोमा पन्ध्र-बीस जना हटारूहरू आइरहेका थिए । फागुनको महिना थियो ।

मङ्सिरमा नुन ल्याउन मधेस झरेका हटारूहरू गर्मी चर्किन थाल्दा पहाडतिर उकालो लाग्थे । मध्य फागुन भइसक्दा गर्मी चढिसकेको थियो । यस वर्ष हटारूहरू सायद ढिलै फर्केका हुन् । भरिभराउ डोको बोकेका हटारूहरूको लस्कर रहर लाग्दो थियो । बिटभन्दा माथि सामान भरेर जालीले कसेका डोकामा गुडका भेली, मिस्री, तिलौरा हुँदा हुन् । डाङ्रेले भन्यो– "टोपी डास्-टोपी डास् !" हटारूको लस्कर पुग्नुअघि बीच बाटोमा हामीले आ-आफ्ना टोपी डास्यौँ । टोपीमाथि असुराका एकेकवटा फूल राख्यौँ । धौलीले रूमाल डासी । दोभानेको टुपी निस्कने टोपी थियो । त्यै डास्यो । ठूलो रिठाको रूखको फेदमा गएर लुक्यौँ ।

पैलो हटारू आफ्नो टोपी नजिक पुगेपछि डाङ्रेले टाउको उठायो । हामीले देख्यौँ– अस्कोटको गोजीबाट केही झिकेर टोपीमा फाल्यो । खन्टी हरिणको जस्तो टाउको उठाएर हर्दै थिई । "उठ्न नखोज्" भनेर डाङ्रेले तान्यो । धौलीले घुटुक्क थुक निलेको मैले देखेँ । दोभाने सासले बोल्यो– "एइ, गुड फाल्यो !" भीमेले तान्यो– "पख् पख्, नउठ्, देख्छ तेरो बाजेले !" कसैले खल्तीबाट केही फाले । कसैले डोको नै बिसाएर भारी खोल्यो र केही फाल्यो । धौलीको सेतो रूमालमा झोला बोकेको तन्नेरीले केही फालेजस्तो देखियो । हटारूहरूलाई पछि पार्दै बाटो अघि बढ्यो । बाटोसँगै हटारूहरूको लस्कर अगाडि बढ्यो ।

राबैको मुखमा पानी भरिइसकेको थियो । रतने र खन्टीले दुईचोटि थुक निले । फुरुङ-फुरुङ गर्दै आ-आफ्ना टोपीहरू हेर्न दुगुर्‍यौँ । मेरो टोपीमा खिया लागेको चङ्गट थियो । रतनेको टोपीमा गुडको डल्लो फालेको थियो । दोभानेको टोपीमा तिलौरा, भीमेकोमा पिपलीमेट र

डाङ्रेको टोपीमा सिल्भरको पाँच पैसा थियो । धौलीको रूमालमा बिँडीको सरो देखियो । उसले मुख बिगारी ।

चुरचुर गरेर रतनेले गुडको डल्लो धुल्यायो । गौँथलीले हगेजस्तै गरी सबका हातहातमा हाल्यो । अह...ह.... ! ती दिनहरूमा त्योजत्तिकै मीठो अरू केही हुन्थेन । मुखले एक-अर्कालाई उछित्तो काढे पनि सिउँती बिजौलोसमेत बाँडेर खानु गोठाले दौँतरी बीचको परम् विशेषता थियो । अपार आत्मीयता !

***

गन्जी र कट्टुसमेत खोलेर डाङ्रेले तालमा हाम फाल्यो । छप्लाङ...छप्लाङ पानी दोभानेमाथि उछिट्टियो । "खन्तीको पोइ मऱ्यो, माँटोक्ने" भन्यो दोभानेले र आफ्नो पनि कट्टुसमेत हुर्र्याएर फाल हाल्यो पानीमा, छप्लाम्म ! खन्ती, धौली, भीमे, रतने, पाल्सिङे ?

अहँ, कोही बाँकी रहेन । सबै तालमा खिलखिलाए । सबै नाङ्गा । सबै आजाद । खोलो थियो । ताल थियो । घाम थियो । हाँसो थियो । खित्काहरू थिए । रोमाञ्चकता थियो । आकर्षण थियो अनि थियो कुतूहलता । म निहुरेर धौलीको टाङमुनि हेर्न खोज्थेँ । पाल्सिङे पनि । खन्ती खित्का छोडेर डाङ्रेको तुरी देखाउँथी । ज्ञात लज्जा थिएन । ज्ञात कामुकता थिएन र थिएन ज्ञात यौन पिपासा पनि । आजादी थियो । बाल उच्छृङ्खलता थियो र थियो एक अबोध बाल्य वनसंसार । गोपिनीका कुरा थाहा थिएनन् । कृष्णको लीला थाहा थिएन तर एक जबर्जस्त कलीकालीन जललीला अवश्य थियो ।

जुगुने खोलाको पानी ताल बनेर जमिदिए हुन्थ्यो । उपन्यासको पानाजस्तै समय अगाडि नबढिदिए हुन्थ्यो । खोपी खेल्ने बालुङेचौरजस्तै, घाम ताप्ने राक्से ढुङ्गाजस्तै, समय स्थिर भैदिनु थियो । खन्तीको कम्मरमुनि घाँघरले छोप्ने दिन नआएको भए... ! धौलीको छातीमा चोली लाउनुपर्ने दिन कहिल्यै नआएको भए... ! आहा... जिन्दगीको अर्थ सायद साकार भैसक्ने थियो ।

रहस्यहरू किन ढाकिन्छन् जिन्दगीका ? आकर्षणहरू किन छोपिन्छन् जीवनका ? उफ् पापी समय ! पापी सम्झना !

छिल्लिँदै साँझ घर फर्किंदा जिन्दगीले अर्कै मोड लिइसकेको थियो । हटारुहरू थकितभन्दा बढी उदास भएर पेटीमा तमाखुको धुवाँ उडाउँदै थिए । लाग्थ्यो, जिन्दगीको अर्थ तमाखुको धुवाँसँगै उड्नु हो । जुगुने खोलाको पानीजस्तै बग्नु हो । माइलीमाँ कोहोलो हालेर आँखाबाट बग्दै थिइन् । लाग्थ्यो, जिन्दगी आँसुमा बग्नु पनि रहेछ । कान्छाबा माइलीमाँलाई छातीमा लाएर भन्दै थिए-

"बौजू जन रोय, म छनाइ छु । तम्रा हाट मै जाउँलो । तम्रो नुन मै बोकुँलो । तम्रो गडो मै जोतुँलो । बौजू जन रोय ।"

माइलीमाँको अठार वर्षे यौवनाकाङ्क्षामा पूरै साँझ कम्पायमान् भएर रूँदै थियो । हातमा चुरा थिएनन् । सिउँदो पखाल्दिएका थिए । नाक, कान, बुच्चा बनाइँदै थिए । बीच दैलामा घोप्टो परेर अलाप्दै थिइन् माइलीमाँ -

"ओ मेरा सनगोसाइँ, तम्रा दाजीलाई काँ राखेर आया ? मलाई पनि त्यै घाटमी बगाई दिय !"

माइलीमाँको रोदनमा पृथ्वी जिरिङ-जिरिङ हुँदै थियो-

"ओ मेरा बाज, बालख छोराको माया लागेइन कि ? मेरा बाज, पहाडको मर्द भई नजन्मनू, मदेसको बल्ल भै नजन्मनू । लायाको बिस्तरामनि पुतलीका भेष आइ जानू !"

ढुङ्गा पगाल्ने पीडा र आकाशलाई रूवाउने रोदन थियो, माइलीमाँको आवाजमा ।

***

माइलाबालाई चार वर्षदेखि कोड लागेको थियो । सुरूमा लाटा-फुस्रा दागहरू देखा परे । बिस्तारै पाक्न थाले । पाकेर हातका औँलाहरू ठुन्किए । पिडौलाबाट पिप बग्न थाल्यो । हुँदाहुँदा उठ्न बस्न नसक्ने भए । उनका अगाडि बसेर खान पनि घिन लाग्न थाल्यो । घरभन्दा पर

सानो कटेरो बारेर त्यसैमा थन्क्याइए । पाकेर भत्कोस भएपछि घरसम्मै दुर्गन्ध पुग्न थाल्यो । घरमा सबैको कामना हुन्थ्यो-

"हे भगवान् ! हाम्रो घरमा कसैलाई कोड नसरोस् । हाम्रो वंशमा कसैलाई कोड नलागोस् ।"

मङ्सिरको महिना । गाउँका मानिसहरू नुन लिन हटारू जाने सल्लाह भएछ । कान्छाबा घर सल्लाहबाटै माइलाबालाई डोकोमा हालेर हटारूका पछि लागेका थिए । दुई दिन हिँडेपछि सेती र कर्नालीको दोभान भेटियो । तीन वर्षअघि यही दोभाननेर जगते बिष्टले आफ्नी कोड लागेकी काकीलाई डोकोमा राखेर कर्णालीमा बगाएको उनलाई झलझली याद आयो । सात वर्षअघि लिस्ने डाँडाका जेठाबाजेलाई प्याउटे काकाले सेतीमा बगाएको घटना पनि ताजै थियो । पाउने भुललाई मालुभीरबाट उनकै छोराले फाल्दिएको घटना छँदै थियो । साइखर्कका माइला खत्रीले आफ्ना जेठाबालाई सेतीमा बगाएर आएपछि कुलमा कसैलाई कोड नलागोस् प्रभु भनेर त्यही राति बेतालका नाममा बोका काटी खाएको घटना कान्छाबालाई थाहा थियो । एकपटक त कान्छाबाले सोचेछन्-

"तिरिबिनीको बीचमा गएर कर्नालीमा बगाइदिऊँ !"

तर एउटै आमाका कोखबाट जन्मेका आफ्ना सहोदर दाजुलाई त्यसो गर्न सकेनन् । नुन, चिनी र अन्य सामान ल्याउन भनी रिठा, तेजपत्ता-सुठोजस्ता सामानको भारी टनाटन बोकेका हटारूहरू लगातार सात दिन हिँडेपछि एक घनघोर जङ्गल आयो । जङ्गलको बीचमा नै थाकेका हटारूहरू दुई दिन रोकिए । खर्क बनाए । आगो बाले । शिकार खेले । रमाइलो वनभोज गरे ।

भोलि सबेरै आ-आफ्ना भारी कसेर सबैले हिँड्नु थियो । लहरै आगो दन्किएका स्याउलाका खर्कको न्यानोमा सबै चाँडै निदाए । कान्छाबालाई बेचैनी भएछ । अहँ, निन नै आएन ।

कारण ?

भोलि आफ्नै माइला दाजुलाई जङ्गलको बीचमा सदाका लागि छोडेर जानु थियो । सम्झनाका लहरमा नदीमा बगाइएका, भीरबाट खसाइएका सबै कुष्ठरोगीका टीठलाग्दा अनुहारहरू आँखामा आएछन् । मुटु भक्कानियो । हावाको गति रोकिएलाजस्तो भयो । आकाशमा कालो बादल मडारिएको हिउँदे रातले सूर्य जन्माउन असाध्यै कष्ट सह्यो ।

रात नबियाउँदै कान्छाबा मुटु दरिलो पारेर उठे । भात पकाए । सिस्नोको झोल उमाले । पातको टपरी गाँसे । एक टपरीमा भात हाले । अर्को टपरीमा घरबाट लगेको कसार राखे । दुइटा दुनामा मह र घिउ राखे । पित्तलको अम्खोरामा पानी भरेर राखिदिए । आगोमा मुडा जोतिदिए । एकपटक पाखीले गुटुमुटु छोपिएका माइलाबालाई हेरे । मुटु भक्कानियो । एउटै महतारीका दूध चुसेका ओठ थर्थराए । सावन बग्न थालेका आँखा छोपेर काँपेका ओठबाट 'दाजी'...भनेर एक आँखर पुकारे । मुटुलाई फेरि दरिलो पारे । माइलाबालाई निदाएकै घनघोर जङ्गलमा छोडेर पछाडि नहेरी कान्छाबा त्यहाँबाट हिंडे । हटारूहरू चुरे भावरको जङ्गलको बीचबाट लहरै उँधो लागिसकेका थिए । कान्छाबा आफ्ना दाजीलाई छोडेर हटारूहरूको बीचमा हेलिए ।

यी सबै कुरा आफ्नी माइली भाउजूलाई भनिरहँदा कान्छाबा एकपटक फेरि भक्कानिए । एकपटक फेरि मानवता पराजित भयो । मानवताले हारेको यो कतिऔँपटक थियो । कान्छाबालाई थाहा भएन । अहो ! मानवतालाई हराएर नै समयले मान्छेलाई घिसार्दो रै'छ ।

अठार वर्षको उमेरपछि माइलीमाँको जिन्दगी अँध्यारो सुरुङमा पस्यो । मेरी माइलीमाँका जिन्दगीका रङ्गीन दिनहरू मेटिए । घाम उही थियो । पानी उही थियो । धर्ती उही थियो । आकाश उही थियो । परन्तु माइलीमाँको समय बिरानो भएर आयो । थियो त केवल माइलीमाँको लागि कहालीलाग्दो जिन्दगी । भासुको भीरजस्तो । दुई वर्षको बच्चोलाई काखमा लिएर माइलीमाँले जिन्दगीका काँडेघारहरू छिचोल्न कम्मरमा सेतो पटुकी कसिन् ।

***

समयले आफ्नो बेइमानीलाई एकपटक फेरि सच्याउने कोसिस गऱ्यो । प्रजापतिको अनुहाररूपी ऐनामा माइलीमाँ आफ्नो विगत र आगत हेर्न थालिन् । पालुङ्गोको डाँकुलोजस्तो खाइलाग्दो भएर प्रजापति हल्कियो ।

"माइली दी, मुले छोराका उँबा दिन होइजान्छन् । तम्रा दुःख गैजान्छन्", भन्थे सङ्गिनीहरू । "माइली बैनी चारै वर्षका दुःख हुन् । त्यैपछि तिम्रा दिन फर्किजान्छन् ।", भन्थे आउनेरूहरू । किन्तु दुःख कति वर्षका हुन्, स्वयम् माइलीमाँलाई थाहा थिएन ।

***

एघार वर्षपछि माइलीमाँले रूँदै पहिलोपटक प्रजापतिलाई बिदाइ गरेकी थिइन् । डाङ्रे, भीमे, दोभाने, पाल्सिङ्गेसँगै एघार जनाको लस्करको बीचमा तेह्र वर्षको प्रजापति हेलिएको थियो, बम्बैका लागि ।

बम्बै ?

बम्बै, सपनाको शहर । बम्बै रोजगारीको शहर । बम्बै चौकीदारीको शहर । आमाको सेतो पटुका फेर्नु थियो- बम्बै जानैपर्ने । जोईको लाज ढाक्नु थियो- बम्बै जानैपर्ने । जवानीको पसिना चुहाउनु थियो- बम्बै जानैपर्ने । गयो, डाङ्रे गयो । दोभाने गयो । पाल्सिङ्गे गयो । प्रजापति गयो । म गएँ । हामी गयौँ ।

बम्बैया जीवनका कारुणिक र दारुणिक कथाहरू झोलामा अटाउन सक्दैनन् । डोकामा पनि अटाउन सक्दैनन् अनि एउटा किताबमा कसरी अटाउन सक्नु ? जीवनको मध्यान्तरमा आइपुग्दा प्रजापति र माइलीमाँको जीवन आम सरोबरी भैसकेको थियो । रातको ओसिलो र दिनको ओभानो प्रकृतिको नियमै हो । यो उनमा पनि लागू भएको थियो ।

***

बालुङ्चौरको बाटो भएर बम्बै गएको चालीस वर्ष भएको रहेछ । ओहो ! यत्रो लामो जिन्दगीको एउटै कथा ?

होइन ।

उपकथाहरू कति छन्, कति । सुखका, दु:खका, हाँसोका, आँसुका, मिलनका, विछोडका, निर्माणका, विध्वंसका, बाध्यताका, रहरका, विवशताका, अरू के-केका, के-केका ।

यस बीचमा कतिपटक ओहोरदोहोर भयो होला । डाङ्रेका बाउ बिते । पाल्सिङेकी जोई मरी । साइँला बाजे मरेर गए । साइखर्कको मेलो बाँझो भयो । मेल्पाखामा पैरो गयो । प्रजापतिका छोराहरू जन्मिए । खन्टीको पोइ रेलमा काटियो । धौलीको पोइ दिल्लीमा एड्स लागेर मऱ्यो । भीमे मलेसियाबाट घर फर्केन, बेपत्ता भयो । गाउँका धेरै घरहरू खाली भए । गाउँ कार्यालयमा बम पड्किए । देवीथानका मूर्ति हराए । तल्लो गाउँ मेलतडामा गाडी पुग्यो । केटाकेटीहरू कम्प्युटरमा रमाए । घँसिनीहरूका हातमा मोबाइल पुगे । सूर्यले कतिपटक घाम देखायो । आकाशले कतिचोटि पानी पाऱ्यो । कुनै हिसाब थिएन ।

चालीस वर्षपछि हामी फेरि उही बालुङ्चौरमा थियौँ । डाङ्रे थियो । खन्टी थिइन । दोभाने थियो, धौली थिइन । पाल्सिङे थियो, भीमे थिएन । चौर उस्तै थियो, समय उस्तै थिएन । बाटो उस्तै थियो, टोपी उस्तै थिएनन् । चालीस वर्षपछि हामी बम्बैबाट फर्किँदै थियौँ, किन्तु हाम्रो बाल्यसंसार फर्किँदो थिएन । हामीसँग बम्बैको खडीसक्खर थियो, तर खै स्वादको पिपासा थिएन । हामीसँग गौरीफन्टाको गुड थियो तर बालबालिकाहरूमा गुडको अभिप्सा थिएन । कोइलीको कुहूकुहू त थियो तर वनमा गोठाले सुसेली थिएनन् । खेल्ने चौर थियो तर चौरमा मासुम पाइलाका छापहरू थिएनन् । बालकहरूको खिलखिलाहट थिएन । केटाकेटीहरूको रौनक थिएन । पूरा गाउँ बालुङ्चौरसम्मै पुगेर नि:शब्द र उजाडजस्तै भएको थियो ।

पाल्सिङ्ले देखायो- घाँसको भारी बोकेर आउँदै गरेकी युवती एक्लै थिई तर कसैसँग कुरा गर्दै थिई-

"कैले आउन्या हौ डल्लेका बा ? बैंसकी जोई छोडेर बम्बै बस्न निकै मान्ना छौ कि ? निष्ठुरी मान्छे !"

देखियो, उसका हातमा मोबाइल थियो । मोबाइलबाट बम्बै गएको आवाजमा आफू 'बैंसकी जोई' हुनुको अनुभूति थियो । गुनासो मिश्रित छटपटी थियो । बैंसालु जोईका अप्रकट सुस्केराहरू कति थिए कति ।

साँझपख घर पुग्दा समयको ताण्डव अर्कै थियो । छ महिनाअघि घर आएको प्रजापति माइलीमाँका काखमा टाउको राखेर निदाएको थियो । एक अबोध बालकझैं । उफ् ! मेरी अभागिनी माइलीमाँ बलिन्द्र धारा आँसुमा फेरि बग्दै थिइन् । प्रजापतिको मुख निभ्न लागेको बत्तीझैं मलिन थियो । आशाहीन, जिजीविषा विहीन । चालीस वर्षको अन्तरालमा प्रजापति बीसपटक घर फर्क्यो होला । सधैं उत्साह, उमङ्ग र खुशीका साथ तर छ महिनाअघि घर फर्किंदा अत्यन्त मलिन र तेजोहीन भएर फर्केको थियो, ऊ । थाहा भो- प्रजापतिलाई डाक्टरले अन्तिम इच्छापूर्तिका लागि घर पठाइदिएको रहेछ । निकै नहुने रोगले आक्रान्त भएर जीवनको अन्तिम सास फेर्दै रहेछ ऊ । आफ्नो पीडा कसैलाई नभनी जीवनदेखि हारेर घर फर्केको रहेछ ऊ ।

उफ् ! तेरीमाँ साला समय !

खन्टी सेतो वस्त्रमा माइलीमाँका दायाँतिर बसेकी थिई । धौली सेतै भएर दैलोमा थच्किएकी थिई । कान्छाबा माइलीमाँका हातमा निधार राखेर भन्दै थिए-

"बौजू जन रोय, म छनाइ छु ।"

माइलीमाँ- "मैले मात्र खाएँ हुँ कि भगवान्को रिन" भनेर कोहोलो हाल्दै थिइन् । मृत्युको पीडालाई समयको त्रासदीले जितिसकेको थियो । माइलीमाँलाई दिन सक्ने योभन्दा ठूलो पीडा समयसँग अरू केही थिएन ।

उफ् ! मेरी अभागिनी माइलीमाँको जिन्दगी दुःखका सुस्केराहरूसँगै सुसेलियो । उस बेला माइलीमाँको सूर्य पूर्वमा थियो । माइलीमाँको कलिलो जवानीमा टेकेर आकाशबाट राप र ताप छोड्थ्यो । अब माइलीमाँको सूर्य पश्चिममा पुगेको थियो । माइलीमाँलाई जलाउन सक्ने आँसुभन्दा तातो राप ऊसँग थिएन ।

यति हुँदा पनि जिन्दगीको रङ्गमञ्चबाट छुट्टी भइसकेको थिएन । प्रजापतिबाहेक अरू सबै जिन्दगीको मध्यान्तरमा थिए । रहेका बाँकीहरू सेता केश र सेतै पहिरनमा बाँकी पीडा भोग्न तयार भई बसेका थिए ।

***

तस्वीर

स्मृति निदाएकी थिई । मलिन अनुहारमा रहेका दुइटा आँखाहरू भिजेजस्तै देखिएका थिए । सानो भाइलाई आफ्नो बायाँ हातको तकिया दिएर सुताएकी थिई, स्मृतिले आफैँसँग । आमाको प्रतीक्षा गर्दागर्दै थाकेर रोएजस्ता अथवा कुनै कोमल स्थानमा चोट परेर पग्लिएजस्ता उसका आँखाहरू थिए ।

नौ वर्षकी स्मृतिमात्र होइन, रातको करिब एघार बजेतिर कोठामा पुग्दा तीनोटै केटाकटीहरू निदाइसकेका थिए । सानोबाबु दिदीको पाखुरालाई तकिया बनाएर सुतेको थियो ।

ठूलोबाबु एउटा खुट्टा भुइँमै लछाएर सोफामा भुस भएको थियो । स्मृति असाध्यै टिठलाग्दो अनुहार पारेर निदाएकी थिई । हो, उसैका आँखा कचिला थिए । भर्खरै रोएजस्ता ।

बत्ती कोठामा बलेकै थियो । टिभी बोलेकै थियो । भाँडाकुँडाहरू कोठामा यत्रतत्र छरिएका थिए । लुगाकपडाहरू त्यत्तिकै अस्तव्यस्त भइराखेका थिए ।

एकदम छिटोछिटो गरेर अमरकेती लुगा फेर्छे । हातमुख धोएर भान्सामा पस्दा अनायास छक्क पर्छे ऊ ।

कारण ?

देख्छे- पकाएको भात जस्ताको त्यस्तै छ । भात त खाएकै छैनन् बच्चाहरूले । खाना चिसो भइराखेको छ ।

"किन बच्चाहरू नखाईकन निदाए त ?"

एक्लै भुनभुनाउँछे- "सानोबाबुलाई कति भोक लाग्यो होला बिचरा ! स्मृतिले भाइलाई ख्वाएर सुताए पनि हुने । आफू पनि नखाईकन सुतिछे । यो निशान्त त अब भाइबैनीलाई खाना ख्वाउने भैसक्यो नि । किन यस्तो गर्छन् यिनीहरू सधैँ ?"

भान्साबाट फर्केपछि सबैभन्दा पैले ऊ सानोबाबुको अनुहार हेर्छे । बिचरा ! कति मायालाग्दो अनुहार । सफा र सेतो दूधजस्तो अनुहारमा दुइटा आँखा निदाएका छन् । ठूलो र चौडा भाग्यमानी ललाट छ । सानो, चुच्चो र चिटिक्क परेको नाकका पोराबाट स्वाँस्वाँ गर्दै सास भित्रबाहिर गरिराखेको छ । ऊ निर्निमेष आफ्नो बालकलाई हेर्छे । उसको हेराइ मायालु बन्दै जान्छ । आपसमा जोडिएका साना र कलिला ओठहरू कुनै बेला चलमलाएको ऊ देख्छे । आमाको छातीमा लागेर दूध चुसेझैँ ती ओठहरू चलमलाएको भान हुन्छ । उसलाई उठाएर छातीमा लगाउने मन लाग्छ । बालकको अबोध र मायालु अनुहार हेर्दाहेर्दै उसभित्रको मातृत्व पग्लिएर आउँछ । ऊ मायाले द्रवीभूत हुन्छे । मातृत्व पग्लिएर दुवै आँखाबाट ऊ दुईचोटि बर्र झर्छे ।

सानोबाबुलाई काखमा लिन भनेर छोरीको हात हटाउँदा ऊ चकित पर्छे । कारण, भाइलाई अँगालोमा बेरिराखेको स्मृतिको हातमा एक पुरानो तस्वीर देख्छे ऊ । सायद तस्वीर हेर्दाहेर्दै दुई थोपा आँसु चुहाएर स्मृति निदाएकी थिई । सायद आँखा त्यसैले गिला र मुख मलिन थियो उसको । छोरीको हातबाट तस्वीर सुस्तरी समात्छे ऊ । एकजोडी मुस्कान फुस्कन लागेको देख्छे, तस्वीरमा । अनायास भावनाको तरल प्रवाहमा ऊ तैरिन्छे । स्वर्गीय पति र बितेको जिन्दगी यसरी उभिन्छन् उसको सामुन्नेमा कि ऊ आफू सम्झनाको अतल गहिराइमा भासिएको अनुभव गर्छे । चलचित्र बनेर घुम्छ, जिन्दगी उसको दिमागमा । चिसो भइराखेको भातलाई चिसै छोडेर ऊ सम्झनाको गहिराइमा डुब्छे-

विवाहको सातौँ दिनमा अमरकेती विजयको न्यानो अङ्गालोमा थिई, देहरादुनमा । नालापानी किल्लामा बलभद्रको सालिकअगाडि एक-अर्कालाई अङ्गालेर खिचेको तस्वीर थियो त्यो, विजय र अमरकेतीको ।

विवाह भएको सातौँ वर्षसम्म पनि उनीहरू एक-अर्काका लागि नयाँजस्तै थिए । हरेक बिहानीमा उदाउने नयाँ सूर्यजस्तै हरेक दिन उनीहरूमा सम्बन्धको नौलो र आकर्षणको पाइन थपिँदै थियो । दिनहुँ एक-अर्कामा त्यत्तिकै हराउँथे उनीहरू । मानौँ कि उनीहरूको भेट भर्खरै भएको हो । भन्थ्यो विजय-

"सानू, यो जन्ममा मात्र तिम्रो साथ होइन, जुनी-जुनीसम्म पनि मलाई साथ दिनू है !"

भागेश्वरलाई साक्षी राखेर आफूले भनेको सम्झी उसले-

"बाबा, आज शिवजीको उपवास बसेर पवित्र मनले भन्दै छु, भगवान्ले लाखौँ जुनीसम्म पनि हामीलाई एक-अर्काको सहयात्री बनाइदिऊन् । आफ्नो न्यानो अङ्गालोबाट कहिल्यै पर नराखे है मेरो प्रियतम् !"

भगवान्ले झूटो साबित गरिदिए उनीहरूको सहयात्रालाई । कसम खाएको छोटो अवधिमै जुनी-जुनीका लागि एक-अर्काको साथ माग्नेहरू एकै जुनीमा पनि साथै रहन सकेनन् । कति निर्दयी भगवान् !

कुनै रात विजय घरमा नआउँदा कति तड्पिएकी हुन्थी अमरकेती । एकै दिन पनि अमरकेती माइत गएर बस्दा कति तड्पेको हो विजय ! भोलिपल्ट कुखुराको डाकोसँगै कसरी पुगेको हो ऊ माइतीमा अमरकेतीलाई लिन । हरपल, हरक्षण, हरदिन, एक-अर्काेबिना अधुरो र अपुरो ठान्थे, उनीहरू आफूलाई ।

ज्वरो आएर अमरकेती भोकै सुत्दा ऊ पनि खाना नखाई सुत्थ्यो । दुइटा बच्चा जन्माउँदा अमरकेतीको शारीरिक पीडामात्रै बाँड्न नसकेको हो उसले । अन्यथा अफिसको छुट्टी लिएर पनि भान्सादेखि सारा कामधन्दामा कसरी सघाएको हो उसले । देख्नेहरू भन्थे-

"आहा ! लोग्नेस्वास्नी हुनु त विजय र अमरकेतीजस्ता !"

यी सबै झझल्काहरू काफी थिए, अमरकेतीको जीवनलाई रूवाई राख्न । यही माघमा सात वर्ष हुन लाग्यो, विजयले संसार छोडेर गएको । अमरकेतीको साथ छोडेर गएको ।

पल, क्षण, दिन, महिना, वर्ष ! उफ् ! कसरी बिते अमरकेतीका एक्ला र नितान्त एक्ला दिनहरू ! अमरकेतीलाई नासो स्वरूप तीनवटा छोराछोरी दिएर सदाका लागि टाढिएको थियो ऊ । मोटर साइकल दुर्घटनामा परेर बाँच्नेहरू पनि धेरै छन् संसारमा तर ऊ बाँचेन । कागजजस्तो अमरकेतीको जिन्दगीलाई सबैभन्दा बोझिलो बनाएर ऊ महानिर्वाणको यात्रामा एक्लै गयो ।

त्यस दिन छोरा निशान्तको चौथो जन्म दिन मनाउन ऊ टाढाको अफिसबाट मोटर साइकलमा घर आउँदै थियो । राति अबेरसम्म पनि ऊ घरमा पुगेन । प्रतीक्षामा व्यग्र भइरहेका छोराछोरी र श्रीमतीलाई असह्य पीडा दिएर आधारातमा उसको लास आइपुग्यो, घरमा ।

त्यस दिन बाबाको हातबाट जन्म दिनको टीका थाप्न व्यग्र भई बसेको निशान्तको जीवनमा के गुज्रियो होला ? गर्भवती अमरकेतीको जीवनमा के गुज्रियो होला ? कल्पना नै कहालीलाग्दो छ । सानोबाबु गर्भमै थियो । जसले हातमा तस्वीर च्यापेर निदाएकी छे, त्यो छोरी स्मृति जम्मा दुई वर्षकी थिई । आज कसरी तस्वीरमा उसले आफ्नो बाबालाई खोज्दै छे । तस्वीरमा बाबाको अनुहार हेर्दाहेर्दै कसरी निदाउँछे । सम्झेर अमरकेतीको मनमा भक्कानो फुटेर आउँछ । अनायास अस्फुट सुस्केरा छुट्छ । गलाभित्रैदेखि आएको भक्कानोलाई ऊ रोक्न सक्दिन । रूवाइको आवाजमै ऊ भन्छे-

"कठै ! मेरी छोरी, तस्वीरमा बाबालाई खोजिरहन्छेस् । एकान्तमा तस्वीरलाई चुमिरहन्छेस् । बाबा भनेर कति पुकार्ने मन लाग्छ होला । बाबासँग कुरा गर्ने, खेल्ने र जिस्किने मन कति लाग्छ होला । बाबाको हात समातेर घुम्ने रहर कति लाग्छ होला । मेरी अभागी छोरी, म कसरी तिमीलाई तिम्रो बाबा दिन सकूँ । सक्दिनँ छोरी, सक्दिनँ । मलाई माफ

गर । म आफू बेचिएर पनि संसारका सबै चिज तिमीलाई दिन सक्छु । तर तिम्रो बाबा दिन सक्दिनँ छोरी !"

अमरकेतीको मातृत्व पूरै प्लावित भयो । पग्लेर ऊ आँखाबाट बग्न थाली । भावनामा आएर 'संसारका सबै चिज दिन सक्छु' भने पनि के दिन सक्छे र भावनाभन्दा बढी उसले ? मातृत्वभन्दा बढी के छ र ऊसँग ?

मातृत्वभन्दा बढेर अरू के चिज हुन्छ र संसारमा ?

मातृत्व पग्लेर सकिने चिज हो र ?

मातृत्व आफ्ना छोराछोरीलाई टुहुरा देख्न सक्ने शक्ति हो र ?

होइन ।

उसो भए खै त आमाको ममता कम्प्युटरमा अनुवाद हुन सकेको ? खै त साइकल र खेलौनामा अनुवाद हुन सकेको ? खै त आमाको मातृत्वले छोराछोरीका रहर पूरा गर्न सकेको ?

सम्झेर यी मुटु खाने बाध्यताहरूलाई, हृदय पगाल्ने पीडाहरूलाई... अमरकेतीको जिह्वा रोकिन्छ । ऊ छटपटिन्छे, मुटु भित्रभित्रै । एक हप्तादेखि स्मृति साइकल-साइकल भनेर खुट्टा बजारिरहेकी छे । एक महिनादेखि निशान्तले कम्प्युटर-कम्प्युटर भनेर कराइरा'को छ । चार दिनदेखि सानोबाबुले एमनको जस्तै टेडीविअर भनेर कान खाको खायै छ । अमरकेतीसँग आमा हुनुको अभिशापबाहेक अरू के नै छ र ?

"आज मेरो बाबा भएको भए मलाई साइकल किनिदिनुहुन्थ्यो नि । मामुले त जति भने पनि मान्नु नै हुन्न । मलाई साइकल किनिदिन कैले आउने बाबा ?", सायद हातको तस्वीरसँग रून्चे स्वरमा यही एकोहोरो संवाद गर्दागर्दै निदाइहोली स्मृति । यो सम्झेर फेरि भित्रैदेखि भक्कानो फुट्यो अमरकेतीलाई । फेरि रोई धरधरी एकपल्ट । आँसु पुछ्दै भनी-

"मेरा अभागी मुनाहरू ! मेरा मुटुका टुक्राहरू !"

आँखामा आँसु भरेर ऊ एकपल्ट दह्रो हुन खोज्छे । ऊ दृढता व्यक्त गर्छे-

"म कदापि टुहुरा हुन दिन्न तिमीहरूलाई । केवल तिमीहरूलाई तिमीहरूको बाबा ल्याएर दिन सक्दिनँ । अरू संसारका सबै चिज दिन सक्छु । आफ्नो शरीर बेचेर भए पनि म एक-एक रहर पूरा गर्छु, मेरा बालाहरूका । मेरा लागि जिन्दगीभन्दा, आफ्नै शरीरभन्दा, मेरा बालाहरू प्रिय हुन् । मेरा छोराछोरीहरूका रहरलाई म अब मरेको हेर्न सक्दिनँ । मेरा सन्तानका सबै रहरहरू पूरा गर्नु मेरो कर्तव्य हो किनकि म आमा हुँ, आमा !"

यति सङ्कल्प गरिसकेपछि एकपटक जोरले छातीमा च्यापी त्यो तस्वीरलाई र भनी-

"मेरो बाबा माफ गरे मलाई ! हाम्रो मायाको चिनारी यी छोराछोरीलाई कसरी टुहुरा बनाएर हेर्न सकूँ । कसरी पचाउन सकूँ यिनको पीडा ? कसरी मारूँ यिनीहरूका रहर र इच्छाहरू ? मेरो बाबा मलाई माफ गरे !"

भावनाको हुन्डरी चलेपछि र भित्रैदेखि हृदय पग्लेर आएपछि उसले डाको छोडी एकपल्ट, त्यस मध्यरात्रिमा । दुई थोपा ताता आँसु चुहाई, त्यस तस्वीरमा । बच्चाहरूका मायालाग्दा अनुहारहरू हेरी नियालेर । मौन संवाद गरी निदाएका बच्चाहरूसँग-

"ल्याइदिन्छु कम्प्युटर मेरो छोरालाई । ल्याइदिन्छु साइकल मेरी स्मृतिलाई र खेलौना ल्याइदिन्छु सानोबाबुलाई । नरिसाऊ मेरा मुटुका टुक्राहरू हो, नरिसाऊ । तिम्री मम्मी जिउँदै छे । तिमीहरूलाई दुःखी भएको हेर्न सक्दिनँ । विन्ती छ, नरिसाऊ !"

आत्मालाप गरिसकेपछि छोराछोरीसँग पल्टी ऊ बिस्तरामा । त्यस चकमन्न मध्यरातमा सारा जगत् गहिरो निद्रामा थियो । परन्तु अमरकेतीको निद्रा हराम भएको थियो । उसको मानसपटलमा विजयसँगको साथ छुटेपछिका घोर निराशाका दिनहरू फनफनी घुम्न थाले । घुम्न थाले जागिर खोज्ने क्रममा उसले भोग्नुपरेका तनाव, छटपटी र पीडाहरू !

जीवन चलाउन उसले कहाँ काम खोजेकी थिइन र ? कहाँमात्रै छनोट भएर काम गरेकी थिइन र ?

तीन वर्षदेखि आज बिहान मात्रैको घटना र दृश्यहरू उसका मानसपटलमा नाच्न थाले-

तीन वर्षअघि लोकसेवा आयोगमा लिखितमा नाम निकालेकी हो, खरिदार पदमा तर अन्तरमनको कुरा बुझ्न नसकेपछि अन्तर्वार्तामा फालिएकी थिई ऊ । विजयकै अफिसमा पनि आवेदन गरी । हाकिमले स्वकीय सचिवका रूपमा व्यक्तिगत जीवनमा प्रयोग गर्न खोजेपछि उसले जसरी पनि जागिर गर्न सकिन । एक प्रतिष्ठित विद्यालयमा पनि निजीस्तरमा शिक्षिका छनोट भएकी थिई ऊ तर तीन महिनाको परीक्षण काल सकिएसँगै विद्यालयले विदाइको हात हल्लाइदियो । एक गैरसरकारी संस्थामा पनि केही समय काम गरी तर हाकिमको कुरा मानेर जहिले पनि फिल्ड जान नसकेपछि दुई महिनामै अवकाश दिएको पनि उसले सम्झी ।

विजयले छोडेर गएपछि तीनवटा आधुनिक छोराछोरीको पालन, पोषण, पढाइ, लेखाइ र इच्छाहरू पूरा गर्नुपर्ने जिम्मेवारी एक्ली अमरकेतीको काँधमा थियो । जागिरी खोज्ने क्रममा उसले भुइँपत्ताल नै गरी । कतै लिखितमा निस्केर अन्तर्वार्तामा फालिई । कतै परीक्षण कालसँगै हात धुनुपर्‍यो । कतै स्वाभिमान र अस्मिता जागिरसँग साँट्न नसकेर छोड्नुपर्‍यो । गएको तीन महिनादेखि ऊ जागिरको खोजमा यत्रयत्र सर्वत्र भौँतारिएकी थिई ।

अहँ, कतै मन अड्याउने ठाउँ भेट्टाइन उसले ।

र अन्तमा,

आजै बिहानको घटना र दृश्य झलझली दिमागमा घुम्न थाल्यो उसको-

एक प्रतिष्ठित पत्रिकामा 'केही महिला कर्मचारीको आवश्यकता' नामक विज्ञापन पढी उसले । ठेगाना पत्ता लगाएर सम्बन्धित ठाउँमा पुगी ।

व्यस्त बजारको भित्री गल्लीमा एक आधुनिक घरको चौथो तलामा चढेपछि अँध्यारो कोठामा ऊ पुगी, जहाँ एकजोर सोफा, केही कुर्सी र एउटा टेबुल थियो । अफिस नामक कोठासँगै अटेच बेडरूम थियो, भित्रपट्टि । एक अधबैंसे मानिस सोफामा बसेको थियो । अफिसमा अरू कुनै प्राणी थिएनन् । कुनै सरकारी र गैरसरकारी किसिमको अफिसजस्तो पनि लाग्दैनथ्यो त्यो । नितान्त फरक । एकान्त, सुनसान र कुनै गोपनीय प्रयोजनका लागि थियो सायद । अफिसमा झिङ्गा उडेको पनि चाल थिएन । एकदम सुनसान । एकान्त र निर्जन । अन्तर्वार्ता सकिएपछि ऊ छनोट भएको घोषणा गरियो ।

मोटा जुँगा भएको अधबैंसे पुरूषले घोषणा गऱ्यो-

"आकर्षक तलब छ र सुविधा राम्रो छ । काम कुनै गाह्रो र कष्टदायी छैन । तपाईं छनौट हुनुभएको छ तर तपाईंलाई मन्जुरी छ कि छैन, निर्णय दिनुहोस् ।" यति भनेर उसको पैतलादेखि शिरसम्मै निरीक्षण गऱ्यो उसले ।

"काम के हो ? कामको प्रकृति के हो नि ?"

अमरकेतीको लज्जावती प्रश्नबाट ऊ भाग्न सकेन । चार तलामाथिको सुनसान सानो अँध्यारो कोठामा ऊ आधुनिक जीवन र प्रेमको परिभाषामा केन्द्रित थियो-

"सित्तैमा कोही कसैले कसैलाई साथ दिन सक्दैन र पैसा पनि दिन सक्दैन । मैले बिहान दशदेखि साँझ चार बजेसम्म सम्पूर्णरूपमा तपाईंको समय किन्ने हो । त्यस बेलासम्म पूर्णतः मेरो अधीनमा रहन मञ्जुरी छ तपाईंलाई ? मलाई अनिश्चित जीवनको अविश्वसनीय सहयात्रामा विश्वास छैन अनि प्रेम र समर्पणमा पनि विश्वास छैन । मेडम, तपाईं गहिरिएर एक रातसम्म सोच्नुहोला ।"

ऊ निस्पृह भएर भन्यो-

"जति बेला मसँग धन थिएन, म एक मारवाडीको कारिन्दा थिएँ । त्यति बेला उर्वशीजस्ती मेरी श्रीमती मेरै मालिकसँग पोइल गई । मेरो

सम्पूर्ण प्रेम र समर्पणलाई लात हानी उसले । आज मसँग प्रशस्त सम्पत्ति छ । चाहेँ भने ऊभन्दा सयौंगुना राम्री स्त्रीसँग प्रेम गर्नसक्छु तर होइन । म प्रेममा विश्वासै गर्दिनँ । समयमा विश्वास गर्छु । त्यसैले तपाईँको समय किन्न चाहन्छु । सट्टामा तपाईँको समयको बढी नै मूल्य तोकेको छु मैले । मञ्जुरी छ भने जवाफ दिनुस् मलाई । आज नसके भोलिसम्म ।"

चुपचाप हिँडेकी थिई, अमरकेती त्यहाँबाट । "चाँडै जवाफ दिनू ।" सिँढी ओर्लिँदा उसले भनेको अन्तिम वाक्य कानमा दोहोरिएर आयो फेरि । सानोबाबुलाई काखमा च्यापेर सुत्न खोजे पनि निदाउन सकिन ऊ । रातभर हजार विचारहरूले उसका मनमा लुकामारी खेलिरहे । विगतका दृश्यहरू फनफनी दिमागमा घुमिरहे । आउने जीवनको सुरूङ अँध्यारो छ । निस्पट्ट !

***

निदाउन खोज्दै थिई, चराहरूको गीत सुरू भैसकेको सुनी । शरीरमा कुनै स्फूर्ति देखा परेन । मन नलागी-नलागीकन उठी । स्नान र नित्यकर्म सकेपछि विजयको ठूलो तस्वीरका अघि उभिई । तस्वीरमुनि रहेको पानसमा बत्ती बाली । हरियो दुबोको माला तस्वीरमा लगाइदिई । धुपदीपले कोठा सुगन्धित पारी । फूल, अक्षता र अबिर तस्वीरमा समर्पण गरी । आँसुको अभिषेक चढाई । तस्वीरमा घोप्टो परेर विजयका पाउ स्पर्श गरी । आद्र आवाजमा, कम्पायमान् स्वरमा हात जोडेर ऊ अनुमति माग्न थाली-

"मेरो बाबा, मेरो हृदयको राजा, मलाई माफ गरे । हजुरबाहेकको यस संसारमा म कहाँमात्रै भौतारिइनँ । काम खोजेँ । जागिर खोजेँ । सहारा खोजेँ । मन बिसाउने ठाउँ खोजेँ । कतै भेटिनँ भगवान् । अहँ, कतै भेटिनँ । चितामा जलेर जाने र आगोमा खरानी भएर जाने यस शरीरलाई अरूको स्पर्शबाट जोगाएर राख्न खोजेँ । त्यसैलाई इज्जत र स्वाभिमान ठानेर बाँच्न खोजेँ । शरीरलाई दाम्लोमा बाँधेर मन कहाँ-कहाँ

भौँतारिइरह्यो । मेरो प्रिय हृदयनाथ ! सक्दिनँ अब हाम्रा छोराछोरीका कलिला आकाङ्क्षाहरू मारेर टुलुटुलु हेर्न सक्दिनँ । मनलाई पवित्र राखेर, स्वाभिमान नबेचेरै जिन्दगी चलाउँछु बाबा ! हजुरको मायामा कहिल्यै घात गर्दिनँ । शरीर जोगाउनुमात्र इज्जत जोगाउनु होइनजस्तो लागिसक्यो अब । म इज्जत नगुमाएरै काम गर्छु प्राणनाथ ! प्रेमको दियो जलाएरै अभाव, गरिबी र अन्धकारसँग लड्छु । म खसी-बोकाको मासु बेचेर होइन, आफ्नै मासु बेचेर जिन्दगी चलाउँछु बाबा, अनुमति देऊ । हाम्रा बालकहरूका सुकुमार चाहना ओइलाएको हेर्न सक्दिनँ बाबा, अनुमति देऊ !"

सानोबाबु उठेर आँखा मिच्दै पिठ्युँमा झुन्डिन आएको उसलाई पत्तै भएन । भावनाको सागरमा डुबेर उत्रिँदै गर्दा तस्वीरले-

"हुन्छ जाऊ, समस्यासँग शरीरले नै लड, नङ्ग्रा खिएर जान्छन्, पसिना चुहेर जान्छन्, आँसु झरेर जान्छन् भने शरीर भनेको अरू के नै हो र ? मनलाई पवित्र राख ! हुन्छ प्रिय जाऊ ! म सधैँ तिम्रो साथमा छु । जाऊ !" भनेको जस्तै लाग्यो उसलाई ।

एकाएक मन चङ्गा भएर आयो अमरकेतीको । छोराछोरीहरूलाई खाना खुवाई । कोरीबाटी चिटिक्क पारेर स्कुल पठाई । विजयको तस्वीरअगाडि उभिएरै आफूलाई सिँगार्न थाली । बदामी ब्लाउजमा कसिएका युगल स्तन पुष्ट देखिए । गालाको रेखाभित्रका नीलो सागरी आँखाहरू गहिरा देखिए । उही सारीमा ऊ सजिई, जुन रङको सारीमा विजय उसलाई असाध्यै सुन्दर र मोहिनी रूपमा देख्थ्यो । अमरकेती एकपटक ऐनाका अगाडि उभिई । सोह्र वर्ष अघिको जवानीमा एकपटक फर्किएजस्तो लाग्यो उसलाई । बडो तन्मयताका साथ निस्की घरबाट ऊ ।

बाटोमा जाँदै गर्दा उसले सोच्न थाली-

के भन्ने उसका अगाडि गएर ? उसको जीवनले कस्तो मोड लिने हो अब ? त्यस पुरूषले चाहेको कुरा के हो ? उसले बुझिसकी निष्कर्षमा । हरेक दिन उसको देहसँग खेल्नेछ उसले । बाटो जति छोटो हुँदै गयो,

उति नै उसका मनमा विचारहरूको हुरी चलिरह्यो । नजिक पुग्दै गर्दा उसले कल्पना गरी-

भुँडीवाल जुँगे पुरूष खडा भएको छ, उसको सामुन्नेमा । बडो मायालु मुस्कानले उसलाई स्वागत गर्छ । अफिस भन्नुमात्रै हो, उसको मन बहलाउने कोठा हो त्यो । उसलाई निर्निमेष हेरिरहन्छ ऊ । दुई जनाबाहेक तेस्रो प्राणी छैन, अफिस नामको कोठामा । उसको रूप, सुन्दरता र जवानीमा लट्ठिएर शब्दविहीन बन्छ ऊ । उसले अनुभव गरी कुनै बेला स्पर्श गर्न आइपुग्छ ऊ । अनायास बोलाउँछ, भित्र बेडरूममा । एकान्त कोठामा स्पर्श गर्दै नङ्ग्याउन थाल्छ उसलाई । भुँडीवाल जुँगे पुरूष नाङ्गो खडा हुन्छ, उसको सामुन्नेमा । उसलाई देहसुख प्रदान गर्न लम्पसार पर्नुपर्ने भो उसले । ऊ सिकुर्डिंदै आई । एकाएक मुखबाट आवाज निस्कियो- "उफ् !"

विचारबाट बाहिर निस्किँदा मुटु ढुकढुक गर्न थाल्यो उसको । सारा शरीरमा कम्पन उत्पन्न हुन थाल्यो । सिँढीमा टकटक उक्लिन थालेकी थिई । एकाएक मनमा भुइँचालो गएझैँ भयो उसलाई । आँखामा विजयको तस्वीर फनफनी घुम्न थाल्यो । यतै कतै माथिबाट विजयले हाँसेरै हेरिरहेझैँ आभास भो उसलाई । पूरा पृथ्वीमा कम्पन पैदा भएको महसुस गरी । दुई पाइला बढ्न मन लागेन, त्यसभन्दा अघि उसलाई । ऊ फनक्क फर्की आधा सिँढीबाटै र उसैगरी उतातिर लम्की लमकलमक, जताबाट ऊ आएकी थिई ।

उसको मन पराजित भइसकेको थिएन । स्वत्त्व जीवित थियो उसभित्र । कसरी लम्पसार पर्न सक्छे ऊ ? कसैको ओछ्यान कसरी बन्न सक्छे ? कसरी नाङ्गिन सक्छे ऊ आफूलाई बिर्सेर । अहँ, सक्दिन ।

ऊ सरासर घर फर्की । मनमा अनेक आँधीहुरी चलिरहे बाटोभरि । मनलाई अशान्त पारेरै उसले आँगनमा पाइला टेकी । केटाकेटीहरू स्कुलबाट फर्किसकेका थिए । उसले देखी- खुला र ठूलो आँगनमा बालकहरू खेलिरहेका थिएनन् । फूलमाथिका पुतलीहरू रङ्गीबिरङ्गी

पखेटा हल्लाउँदै बालकहरूलाई खेल्न बोलाइरहेका थिए, परन्तु उनीहरू पुतलीसँग निरपेक्ष थिए । तिनोटै बच्चाहरूले आफ्ना आँखा बाटोमै तेर्स्याएका थिए-

"मम्मी आउनुहुन्छ, कम्प्युटर पनि आउँछ ।", निशान्तको अपेक्षित अनुहारमा यही पढी उसले ।

"मम्मी आउनुहुन्छ, साइकल पनि आउँछ ।", स्मृतिको अनुहारको यही अनन्त आशा टलक्क देखी उसले ।

"मम्मी आउनुहुन्छ, टेडिबिअर पनि आउँछ ।", सानोबाबुको अटल विश्वास अनुहारमा झल्केको पनि देखी उसले ।

उफ् !

"मम्मी आउनुहुन्छ- कम्प्युटर पनि आउँछ । मम्मी आउनुहुन्छ- साइकल पनि आउँछ । मम्मी आउनु हुन्छ- टेडिबिअर पनि आउँछ ।" एक अन्तहीन प्रतीक्षा, शङ्काविहीन विश्वास केटाकेटीका अनुहारमा अटल थियो ।

उसको मुटुमा भक्कानो फुटेर आउँछ फेरि । उसले छोराछोरीको अनुहार दोहोऱ्याएर हेर्न सकिन । शब्दविहीन भएर ऊ सरासर उतै फर्की, जताबाट ऊ आएकी थिई । टुलुटुलु हेरिरहे बालकहरूले । भन्न सकेनन्- मम्मी भैगो, अब नजानुहोस् । हामीलाई केही चाहिन्न, हजुर भए पुग्छ, अब नजानुहोस् । अहँ, भन्न सकेनन् ।

***

सेतीको सुस्केरा

समाजकल्याण मन्त्रालयको गरिबी निवारणसम्बन्धी महिला उत्थान फाराममा उसले आफ्नो नाम सेती दमिनी लेखाई । फाराममा भएका अन्य विवरणहरू सोध्ने क्रममा ऊ भन्दै गई-

उमेर-	चालीस वर्ष ।
शिक्षा-	तीन क्लास पास, बाले बिहे गर्दिए, पढाइ खत्तम ।
ठेगाना-	पैले पहाड, ऐले काइँनाइँ ।
नागरिकता-	छैन ।
श्रीमान्-	दुइटा मरे । एकले अर्कै बिहे गऱ्यो । मलाई छोड्द्यो । ऐले कोई छैन ।
सन्तान-	दुई छोरी सेतीमा बगे । एक छोरो माउवादीले युद्धमा मारे । एक छोरो डिल्लीमा । एउटाचाइँ गाडीमा खलासी । कान्छो छोरा नान्कै ।
सम्पत्ति विवरण-	एउटा बुलाकी, तीनवटा थाल, दुइटा कचौरा, एक चिम्चा, एक हँसिया, एक ताउली, एक बाल्टी, एक अम्खोरा, साठी रूप्पे ।
आय-आर्जनको स्रोत-	केइ नाइँ । काम पाए गरी खाने । नपाए मागी खाने ।

अबको योजना- योजना-स्योजना केइ नाइँ । अब बिहे नअर्ने । मायापिर्ता पनि नअर्ने । छोराछोरी पनि नपाउने । अब त्यसा जन्जालमा नफस्ने । बरू काललै लगे, जाने । बस् ।

अन्य विवरण- ?

फारामको आशयलाई प्रस्टयाउँदै भनेँ- "अन्य केही छ भन्नुपर्ने कुरा ? लौ भन्नोस्, म भर्छु फाराममा ?"

धोतीको सप्कोले चुहिन थालेको सिँगान पुछी । आँखामा लत्रिन खोजेका दुम्सीका प्वाँखजस्ता कपाललाई दुई हातले पछाडि सारी । बसेको ठाउँभन्दा अलिकति अगाडि सरेर भनी- "अन्य विवरण त कति छ, कति । सप्पै लेख्नु हुने हो त ? भनूँ ?"

"अँ, मुख्य कुरा भन्नुस् । लेख्छु ।"

"लौ त, लेख्नुहोस्- म सारै दुखिया दमिनी हुँ हजुर । के भनूँ ? मेरो जीवन त सेती नदीजस्तै भयो । कैले धमिलो बाढी, कैले नीलो पानी ! मेरा बाले त्यै हुनाले मेरो नाम सेती राखेका हुन् कि जस्तो लाग्छ । म जन्मेको दुई वर्षमा आमालाई सेतीले बगायो तर पनि मेरा बाले अर्को बिहे गर्नु भएन । मेरा बाबाकी म एक्ली छोरी । बाले जिन्दगीभर आफ्ना साहू-मालिकका लत्ता सिउनु भो । बिहे बऱ्याँतमा ट्याम्को बजाउनुभो । साहू मालिकका राम्रा-नराम्रा काजबारमा स्वाइलो अर्नुभो । बार वर्षसम्म मलाई काखमै राखी पाल्नुभो । तीन कलाससम्म पढाउनुभो तर खै किन हो ? बार वर्षपछि बाका मनमा विरक्ति आयो । म चौध वर्षमा लाग्दा कुमालीकोटको एक दमाईको छोरोसँग 'मारे पाप, पाले धर्म' भनेर मेरो बिहे अर्दिनुभो । एक सालबादमा आफू इन्डिया जान्छु भनेर जानुभो । त्यसपछि मेरा बा आजसम्म पनि फर्किनुभएन । मर्नुभो कि, बाँचेकै हुनुहुन्छ ? भगवान् जानून् ! क्यै पत्तो छैन हजुर ।

बिहे भएपछि पनि मैले कैले सुख पाएँ र हजुर ? बिहे भएको ६ महिनामा श्रीमान् बम्मै गैजानुभयो । दुई वर्षपछि मात्र फर्किनुभयो । म

सोह्र वर्षकी हुँदा जेठी छोरी जन्मी । सत्र वर्षकी हुँदा अर्की । त्यसपछि फेरि श्रीमान् बम्मै गैजानुभयो । श्रीमान् गएको दुई वर्षमा दुवै छोरी सेतीमा बगे । त्यसको एक वर्षपछि खै, के रोग लागेर हो, इन्डियामा श्रीमान् बित्नुभयो । सासू-ससुराले पोइ टोक्ने टोकार्नी, छोरी खाने बोक्सिनी भनेर गाली गर्न थाले । घरमा बसी खान दिएनन् । बाईस वर्षको जवानी अवस्था थियो । पोइ थिएन । छोराछोरी थिएनन् । बाआमा थिएनन् । के गर्ने ? कहाँ जाने ? सगरमा उड्ूँ कि सेतीमा डुबूँजस्तो भयो । धेरै दिनसम्म त सेतीमा हाम फालौँ भनेर एकोहोरिएँ तर सकिनँ । नसकिँदो रै'छ हजुर ! लाखको परानी फाल्न नसकिँदो रै'छ !"

सेतीले सुइय सुस्केरा हाली र भनी-

"एकसरो बिँडी भए पाऊँ न हजुर !"

खल्तीबाट शिखर चुरोटको बट्टा झिकेँ । एक खिल्ली सेतीलाई दिएँ । अर्को आफैँ सल्काएँ । चुरोट सल्काइसक्दा सेती भावुक भैसकेकी थिई । भनी-

"सेतीमा हाम फाल्न नसकेपछि एक दिन पिपल्ला बजारमा भोकै उभिएकी थिएँ । "काँ जान्लाग्यौ सेती काकी ?" भनेको सुनेँ । पछाडि फर्केर हेर्दा आफ्ना धमिला आँखामा गोरेको पहेँलो अनुहार देखेँ । गोरे सुनारसँग कतिबेरसम्म भक्कानिएँ, था भएन । साँझतिर देशीको होटलमा जिलेबी ख्वाएपछि गोरेले "हिँड काकी उः त्यै गाडीमा जाऊँ" भन्यो । म केही नबोली गोरेसँगै गाडीमा चढेँ । साँझको बेला गाडी कता जाँदै छ भन्ने पनि थाहा भएन ।

दोस्रो दिन गोरे र म सानो बजारजस्तो ठाउँमा थियौँ । ठाउँ सारै सुन्दर थियो । मैले कहिल्यै नदेखेको । दाँया हातको चोर औँलाले देखाएर भन्यो- "हेर काकी, यो साँफेबगर बजार हो । उः त्यो बुढीगङ्गा । यो बगेर त्यै सेतीमा मिल्छ ।" सेतीको किनारमा खाइखेलेर हुर्केकी म सेती दमिनी । मलाई दोस्रो दिन सेतीको माया लागिसकेको थियो । त्यसै दिन दिउँसो हामी बुढीगङ्गाको किनारमा थियौँ । ठूलो ढुङ्गामा बसेपछि

उसले मेरो माझी औँला समातेर भन्यो- "सेती काकी, हामी त्रा किन आ'का हौँ था'छ ?"

"खै ? तैँले भनेर म आएँ, मलाई केइ था'छैन ।", भनेँ ।

मेरो अर्को हात समातेर उसले भन्यो- "मैले तिमीलाई लब अरेको छु क्या । त्यै हुनाले आका ।" ओ मेरी आमौ ! म त अचम्मै परेँ । के बोलूँ ? के नबोलूँ ? के भनूँ ? के नभनूँ ? मैले त केइ सोच्नै सकिनँ हजुर ! कस्तो अचम्मको कुरा गऱ्यो गोरे सुनारले । भित्रभित्रै लाज लागे पनि गोरेलाई पूर्णरूपमा हेर्ने मन लागेर आयो, हेरेँ-

मोटे-मोटे, डल्ले-डल्ले । गौँगोरो अनुहारको । मोटा-मोटा पाखुरा भएको । मेरै उमेरको गोरेलाई मजाको लाग्नेमान्छे देखेँ । पहिले गोरेलाई म यस्तो कहिल्यै देख्दिनथेँ । सहाराविहीन भएकी म दुःखी दमिनीलाई गोरेले कसरी लब गऱ्यो । म अचम्मै परेँ । म सेती दमिनी सेतै वर्णकी रै'छु । "सेतो गुलाबको फूलजस्ती छौ" भन्यो उसले । दुःखमा परेकी भए पनि मेरो ज्यान घटेको थिएन । ऐलेका जसो काँ थियो र हजुर, यो परानी ? हृष्टपुष्ट जिउ, ठुल्ठूला छाती, पुष्ट स्तन, गालामा आफैँ लाली परेको । गोरेले साँफेबगरमा किनिदिएको ऐना हेरेपछि मैले आफू बैँसमा भरिएकी जोवनवाली आइमाई रै'छु भन्ने था'पाएँ ।

साँफेबगरमा म गोरेकी श्रीमती भएँ । अब सेतीमा फाल हाल्ने मन थिएन । सेतीले बगाए पनि पौडी खेलेरै बाँच्न सक्छु भन्ने साहस पलायो ।

***

साँफेबाट हिँडेको पाँचौँ दिनमा तालागाउँ पुगियो । तालागाउँ सेती र कर्नालीको सङ्गमपछिको पहिलो किनार हो । वारि फेदी, पारि तालागाउँ । बीचमा सेती र कर्नाली नदी एकै भएर बग्दै थिए । म र गोरे सेती र कर्नालीजस्तै कैल्यै नछुट्टिने गरी एक भैसकेका थियौँ । असाध्यै सुन्दर ठाउँ थियो त्यो । किताबको चित्रजस्तै । फेदीबाट नाउमा तरेर पारि गयौँ हामी ।

"तल्लो जात गाउँको सेवा गर्ने पनि कोही त चाइन्छ" भनेर तालागाउँबासीले हाम्रो व्यवस्था राम्रै गर्दिए । 'मागी खाने जात' भनेर कसैले मुठी, कसैले मानो र कसैले पाथी अन्न दिए । कान्छा रजबारले आफ्नै गोठको कटेरो बार्न लगाएर घर बनाइदिए । मेरो श्रीमान्लाई घाटमा नाउ तार्ने ठेक्का दिलाइदिए । नयाँ घरजम गरेर हामी तालागाउँमा बस्यौँ ।

कान्छा रजबारले मलाई यति माया गरे कि भनी साध्यै छैन हजुर ! म दमिनी नहुँदी हुँ त कान्छा रजबारले मलाई कान्छी ठकुरानी बनाउने कुरा पक्का थियो । के गर्ने ? आफ्नो जातै यस्तो । मेरो श्रीमान्ले कान्छा रजबारको नुन ल्याउन कैले मधेस जानुपर्थ्यो । कैले खसी बोका बेच्न डोटी जानुपर्थ्यो । त्यस्तो बेलामा कान्छा रजबारले मलाई कैले पनि एक्ली चाइँ छोडेनन् । सबैभन्दा ठूलो जिन्दगीमा मायापिर्ता हुँदो रैछ हजुर ! कान्छा रजबारको माया त मलाई ऐले पनि लाग्छ ।"

यसो भनिरहँदा सेतीले फरियाको सप्कोले तीनचोटि आँखा पुछी । मलाई उसको लयात्मक जीवन कथा सेतीको सुसाहटजस्तै लागिरहेको थियो । एक खिल्ली सिगरेट फेरि दिएँ । सल्काएर भनी–

"के दिऊँ त हजुर, गरिपको झुपडीमा केइ छैन । दमिनीको हातबाट हजुरलाई केइ चल्ने पनि नाइँ !"

भनेँ– "पर्दैन काकी, मलाई केही चाहिन्न, हुन्दिनोस् !" एक झल्को खितिति... हाँसी । मुखबाट धुवाँ उडाएर अनुहारलाई बाटुलो पार्दै भनी–

"गोरेले पनि पहिले त मलाई काकी नै भन्थ्यो । ऊ सुनारको छोरो, म चाइँ दमिनी तर ऊ मेरो श्रीमान् भयो । श्रीमान् हुनलाई त केइ जात नचाइने रैछ हजुर । मायापिर्ता भए पुग्यो । के गर्ने हजुर यस्तै रैछ दुःखीको कर्म । ऊ पनि मेरो भाग्यमा थिएन । दुई छोरा बनायो, गयो जिन्दगीबाट । आज यसरी एक्लै हुनुपर्ने लेखेको रैछ, मेरो भाग्यमा । के गर्ने हजुर ! भाग्यमा सुख त छँदै छैन रैछ । उइ सेती नदीजस्तै काँसम्म बग्नुपर्ने हो, था'छैन !"

एक छिन सेतीको अनुहार केही सम्झेजस्तो गरी एकोहोरियो । सायद गोरेको याद आयो होला । सम्झनाको तलाउबाट निस्केर भन्न थाली-

"तालागाउँ बसेको पाँच वर्ष पुग्न दुई मैना बाँकी थियो । भदौको महिना कर्नाली समुद्रै भएको थियो । पारि फेदीबाट चारपाँच जना मान्छे राखेर नाउमा आउँदै थिए । बीच नदीमा पुगेपछि खै, के मेसो बिग्रियो, एक्कासि नाउ पल्टियो । कठै हजुर ! एक जनाको पनि ज्यान बाँचेन । सबै बेपत्ता भए । मेरो श्रीमान्को त अस्तु पनि फेला परेन हजुर । सेती र कर्नाली एक भएको नदीले हामीलाई सधैँका लागि छुट्याइदियो । मलाई फेरि त्यै नदीमा फाल हालेर मरूँजस्तो भयो । कान्छा रजबारको माया नभएको भए म बाँच्ने पनि थिइनँ, त्यस बेला ।

"म छँदै छु सेती, क्यै चिन्ता नअर् । सङसङै जिन्दगी काटौँला । रोएर नबस् । दुई छोरा पालेर बस् ।" भनेर कान्छा रजबारले बाँच्ने साहस दिए । आखिर कान्छा रजबारबाहेक अरू मेरो को थियो र त्यो भूत बस्ने जस्तो शून्य ठाउँमा ?

कान्छा रजबारकै आश्रयमा बसैँ । उनले पनि मलाई कुनै कमी अरेनन् । माया भन्ने कुरा त मैले जिन्दगीमा कान्छा रजबारबाटै पाएँ । तर के भन्ने हजुर, भन्न पनि लाजको कुरा । श्रीमान् बितेको दुई वर्षमा पेटमा बच्चा भएपछि भने मेरा अझ कुदिन सुरू भए ।

एक दिन कान्छा रजबारले भने- "सेती, तेरो हातको पानी चल्ने नाइँ, नत्र कान्छी ठकुरानी भएर बस्ने थिइस् । अब के गर्ने त ? तेरो भाग्य तेस्तै रै'छ । अब तँ ञाबाट जा । तल कोल्तडी गएर बस् । एउटा मगरले तेरो रच्छे गर्छ, जा !"

ओ मेरी आमै ! फेरि कर्नालीमा हाम फाल्दिऊँजस्तो लाग्यो । उराठ लागेर आयो । छोराहरू सानै थिए । कता जाने ? के खाने ? कसरी बाँच्ने ? मर्नु न बाँच्नुजस्तै भयो ।

एक दिन कान्छा रजबारले दुई छोरा र मलाई नाउमा राखेर पारि तारिदिए । एउटा अधबैँसे मगरको साथमा फेदीबाट "उँधो जाऊ"

भनेर बिदा गरे । सेतीको भेलजस्तै मेरा आँसु बगिरहे । आखिर एक दिन यस्तै गर्नु थियो भने किन कान्छा रजबारले यति धेरै माया गरे भन्ने लाग्यो । आफ्नै जुनीलाई धिक्कारेँ । मगरको साथमा हिँड्नुअघि कर्नालीमा आँसु पखालेँ । अँजुलीमा पानी भरेर हेरेँ । सेतीको पानी कुन हो ? कर्नालीको पानी कुन हो ? छुट्याउनै सकिनँ । सोचेँ-

एउटा सेती कर्नालीमा मिसिएर बग्दै छे तर अर्की सेती जोसँग मिसिए पनि छुट्टिइरहन्छे । एक्लिइरहन्छे । धन्य मेरो भाग्य ! धन्य मेरो जिन्दगी !

साना-साना दुई छोरालाई मगरले हिँडायो । पछि-पछि म डोरिएँ । बाटोमा धेरै फकायो । धेरै सम्झायो । मनलाई बुझायो । "मै पाल्छु, माया गरेर स्वास्नी बनाउँछु" भन्यो । के गर्नु ? मर्न नसकिने । बाँच्नलाई अन्त काँ' जाने ? कसको सहारा पाउने हजुर ? हाडमासुले बनेको परानी र जवानीका दुःख अर्कै हुने रै'छन् । हाडमासुको परानी र दुई दिनको जवानीलाई माया नै चाइने रै'छ । बैकानलाई बैकिनी र बैकिनीलाई बैकान चाइने नै रै'छ हजुर । मैले मगरको जमानलाई मन्जुर गरेँ । दोस्रो दिन कोल्तडी पुगेपछि म उसकी स्वास्नी भएँ ।

कोल्तडीबाटै मेरो जेठो छोरालाई माउवादीले लगे । साइसेनाभन्दा ठूलो मान्छे बनाउँछौँ भन्थे । कठै हजुर ! म दमिनीको छोराको भाग्यमा ठूलो मान्छे बन्नु के लेख्या हुँदो हो । गएको दिनदेखि फर्केर आएन । उसलाई त लडाइँ गर्न लाएर युद्धमा मार्दिएछन् । के गर्ने ? त्यै छोरा बाँच्या भए पनि आज यस्तो हुने थिएन ।"

छोराको यादमा दुई थोपा आँसु झारी सेती दमिनीले ।

नरोकिएरै भन्न थाली-

"तीन वर्ष मगरकी स्वास्नी भएर बसेँ । दुई वर्षअघि आफ्नै जातकी तरूनी मगर्नीसँग बिहे गऱ्यो मगरले । "तँ दमिनी रै'छेस्, मेरो घरबाट गैजा" भनेर निकाल्दियो, त्यसले । त्यो मगर त सारै पापी रै'छ हजुर !

दयामया क्यै नभएको । चारजना केटाहरूलाई बोकेर डाँडाबाट तल झरेँ ।

आफ्नो भन्नु कोई थिएन । काँ जानु ? के गर्नु ? जसोतसो जङ्गलबाट छेस्काहरू बटुलेर यै सडकको किनारामा यो झुपडी बनाएर बसेकी छु । खाने गास छैन । लाउने टालो छैन । बस्ने घर छैन । खेती गर्ने जग्गा छैन । सुकुम्बासी भएर बसेकी छु । यै कुरा लेख्दिनुहोला हजुर, त्यो फाराममा । सरकारलाई पनि मेरो यो कुरा सुनाइदिनुहोला- सेती दमिनीले मेरो केई व्यवस्था गरिपाऊँ भनेकी छे भनेर लेख्दिनुहोला हजुर !"

बलचौर सडक किनारामा जङ्गलको छेवैतिर ससाना झुपडीहरू थिए । फाटेका कपडा, प्लाष्टिक, दुई-चार टीनका पाता र झुत्रा बोराहरूले बेरेको सानो कटेरोभित्र चुरोटको ठुटोबाट धुवाँ उडाएर सेती दमिनीले आफ्नो दुखान्त जीवनकथा सुनाई सक्दानसक्दै एक हूल पुलिसहरू गाडीबाट ओर्लिएको देखेँ । तथानाम गाली गर्दै पुलिसहरू झुपडीभित्र पसेर मालसामानहरू बाहिर फ्याँक्न थाले । अचानक पल्लो छेउबाट झुपडीहरूमा एक-एक गर्दै आगो लगाएको देखियो ।

हेर्दाहेर्दै झुपडीहरू क्षणभरमा खरानी भए । सेती दमिनी सडक छेउमा ठिङ्ग उभिएर सुस्केराहरू सुसेल्दै भनिरहेकी थिई-

"मेरो कुरा सरकारलाई सुनाइदिनुहोला हजुर ! सुकुम्बासीका दुःख पनि त्यो फाराममा लेखिदिनुहोला । पुलिसले सुकुम्बासीका झुप्राहरू जलाएको कुरा पनि फाराममा लेखिदिनुहोला !"

***

कालीको गीत

हाँसेको कत्ति नसुहाउने काली बौजूलाई । स्वास्नी मान्छेको गहना मानिने लज्जावती मुस्कान उनमा थिएन । अभिसारिकावत् मुस्कुराउन उनले जानेकै थिइनन् । सुषुप्त चेतनालाई छोएर मनलाई उज्यालो पार्ने मुस्कुराहट होइन, बरू पूरा हाब्रोमा अटाई नअटाई भएको सास चन्द्रहास बनेर प्रकट हुन्थ्यो, उनका मुखविवरबाट । हाँस्दा घाँटीका नसाहरू फुलेका प्रस्ट देखिन्थे । घाँटीमा देखिने सानो गाँड हाँसो बढ्दै जाँदा फुलेर ठूलो हुन्थ्यो । सायद फोक्सोबाट निस्केको सास त्यही गाँडमा हुलिन्थ्यो र फुलेको देखिन्थ्यो । कुनै पहेँला र कुनै हरित् लेउ लागेका दाँतहरूले काली बौजूको हाँसोलाई कुरूप बनाइदिएका हुन्थे तर एउटा सत्य कुराचाहिँ के थियो भने काली बौजूका जीवनका दुःख, पीडा र तनावलाई उनको चन्द्रहासले ढपक्कै ढाकिदिएको थियो ।

मागेर खाँदा होस् अथवा गाएर । काम गरेर खाँदा नै किन नहोस्, काली बौजूले कहिल्यै आफ्नो वेदनालाई प्रकट हुन दिइनन् । यस्तो लाग्थ्यो, उनको जीवनमा हाँसोबाहेक अरूको स्थान छैन । हाँसेरै उनले जीवनमा दुःख, पीडा र अभावलाई पराजित गरेकी थिइन् ।

गाउँमा आउँदा काली बौजूले रित्तो हात फर्किनु परेन, कहिल्यै । नाच्ने, गाउने र मागी खाने जात भनेरै होला, कसैले मानो-मुठी चामल, कसैले दाल, कसैले खुर्सानी, कसैले पिठो, कसैले केही, कसैले केही दिएरै पठाउँथे । नाच्न र गाउन थाल्दा केटाकेटी, आइमाई र बुढाबुढीहरू झुम्मिन्थे, उनका वरिपरि । गाउनमा चाहिँ नामी थिइन्, काली बौजू ।

विशेष गरी बूढा-पुराना स्वास्नी मान्छेहरूलाई करूण रसमा डुबाएर मार्मिक गीत रन्काउँथिन् उनी । स्वरमा पनि जादू थियो उनको । जब करूणरसमा डुबेर हृदयका तारहरूमा झुनझुनाहट पैदा हुन्थ्यो, बुढाबुढीहरूका आँखा प्लावित भएका देखिन्थे ।

गाउनमा चाहिँ वरदानै पाएकी हुन्, काली बौजूले । उनको कला र गलामा विशेष जादू थियो । कोकिलकण्ठी स्वर । पीडादायी आवाज । मान्छेलाई भित्रैदेखि हल्लाएर ल्याउँथ्यो, उनको कारूणिक आवाजले । हृदयलाई निचोरेर गाइसकेपछि भावविह्वल मान्छेलाई अर्को संवेगमा रूपान्तरण गर्न सक्ने कला पनि थियो उनमा । पहेँला दाँत देखाएर ह्या...ह्या...ह्या गर्दै आफू हाँस्नु अनि पग्लिएका मान्छेलाई हँसाउन सक्नु उनको खुबी थियो ।

काली बौजू प्रिय थिइन्, वरपरका गाउँमा । हाम्रो गाउँमा पनि । प्रायः हाँसिरहने र अरूलाई पनि हँसाइरहने हुँदा उनलाई जिस्क्याउनेको पनि कमी थिएन गाउँमा । युवा तन्नेरीहरू अनेक ढाँचामा उनलाई जिस्क्याएर मजा लिन्थे । रिसाउने बानी पटक्कै थिएन उनको । प्रायः तेस्रो दिन गाउँमा नदेखिए बूढी स्त्रीहरू खिन्न भैजान्थे । भन्थे-

"कता मरिछ काली, आज पनि देखा परिन त !"

चैत-वैशाखका प्रायः दिनहरूमा महाकालीका दुवै किनारको उष्णता भयावह हुन्थ्यो । दिउँसोको प्रचण्ड गर्मी छल्न गाउँका बुढाबुढी, केटाकेटी र बैँसालु युवतीहरू मझगाउँको ठूलो पीपलघरमा झुम्मिन्थे । त्यै वटवृक्षको गहिरो छहारीमा बैँसालु युवती र बुढाबुढीहरूका बीचमा काली बौजूको गीत घन्कन्थ्योः

गैरी गडा घाम लाग्दैन, पीपलका छायाँले
मौरी घुम्दो फूलबासले, म घुम्दो मायाले !

महाकालीका छालबाट आएको चिसो पवन र उनको मधुर झङ्कारले हृदयका तारहरू झङ्कृत हुन्थे । साँझपख घर फर्कने बेलामा मानो-मुठी दाल, चामल, नुन, पिठो, गेडागुडी के-के चिजले उनको पछ्यौरीमा

गाँठागुठी पर्थे । तृप्तान्दित भएर उनी घर फर्किन्थिन् । प्रायः क्रम यसै गरी चलिरह्यो ।

बाहिरी गाउँमा मात्र होइन, आफ्नो गाउँ र टोलमा पनि काली बौजू प्रिय थिइन् । महाकालीको पल्लो किनारमा अवस्थित दोधारा गाउँमा उनको कुरा काट्ने सायदै कोही हुँदो हो । विवाह, व्रतबन्ध, छैँठी, रत्यौली, तीज जुनकुनै पर्व होस् अथवा काजबार, उनकै रौनक ठूलो देखिन्थ्यो गाउँमा । नाचगान, हाँसोठट्टा मनोरञ्जन, रमाइलो, उनीबिना अधुरो हुन्थ्यो ।

दार्चुला पठारबाट झरेका दलितहरूको पुरानो बस्ती थियो, दोधारा आदर्श बस्ती । दलितहरूको भन्नुमात्रै, कुनै पठित, सुसंस्कृत र उच्च संस्कारित थियो त्यो बस्ती । निम्न वर्गीय दलितहरूको पनि त्यस्तो सुसभ्य र नमुना गाउँ असाधारणझैँ लाग्थ्यो । घरहरू साना, चिटिक्क मिलेका र एकै नासका । शिखर शैलीका, लोभलाग्दा लहरमा उभिएका । सडकहरू महाकालीका ठूला ढुङ्गाहरूले पाटेका, सफा, सुन्दर र चौडा । गाउँको पूर्वोत्तरदेखि दक्षिणी भेगसम्म महाकालीको रौद्रतालाई सतर्कता साथ बन्धित पारिएको । तटबन्धित किनारहरूमा बोटबिरूवा र फूलहरू रोपिएका । खेतहरू एकैनासले चक्लाबन्दी पारिएका, खुला र रहरलाग्दा । हरेकका आँगनहरू गोबरले लिपिएका र आँगनमा तुलसी मठहरू स्थापना गरिएका । गाउँका बीचमा केटाकेटी र युवाहरूले खेल्ने ठूलो र खुला खेल मैदान । सार्वजनिक शौचालय, विश्रामालय र चोकचोकमा पाकरीका रूख तथा चौताराहरू । उत्तर सडक किनारामा आदर्श वाचनालय ।

आदर्श बस्ती सुसंस्कृत र सभ्य मानिसहरूको सङ्गम स्थलझैँ लाग्थ्यो । मानिसहरू नम्र, मिजासिला र स्वच्छ हृदयका । महाकालीको स्नेह अथवा पवित्रता त्यहाँ झल्किएको थियो । त्यो थियो, काली बौजूको गाउँ । काली बौजू थिइन्, त्यस गाउँकी सर्वस्वीकार्या । बडो बहाडी स्वभाव थियो उनको । गरिबी र अभाव भएर पनि काली बौजूलाई पुगीसरी थियो ।

गाना-बजानामा जिन्दगी गुजार्ने प्रथा थियो पुर्खाहरूको । समाजका उपल्ला मानिसहरूलाई आनन्द र मनोरञ्जन दिने पुर्ख्यौली पेसा थियो । तर कैलेदाइले जानेन त्यसो गर्न । काली बौजूले पनि पेसागतरूपमा होइन, सोखको रूपमा अपनाइन् त्यसलाई । कैलेदाइले बरू दुःखको बाटो रोज्यो । प्रायः हिउँदका पारिला दिनहरूमा कालापहाडमा कमाउन जानु विवशता थियो उसको । आदर्श टोलका युवा-तन्नेरीहरूको नियति भनौं अथवा बाध्यता थियो त्यो । कैलेदाइ घरमा होस् कि परदेशमा, कुनै फरक थिएन काली बौजूलाई । चारवटा छोराछोरीहरूको पालनपोषण आसानीसाथ गरेकी थिइन् तिनले । पढाइलेखाइको जिम्मा थियो, कैलेदाइको । लाग्थ्यो- काली बौजूले जीवनलाई दुःख र बोझका रूपमा होइन सुख र अवसरका रूपमा बुझेकी थिइन् ।

श्यामवर्णा काली बौजू जब पाकरीको घुत्याइलो छहारीमा बसेर आफ्नो कर्णप्रिय स्वरमा बग्थिन्, रूखमाथि बसेका चराहरूको गला खसखस भैजान्थ्यो । वैशाखको उष्ण, रूखो र उराठ लाग्दो धुलवायुमा समेत सरसता र आद्रता पैदा हुन्थ्यो । लोग्ने परदेश गएका रमणीहरूको हृदय जुरूक्कै हुन्थ्यो । पुत्रहीना वृद्धाहरूको गला अवरूद्ध भैजान्थ्यो । यौवनको उल्लासमा रहेकाहरू स्वप्न प्रीतिको कामनामा तरङ्गित हुन्थे । उनीहरूको हृदयमा उल्लास भरिएर आउँथ्यो । यस्तो शक्ति थियो, काली बौजूको कला र गलामा । गाउँलेनीहरूले भनेको सुनिन्थ्यो- "कालीको गलामा बेजोडको कला छ ।"

***

दुई वर्षदेखि परदेशमा रहेकाहरू, एक वर्षदेखि उनलाई नदेखेकाहरू र लामो समयदेखि काली बौजूको गीत नसुनेकाहरू विस्मित हुनेछन् उनलाई देख्दा । मुटु छियाछिया हुनेछ । सायद विश्वास गर्न गाह्रो हुनेछ उनीहरूलाई ।

किन ?

समय कहाँ विश्वासिलो छ र ?

किन ?

जिन्दगी कहाँ विश्वसनीय छ र ?

किन ?

किनकि काली बौजू उस्तै रहिनन् अब । कालीको अवस्था करूणामय भएको छ आज। अकल्पनीय अवस्थामा नियतिले उनलाई अर्कै बनाइदिएको छ ।

कुनै दिन उनी पाकरीको चौतारीमा रोइरहेकी देखिन्छिन् । कुनै दिन मूल सडकमा उत्तानो सुतिरहेकी भेटिन्छिन् । कुनै दिन गणेशस्थानतर्फ योनि फर्काएर मुतिरहेकी देखिन्छिन् । कुनै बेला कसैको आँगनबाट दाउराको भारी जुरूक्क उचालेर लुरूलुरू हिँडिरहेकी देखिन्छिन् । कुनै बेला शरीरभरि अबिरले रङ्ग्याएर भगवान्का फोटाहरू हातमा नचाइरहेकी देखिन्छिन् । हुँदाहुँदा हिजो-आज त शरीरमा एउटा धागो पनि नराखेर निर्वस्त्र सडकमा हिँडिरहेकी देखिन्छिन्, काली बौजू । पूर्णतः निर्वस्त्रा, सम्पूर्णतः दिगम्बरा ।

एक दिन पाकरीको छायाँमा बसेर आलाप विलाप गरिरहेकी थिइन् उनी । मुटु पगाल्ने आवाजमा कोकोहोलो गरिरहेकी । एकोहोरो अलाप्दै थिइन्-

"यै धर्तीमी चिड्को पडिजाऊ गोसी, यै महाकालीमी आग लागिजाऊ,

सरकार लै मरिजाऊ गोसी, भगमान्की लै अपुताली होइजाऊ !"

उफ् ! कस्तो मीठो गीत सुसेल्ने गलामा यस्तो क्रन्दन । अर्को दिन देखेँ- धौले बोहराको गाईगोठअगाडि परालको सुरूङमा साना-साना कुकुरका छाउराहरूलाई काखमा सुताएर निर्वस्त्र पल्टेकी थिइन् काली बौजू । दुवै हातले बेस्सरी अँठ्याएकी थिइन् काखमा । कुकुरका छाउराहरू कुइँकुइँ गर्दै थिए । काली बौजूको अतिशय दुर्दशा असहनीय थियो । गाउँका बूढी आमाहरू धुरूक्क रून्थे, उनको अवस्था देखेर ।

"कठै ! दिनदशा कसैलाई नलागोस् यसरी !"

दुनियाँलाई हँसाउने हसिना आज आफ्नै आँसुको सागरमा पौडी खेल्दै थिई । अरूको सुखका लागि आफ्नो गला सुकाउने अबला आज आफैँ दुःखको भुमरीमा बिचेता बनेर बौलाएकी थिई ।

कठै ! कागजमा लेखेर सच्याउन मिल्ने भए कालीको भाग्य सच्याउन हरेक व्यक्तिहरू हातमा कलम लिएर उठ्ने थिए । परन्तु प्रियजनको मुटु चुडाल्ने दुःखाकृति उनकै छायाँ बनेर उनैलाई पछ्याइरहेको थियो । बुढाबुढीहरूको मुखमण्डलमा अपार करूणा झल्किन्थ्यो । उनलाई देखेर मन द्रवित हुन्थ्यो अनि आँखा अश्रुवन्त । मुखबाट च्वःच्वः का सन्ताप र गहबाट सुइय बोझिला सुस्केराहरू सुसेलिन्थे । आधा जिन्दगी खाइसकेका स्वास्नीमानिसहरू बाँकी जीवनलाई उराठ र बोझिलो देख्थे । युवायुवतीहरूको जिन्दगीलाई कालीको अवस्थाले जिस्क्याउँथ्यो । बाँकी सबै कालीको जिन्दगीलाई जिस्क्याउँथे । माटाका छिर्का, ढुङ्गाका टुक्रा र काठका छेस्काहरूले हिर्काएर काली बौजूलाई जिस्क्याउनेहरू पनि प्रशस्त थिए । उरन्ठेउला केटाहरू लौराका सुइराले निर्वस्त्र काली बौजूको योनि र स्तन घोचेर भाग्ने गर्थे । कठै ! काली बौजूको कहालीलाग्दो अवस्थालाई अनुभूति गर्न अल्लारे उमेरले बर्जित गरेको थियो ।

हेर्दाहेर्दै काली बौजू पागल भएकी थिइन् ।

किन ?

कथा कहालीलाग्दो छ–

एक दिनको घटनाले उनको जीवनबाट सबै चिज चुँडेर लग्यो ।

चारवटा छोराछोरी ?

घर ? खेत ?

लोग्ने ? आफन्त ? इष्टमित्र ? गाउँ ? गाउँले ?

मन ? मुटु ? दिल ? दिमाग ?

हो, सबै, सबै । केही बाँकी रहेन उनको जीवनमा ।

अनि काली बौजू ?

काली बौजू कसरी बाँकी रहिन् त आफ्नो जीवनमा ?

त्यस दिन उनलाई बाबुको मुख हेर्नु थियो । वर्षा यामको झरीसँगै बूढा बाबुलाई भेट्न उनी भुजेला गएकी थिइन् । भदौरे भेलले महाकाली अन्धी भएकी थिइन् । उनको मौन हुँकारले मनलाई भित्रदेखि त्रसित बनाएर ल्याउँथ्यो । परन्तु आफूलाई मात्र बाँकी राखेर आफ्नो सर्वस्व चुँडेर लैजाला भन्ने कुराको कालीलाई अनुमानै भएन । अनुमान भए पनि उनी के गर्न सक्थिन् र ? धेरै भए कालीको कथा संसारमा बाँकी रहने थिएन होला । बस् ।

प्रकृतिको रौद्र ताण्डवसँगै कालीको गीत करूणामयी बन्छ हरेक वर्ष । महाकालीले त्यसमा सङ्गीत भर्ने गर्दछे । काली बौजूले रून्चे स्वरमा कामना गर्दछिन्-

"यै धर्तीमाई कैल्यै बर्खामास नलागौ ! यै महाकालीमी आग लागिजाऊ !"

महाकाली भयानक भएर उर्लन्छिन्, वर्षायाममा । नदीको रौद्ररूपले भयातुर हुन्छन्, वारिपारिका बस्तीहरू तर आदर्श बस्तीलाई डस्न सकेको थिएन, महाकालीले ऐलेसम्म ।

त्यस दिन भदौको सत्र थियो । अघिल्लो चौबीस घण्टादेखि मुसलधारे होइन, सिमसिमे पानी परिरहेकै थियो । सायद काली खोला, कुटियाङ्दी र लिपुलेक पहाडमा अविरल पानी बर्सिएको हुँदो हो । सम्साँझैदेखि महाकाली मदमत्त भएकी थिइन् । रातभरिको घनघोर बर्सातले धर्तीमा धार फुटाएर बग्न थालेको थियो । अन्धकार रातमा पृथ्वीलोकका प्राणीजगत् गहिरो सपनाको दुनियाँमा विचरण गरिरहँदा महाकालीले दक्षिणपूर्व र दक्षिण पश्चिमका आफ्ना दुइटा नागफणाहरू एकैसाथ उठाइन् । रातको गहिरो अन्धकारमा उनले भैरवीको रूप धारण गरिसकेकी थिइन् ।

झिसमिसे प्रभातसँगै मानिसहरूको चिच्याहट एकनासले सुनिँदै आयो । मान्छेहरूको भागाभाग । प्राणीहरूको बिचल्ली । हिमालमा सूर्यले सिन्दूर हाल्न पाएकै थिएन । धर्तीमा लाली छरेकै थिएन । गहिरा कन्दरा र खोल्साखाल्सीहरूमा आधा अन्धकार बाँकी नै थियो । मानिसहरूको सामूहिक रूवाबासीले कोलाहल सिर्जना गऱ्यो । सुतेका ओछ्यानहरू

छोडेर मानिसहरू अत्तालिँदै भाग्न थाले । बुढाबुढी र केटाकेटीहरूको चीत्कार बढ्दै गयो । अग्ला ठाउँमा गएर हेर्दा त अहो ! महाकाली त्यहाँ महाकाली रहेकी थिइनन् । पूरा आँखाको दृश्यपटलसम्म त्यहाँ महासागरै महासागर देखियो । अन्ध महासागर ।

रात हराएर धर्ती पूर्णरूपमा विश्वसनीय बन्दै जाँदा मान्छेका चीत्कारहरू र प्राणीजगत्का विलापले त्यहाँ एक प्रकारको भयानक त्रासदी पैदा गरिसकेको थियो । महाकालीवारि र पारिका धेरै गाउँहरूको अस्तित्व जीवित थिएन । आदर्श बस्ती कहाँनेर अवस्थित थियो, कसैले अनुमान गर्न सक्ने अवस्था थिएन । महाकालीका ठूल्ठुला ढुङ्गाहरूले पाटेका चौडा सडकहरू, तटबन्धित किनाराका लटरम्म फूलबारी, शिखरशैलीका चिटिक्क परेका घरहरू, सफा आँगन र सुन्दर तुलसी मठहरू, गाउँका बीचको समथल खेल मैदान, सडक किनारको आदर्श वाचनालय, सभ्य, सुसंस्कृत र आदर्श सभ्यता सबै-सबै महाकालीको अतल गर्भमा विलीन भैसकेका थिए । यी सबैभन्दा भयानक र दर्दनाक घटना थियो- मानव जीवनको समाप्ति । आदर्श बस्तीका आदर्श मानवहरू कोही बाँकी थिएनन् । प्राचीन सिन्धु सभ्यताझैँ महाकाली किनारको आदर्श सभ्यता सदाका लागि नामेट भैसकेको थियो ।

झारपात, खरपतिङ्गर, रूखबिरूवा र काठदाउराहरू विशाल जलराशिमा डुबुल्की मारिरहेका थिए । समुद्रमाथि मरेका मानव लास, गाईगोरूहरू, कुकुर र बाख्रापाठाहरू, हाँस र कुखुराहरू तैरिरहेका थिए । कुनै जीवित पनि हुँदा हुन्, महासागरमा पौडी खेलिरहेका । आँखालाई विश्राम गर्ने कुनै ठाउँ थिएन । जति टाढासम्म आँखाहरू दौडाए पनि महाकालीको किनारलाई छुन सकिने सीमितता त्यहाँ थिएन । असीमित र अनन्त भएर महाकाली जलप्लावित थिइन् । टाढा-टाढाका बस्तीहरूमा पनि घर खाली गरेर मान्छेहरू भाग्ने क्रम बढिरहेको थियो । हजारौँ मानिसका आँसुहरू समेटेर महाकालीले महाविकराल रूप लिँदै थिइन् ।

सहस्र धारा पानी झरिरहेकै थियो, आकाशबाट । दश बजेतिर केही तन्नेरीहरूले अग्ला सिमलका रूखमा चढेर सागरमय महाकालीको विशाल फैलावटमा टाढाटाढासम्म दृष्टि पुऱ्याउँदा तल टाढातिर महाकालीको अतल गहिराइमा भासिएका एक-दुई रूखका टुप्पाहरू पानीमा हल्लिरहेका देखिए । दृष्टिलाई सूक्ष्म पारेर हेर्दा रूखका टुप्पामा चार-पाँच जना मान्छेहरू जीवनको अन्तिम सास फेरिरहेका देखिए । प्राणान्तको अवस्थामा तिनीहरू जीवनबाट हात खडा गरेर रूखसँगै नदीमा लहरिरहेका थिए ।

अहो ! यस्तो कहालीलाग्दो दृश्य देखिएको जीवनमै पहिलो थियो । त्यो विकराल समुद्रका बीचमा मच्चिरहेका रूखमाथिका मान्छेहरूको निरूपाय अवस्थाले आङ सिरिङसिरिङ गरिरह्यो । उफ् ! कसरी उनीहरूको रक्षा गर्ने ? हाय भगवान् !

जीवित मानिसहरूमा कुनै सुझ आइरहेको थिएन । त्यो जलशैलावका बीचमा जान सकिने कुनै उपाय थिएन । अनन्त जलराशिमा डुबेका रूखहरू पानीका लहरसँगै लहरिन थाल्दै थिए । अग्लो स्थानबाट रूखसँगै डुब्न थालेका रूखमाथिका चारवटा मान्छेलाई देखेकी काली बौजू चर्को आर्तनाद गर्दै थिइन्-

"बचाऊ प्रभु, मेरा बच्चाहरूलाई बचाऊ !"

दुवै हात माथि गर्दै उनी बग्न थालेका रूखहरू हेरेर टाडा दौडिँदै गइन् । सायद रूखसँगै डुब्न थालेका मानिसलाई उनले आफ्नै कैले र छोराछोरी ठानेकी हुँदी हुन् । उनीहरूको रक्षाका लागि चिच्याउँदै कालीले हात जोडिन् । भगवान्सँग प्रार्थना गरिन् । हजारौँचोटि चीत्कार गरिन् तर कालको मुखमा पुगिसकेका तिनीहरूलाई बचाउने त्यहाँ कुनै भगवान् थिएनन् । जो थिए, मानिसहरू त्यहाँ किंकर्तव्यविमूढ थिए ।

सेना र प्रहरीका जवानहरू जलकपुरझैँ बाढीसँग खेल्न थाल्दा प्रकृति र मानवको सङ्घर्ष रोमाञ्चकारी देखियो । सेनाको हेलिकोप्टरले महाकालीको समुद्रमाथि कावा खान थाल्यो । दर्जनौँपटक चेष्टा गर्दा पनि

महाविकराल समुद्रको पेटबाट तिनीहरूलाई निकाल्न सकिएन । हेर्दाहेर्दै बाढीको वेगवान् प्रवाहले रूखलाई जरैदखि हुत्याएर आफूमा समाहित गऱ्यो । काली बौजूबाहेक आदर्श बस्तीको एउटा घर, एउटा रूख, एउटा मानिस र एउटा कुनै प्राणीसमेत नराखेर महाकालीले एउटा आदर्श सभ्यतालाई नामेट पारिदियो ।

काली बौजूसँग अब कुनै जिन्दगी रहेन । कुनै भविष्य बाँकी रहेन र रहेन कुनै सपना पनि । काली बौजूका आँखाबाट आँसुका धारा झरिरहे ।

दोस्रो दिनको बिहान उनलाई मैले पाकरी चौतारामा बिलौना गरिरहेकी देखेँ-

"गोसी मैलाई जन्माउने भगवान्को मेरैजसो अपुताली होइ जाऊ । यै महाकालीमी आग लागिजाऊ । यै धर्तीमी चिड्को पडिजाऊ ।"

त्यसपछिका दिनमा काली बौजू कैले होसमा त कैले बेहोसीमा र कैले अर्धपागलपनमा भौतारिरहिन् । भन्नलाई पनि कुनै हर्षको कुरा छैन, अब उनको जीवनमा । आजकाल पूर्णरूपमा पागल भएर निर्वस्त्र भौँतारिइरहिन्छिन् उनी ।

केटाकेटीहरू जिस्काउने गर्छन्- "काली, एउटा गीत गाइदेऊ न !"

बुझ्नेहरू भन्छन्- "नचलाऊ कालीलाई !"

कहिलेकाँही देख्छु- चिच्याइरहेकी निर्वस्त्रा काली बौजूका आँखामा महाकाली अविरल बगिरहेको हुन्छ ।

***

एउटा भोकको अन्त्य

ओठमा गुलाबी मुस्कान, आँखामा आकाशी सपना, मुहारमा चाँदनी चमक, गालामा स्याउरङ्गी सुन्दरता, छातीमा हिमाली सौन्दर्य र मनमा मैनाको उडान भएकी कोइली रोकायालाई मैले पैलोपटक बाजुराको कोल्टी, बाटुलेचौरमा भेटेको थिएँ ।

नीलोघाँगर, सेतो पटुकी, चौबन्दी चोलो र मखमली डोरीमा ऊ साँच्चिकै सुन्दरी देखिएकी थिई । उसका रेशमी कपालहरू पूर्वबाट बहेर आउने हावाका लहरसँगै बयली खेल्दै थिए । लचकदार र छिनेको कम्मर, पुष्ट छाती, चौडा नितम्ब र छरितो चाल उसका अवर्णनीय आकर्षणहरू थिए । एकान्त वनफूलझैं खिलखिलाइरहेका उसका सहेलीहरू कोही ऊजस्तै थिए । कोही लाग्थे, एकान्त वनका किराँत किन्नरीजस्ता पनि । पालेवनका निधारमा गाईवस्तुहरूलाई हरियो दाबा चर्न दिएर उनीहरू गोठाले लीलामा मस्त थिए । केकेमा । केकेमा । तर त्यस बेला गट्टा खेल्दै थिए । हँसिलो मुद्रामा कोइली रोकायाका ओठहरू गुलाबी बनेका थिए ।

बाटुलेचौरको फाँट माथिबाट दम्सिलो हुँदै समथर मैदान बनेको थियो । हरियो दुबो र दाबाहरूले पूरा फाँटलाई मखमली बनाएका थिए । खप्तडको सुन्दर फाँटझैं देखिएको थियो बाटुलेचौर । रातो माटोका ढिस्काहरू कतैकतै अत्यन्त सुन्दर देखिन्थे । पारिपट्टिको सल्लाघारीको

सुसाहट वारिसम्मै सुनिन्थ्यो । पालेवनलाई डालेघाँसका पोथ्राहरूले घना र हरियालीमय पारेका थिए । अलिपर क्षितिजमा उभिएको पहाडमाथिका बादलका गुच्छाहरूले धर्ती र आकाशको मिलन गराएका थिए । यस अनुपम फाँटलाई सजाएकी थिई, कोइली रोकायाले ।

उसको छमछम हिँडाइको चालमा मृग शावकहरूले कान ठाडा पार्दा हुन् । उसको रेशमी कपालमा त्यहाँको वायुले सुगन्ध फेर्दो हो । उसको कम्मरको लच्काइमा रबर पनि लजाउँथ्यो होला । उसका नीलो र गहिरा सागरी आँखामा कसले पो डुबुल्की मार्थेन होला र ? कोइली रोकाया त्यस अनुपम पहाडी कन्दरामा कोइली नै बनेर बाँचेकी थिई ।

पसिनाले निथ्रुक्कै भिजेका थियौँ, कोइलीको रेशमी कपाललाई छोएर आएको सुगन्धी पवनले सर्र सुकायो । यात्राको थकानले गलेका थियौँ, उसकै भर्भराउँदो यौवनले जगायो । पहाडी एकान्त डाँडामा बिरानिएका थियौँ । उसकै मुस्कानले अपनत्व महसुस गरायो । भोकले लखतरान थियौँ, कोइलीकै आत्मीयताले पेट अघायो । नरेन्द्रसँग मैले त्यस साँझ आफूलाई कोइलीको घरमा बास बसेको पाएँ ।

बडो आत्मीयताले उसले आफ्नो घरमा लगेकी थिई । उस्तै मृदु मुस्कानले स्वागत गरी घरमा । अगेनाको वरिपरि गुन्द्री बिछ्याएर खाना दिई । मकैको रोटी र अरिमलेको सागले त्यसअघि खाएका सबै खानाको स्वाद बिर्साइदियो । रोटी खाइरहेको अवधिभर लागिरह्यो- खानामा कोइलीको कोमल हृदय मिसिएको छ । त्यति मीठो लागिरह्यो, त्यो खाना । नरेन्द्रले कोदाको रोटी खाने चाहना प्रकट गर्दा कोइलीकी आमाले भनिन्-

"उइ प्रभु, हामी दिदाइन प पाउनाकन कोदाको रोटो । पाउनाकन कोदाको रोटो को दिंदो हो हजुर !"

पाहुनालाई कालो कोदाको रोटी नदिने बाजुरेली आमाको आत्मीयता सेतो र सफा थियो । मकैको मीठो रोटीजस्तै । पवित्र आतिथ्य सत्कार पनि ।

राति सुत्न जाने बेलामा कोइलीकी आमाको अनुरोध सुनियो-

"भोलि छकाल खाना खाईकन सवारी होला हजुर, म साटाइ खाना पकाइ हालुँला ।"

कोइलीकी आमाको आवाजमा कविता थियो । आशयमा हृदयको झङ्कार । भनाइको भावार्थले हामीभित्रको मान्छेलाई स्पर्श गरिरह्यो । आहा ! आमाछोरीको यो आत्मीयता र सुन्दरताको सम्मिलनभन्दा पर अब मान्छेका लागि के चिज बाँकी रह्यो र ?

तथापि सूर्यको गति कहाँ रोकिन्छ र ? त्यसभन्दा अगाडि, त्यसभन्दा ठूलो चिज पाउनु केही थिएन परन्तु हिँड्नु अवश्य थियो । चरम् सुन्दरतामा सृष्टिको अन्त कहाँ हुन्छ र ? यात्राको उत्कर्षमा गति कहाँ रोकिन्छ र ? सन्तुष्टिको उत्कर्षमा मुटुको धड्कन कहाँ रोकिन्छ र ? चरम स्खलनपछिको विरक्तिजस्तो, विरक्तिको यात्रा गर्नु अवश्य थियो ।

भोलि बिहान मार्तडीका लागि हिँड्ने बेलामा पालैपालो कोइली र उसकी आमाको अनुहारमा हेर्दा शहरिया परिवेशमा हुर्की पढेलेखेको मैले आफूलाई उनीहरूभन्दा असाध्यै फिका महसुस गरेँ । त्यसै भनिएको होइन रै'छ-

"बाजुरा बैकुण्ठ रै'छ, धन्य हो मालिका !"

अघिल्लो रातको हाम्रो बास बैकुण्ठकै बास थियो । जाने बेलामा मनभरि लागिरह्यो- जीवनको केही बहुमूल्य वस्तु छोडेर जाँदै छु । भरिएको जीवनको कलश लत्याएर रित्तै फर्किन लागेजस्तो भैरह्यो । एकमनले भन्यो-

"लैजा, यो एकान्त कन्दराकी प्याउली कुसुमलाई कानमा सिउरेर लैजा । शहरको शोकेसमा लगेर सजाइदे, कोइली रोकायालाई ।"

अर्को मन आफ्नै तर्कमा झुन्डियो-

"होइन, वनफूलको सौन्दर्य वनमै फक्रिन दिनुपर्छ । शहरमा लगेर कुरूप पार्नुहुँदैन । आगो र पानी नलागेजस्ती ग्रामीणबाला कोइली रोकायालाई बैकुण्ठमै रहन दिनुपर्छ । कोइलीलाई लगेपछि बैकुण्ठको सौन्दर्य रित्तिन्छ ।"

तर्ककै आडमा पाइला अगाडि चाल्दा मुटुको आधा टुक्रा छोडेर हिँडेजस्तो लाग्यो । जाने बेलामा जब कोइलीले विदाइका हातहरू हल्लाई, मेरो मुटु नै हल्लिएजस्तो लाग्यो । पर पुगिसक्दा पनि उसको निर्निमेष हेराइले घाइते बनेको म अगाडि घिस्रिरहेँ । लजालु ग्रामीणबालाका कति वाक्यहरू प्रकट हुन बाँकी थिए । हृदयका सुकुमार आवाजहरू सुनिन बाँकी थिए । पहाडी कन्दराको एकान्त वनफूलको सम्पूर्ण सौन्दर्य हेर्न बाँकी थियो । सुगन्ध सुघ्न बाँकी नै थियो र अटुट मोहनीमा डुब्न बाँकी नै थियो । कोइली रोकाया सम्पूर्णरूपमा प्रकट हुन बाँकी नै थिई । यी सबै बाँकी कुराहरू बाँकी जिन्दगीलाई छोडेर हामी मार्तडीका लागि ओझेल परिसकेका थियौँ ।

***

बाजुराबाट फर्किसकेपछि लगभग आठ वर्षसम्म कोइली रोकाया मेरो मनबाट कता हराई कता । आठ वर्षपछिको एक दिन उसको सम्झना ताजा र तीब्र भएर आयो । त्यस दिन सरकारले चामल वितरण गर्ने सरकारी राहत टोलीसँग म पत्रकारको रूपमा कोल्टी विमानस्थलमा उत्रिँदै थिएँ । मेरा आँखाहरू आठ वर्ष अघिकी कोइलीदेवीलाई हेर्न जति उत्सुक थिए, मन उसलाई भेट्नलाई त्यत्तिकै हतारिएको पनि । कहाँ भेटिएली कोइली ?

उसलाई भेट्न फेरि बाटुलेचौरमै जानुपर्ने हो कि ? बाटुलेचौरको रातोमाटोमा ऊ गट्टा खेल्दै छे कि ? अथवा विवाह गरेर पहाडको ढुङ्गा माटोसँग पौठेजोरी खेल्दै छे कि ? खै, कस्ती भइहोली कोइली रोकाया ? भेटिएली कि नभेटिएली ? यो उत्सुकता धनगढीदेखि नै जागिरह्यो । कोल्टी विमानस्थलमा पुग्न लाग्दा यो यति तीब्र भयो कि विमानका झ्यालभित्रबाटै मेरा आँखाहरू उसलाई खोज्न थाले ।

हातमा रित्ता बोरा र थैलाहरू लिएर लामबद्ध मान्छेहरूको हूलमा हेरेँ । कोइली रोकाया त्यहाँ थिइन । अरू थिए । आइमाई, केटाकेटी, बृद्ध, युवा, धेरैधेरै ।

कहाँ भेटिएली कोइली रोकाया ?

ओठमा गुलाबी मुस्कान, आँखामा आकाशी सपना, मुहारमा चाँदनी चमक, गालामा स्याउरङ्गी सुन्दरता, छातीमा हिमाली सौन्दर्य र मनमा मैनाको उडान भएकी कोइली रोकाया यहाँ कहाँ भेटिन्छे र ?

ऊ कुनै शूरवीर र पौरखी युवाको बलिष्ठ बाहुपाशमा बेरिएकी होली ?

ऊ आफ्नो परागसेचनको परम सुखमा होली ?

यहाँ भेटिन्न अब, कोइली रोकाया ?

मनमा अनेक संशय सञ्चार भएपछि पश्चिमको सूर्यलाई हातको पालीले छेक्दै निरूत्साहित भएर एउटा कुनामा उभिएँ ।

आँखाले नखोजेको एउटा दृश्यले मनलाई तान्यो । एउटा दूधे बालक बासी रोटीको टुक्रोमा आफ्ना कलिला ओठ जोड्दै थियो । फाटेको झम्पर लाएकी कलिली बाला आफ्नो भाइको हातको बासी रोटीको टुक्रोलाई हेर्दै थिई । सायद उसको पेटमा भोकको आगो बलेको हुँदो हो । त्यही आगो निभाउन ऊ भाइलाई कम र रोटीको टुक्रालाई बढी हेर्दै थिई ।

टिठलाग्दा देखिने बालबालिकाको बीचमा शिशिरको रूखजस्तो एउटा मानवाकृति ठिङ्ग उभिएको थियो ।

पातलो मेक्सी शरीरमा लगाएकी । लगाएकी नभनौँ, झुन्ड्याएकी तर खुट्टामा चप्पल नभएकी । कम्मरमा भारी बोक्ने डोरी बाँधेकी तर सेतो पटुका नभएकी । जिङरिङ्ग कपालको जुरो बाँधेकी तर कपाल नकोरेकी । मैली, निन्याउरी र दुब्ली । काखमा दूधे चिचिलो र एक हातमा रित्तो बोरा बोकेकी उसलाई दोस्रोचोटि मैले कोल्टी विमानस्थलको बायाँ कुनामा देखेँ ।

के ऊ कोइली रोकाया थिई ?

मैले देखेको त्यो आकृति कोइली रोकायाको नहोस् भन्ने लाख कामना गरेँ । पापी मनले कोइली रोकाया हो कि भन्ने अनुमान गर्न थाल्यो । लाख कामना गरेँ । हे भगवान् ! मुटु चुडाल्ने त्यो आकृति कोइली रोकायाको नहोस् ।

अहँ,

मेरो आँखामा भ्रमको धुलो उडाएर पापी समय मबाट धेरै टाढा भागिसकेको थियो । म चाहेर पनि बाटुलेचौरको दृश्य आँखामा ल्याउन सक्ने थिइनँ । उफ् ! पापी समयले गुलाबका पत्ताहरूलाई एक-एक गरी निखारेर केवल काँडैकाँडाहरू छाडेर गयो । मैले त्यहाँ देखेको दारूण दृश्य कोइली रोकायाको नै थियो । ऊ बिलकुल कोइली रोकाया नै थिई । समयले निचोरेर रित्तो र खोत्रो बनाइएकी कोइली रोकाया ।

आठ वर्षअघि अँगेनाको वरिपरि बसाएर कोइलीले खाना खुवाएको घटना ताजा भएर आयो । ओठबाट पोखिएर छताछुल्ल हुन नपाएको अप्रकट मुस्कान र समयले भरिपूर्ण कलशझैँ गरिदिएको उसको भर्भराउँदो रूप अनि यौवन आँखामा नाच्न थाल्यो । परन्तु मैले कारूणिक यथार्थमा खुट्टा टेकिसकेको थिएँ । आँखा अगाडिको दृश्यबाट भागेर हराएको समय र दृश्यलाई पाउनसक्ने थिइनँ ।

समय फेरिएको थियो । रूप र रङ्ग फेरिएको थियो । कोइलीको अवस्था फेरिएको थियो । ऊ वसन्तकी होइन, शिशिरकी कोइली भएकी थिई । परन्तु भित्रैदेखिकी कोइली उस्तै रै'छे । उस्तै मृदु मुस्कानका साथ नमस्तेले स्वागत गरी । उसको सबै-सबै अवस्था देखेर मुटु छियाछिया हुँदै थियो । काखमा झुन्डिएको चिचिलो भोकले रूँदै थियो । निरस बासी रोटीको टुक्रोबाट ऊ सन्तुष्ट थिएन । सिँगान लतपतिएर गाला फुटेकी झुम्री बालिका त्यही बासी रोटीको टुक्रोलाई अनन्त आशाका साथ हेर्दै थिई । दुइटा पुराना बोरा बोकेर कोइली उभिएकी थिई ।

म अलि नजिक भएँ–

"ओहो, कोइली ! के छ कोइलीं, हालखबर ? तिम्रो जिन्दगी त फेरिएछ । नचिनिने भइछौ । आमाबा कता हुनुहुन्छ ?"

"कठै हजुर ! क्या भनूँ हालखबर ? सास झुन्ड्याकै छ । बा मऱ्याका तीन बर्स भैगया । आमा पन बिरामी छन् । खोजूँ भन्या बेसा मिल्लैन, खानलाई गास छैन । मरूँ भन्या काल लिनैन, बाँच्नलाई आश छैन ।

यसै छ हजुर, दुखारीको जीवन क्या हुँदो हो ? आलु खाईकन बाँच्याका छौं । सरकारले चामल दिन्या हो भन्न्या सुनेर आयाकी हुँ । चारगेडा चामल मिल्या हुन् कि हजुर ? हजुरको सवारी काँबाट भयो । हजुरले नराया पन मुइले त राइ हाल्या हजुर !"

जिन्दगीको छन्द नमिलेकी कोइलीको बोली लयात्मक थियो । उसको बोली दुःखको कथाजस्तो, पीडाको कविताजस्तो र विरहको धुनजस्तो ।

उसले यति भनिसक्दा मेरो मुटुको धड्कन अर्कै भइसकेको थियो । हत्तेरी ! चारगेडा चामलको आशमा झुन्डिएको जिन्दगी ।

"अनि तिम्रो घरमा को-को छन् नि ? श्रीमान् कहाँ छन् ?"

उसले मुख विकृत पारी । मेरो प्रश्नको उत्तर दिने मन सायद उसलाई थिएन कि ?

"के भनूँ हजुर, मेरा कविलाको त चिल्लीबिल्ली छ । सासू बिरामी भैकन अस्पताल फाल्याकी छन् । साठी बर्सका सौरा पर कालापहाड गयाका छन् । यैका बा तल बम्बै गयाका छन् ।"

यैका बा भनेर उसले दूधे बालकलाई देखाई ।

"घरमा खाऊँ भन्या अन्नको गेडो नाइँ हजुर । यी लालाबालाकन क्या ख्वाईकन पाल्नु हो ? आफ्नै मासु काटेर ख्वाऊँ भन्या पन हाडछालाबाहेक केइ छैन प हजुर !"

उफ् ! कोइलीका दर्दनाक शब्दहरूले मुटुमा प्वाल पार्न थालेजस्तो भयो ।

"आफ्नै मासु काटेर ख्वाऊँ भन्या पन हाडछालाबाहेक केइ छैन प हजुर !", कोइलीका यी शब्दले मेरो मुटुलाई भित्रैदेखि हल्लाइदियो ।

जिउमा कहालीका काँडा उम्रिए । अब योभन्दा बढी सुन्न सक्ने मसँग शक्ति थिएन । मैले समयलाई सरापेँ । जिन्दगीलाई धिक्कारेँ- थुक्क, साला जिन्दगी ! पापी समय !

जिन्दगीलाई लुट्न जानेको छ समयले । समयलाई सहन जानेको छ जिन्दगीले । जुन आँखामा आठ वर्षअघि समयले मोहनी भरेको थियो, तिनै आँखामा बिरूप चित्र उभ्याइदियो ।

समयलाई माफ गरिदिने क्षमता थिएन तर केही गर्न सक्ने शक्ति पनि त थिएन मसँग । कोइलीलाई हेरिरहने र कुरा गरिरहने कुनै गोप्य आकर्षणले तानेको पनि थिएन मलाई । आफूले बनाएको सम्बन्धलाई दुई बोरा चामलसँग साटेँ मैले । कोइलीलाई दुई बोरा चामल दिन सक्नु आफ्नो उपलब्धि ठानेँ । कोइलीको पीडालाई मनभरि बोकेर फर्केको थिएँ, त्यस दिन ।

***

ललाटभरि फूल र अबिरले रङ्गाइएकी, सेतो र पहेँलो मलमलमा सजाइएकी, अगरबत्तीको सुगन्धी सानिध्यमा, हरियो बाँसको शैय्यामा सुताइएकी उसलाई तेस्रोचोटि मोहनाको श्मसान घाटमा देखेँ ।

उफ् ! आँखामा देखिएको एउटा जिन्दगी, आँखैमा धुवाँ बनेर उडेको हेरिरहेँ ।

कठै ! कोइली । कठै ! म ।

तिमी त आयौ, मुस्कुरायौ, मुर्झायौ र खरानी बनेर उड्यौ । परन्तु मलाई नराम्रो झड्का दिएर गयौ ।

मलाई मात्र होइन पूरा धनगढीलाई स्तब्ध बनाएर गयौ ।

किन ?

आज बिहानैदेखि पूरा धनगढी स्तब्ध छ । पत्रपत्रिका र एफएमहरूमा खबर छ्यापछ्याप्ती छ–

"चार सन्तानसहित आत्महत्या !"

"चार सन्तानसहित कोइलीले मोहनामा हाम फाली !"

"एउटा भोकको अन्त्य !"

"भोकका विरूद्ध सहादत !"

"बाँच्नेहरूलाई उपहास !"

यस्तै-यस्तै शीर्षकमा दुब्ला पत्रिकाका अक्षरहरू मोटाएका छन् आज ।

भर्खर कोइली रोकायाको अन्तिम दर्शन गरेर फर्केको छु । मुटुमा भक्कानो फुटेको छ । शब्दहरूमा कोइली रोकायालाई प्रकट गर्न सक्दिनँ तर ऊसँग जोडिएको अप्रकट भावना आज खेलिरहेछ मनमा । सुरूका दिनमा, पैलो भेटमा, धेरै कुराहरू दिने मन थियो उसलाई । दिउँला पनि सोचेथेँ । संसारको आधा खुशी त उसकै लागि हो कि जस्तो लागेको थियो । ती दिनमा कोइली रोकायालाई कसले पो के दिन्थेन होला र ? तन, मन, धन र जीवन, सबै-सबै उसका लागि तयार थिए ।

बीचका दिनहरूमा कोइलीलाई दिने वस्तु मसँग धेरै कम थिए । अभाव, गरिबी र भोकमरी उसैसँग प्रशस्त छँदै थिए । अभावका ती दिनमा उसलाई कति धेरै आवश्यकता थियो तर मसँग दिने केही थिएन । केवल दुई बोरा सरकारी चामल दिएर फर्केको थिएँ ।

अन्तिम भेटको दिनमा उसलाई कुनै चिज चाहिएकै थिएन ।

"चार गेडा चामल मिल्न्या हुन् कि हजुर ?" भनेर उसले अब माग्नुपर्ने दिन नै बाँकी रहेनन् । श्रद्धाञ्जलिको एउटा सुकुमार फूल कोइली रोकायालाई दिएर म घाटबाट फर्केको छु । एक दर्जन जति पत्रपत्रिकाहरू मेरा अगाडि बिस्कुन लागेका छन् ।

कोइली रोकायाको आत्महत्याका समाचारको बीचमा म टिठलाग्दो भएर आफ्नै जिन्दगीतिर हेरिरहेको छु- कोइली रोकायाले किन आत्महत्या गरी ?

समाचारपत्रहरू लेख्छन्-

परदेश गएको लोग्ने लामो समयसम्म पनि फर्केर नआएपछि, घरमा खाने गास नभएपछि, सरकारले दिने 'चारगेडा चामल'को राहत पाउन छोडेपछि र चारवटा छोराछोरीहरू भोकले कोकोहोलो गरिरहन थालेपछि कोइली रोकाया पुसको हिउँझैं जमेर बस्न सकिन । दुइटा चिचिलाहरूलाई अगाडि-पछाडि गरेर शरीरमै बोकी अनि एउटालाई आफ्नो अगाडि र एउटालाई पछाडि हिंडाई । भोकको रन्कोले ऊ चारा खोज्न गन्तव्यहीन यात्रामा निस्की ।

बाजुराको कन्दराबाट निस्केकी कोइली आफ्ना चारवटा सन्तानलाई बोकेर कहाँ-कहाँ पो भौँतारिइन । असहाय आमा र छोराछोरीहरूले कति रात ओडारमा काटे । कति रात पुललाई पाल बनाएर नदी किनारामा बिताए । कति दिन सडकपेटीमा बिताए । कति रात चौतारी र प्रतीक्षालयमा काटे । कति छाक मागेर खाए । कति रात भोकै बिताए । क-कसका घर चहारे । कहाँ-कहाँ भौँतारिए । जिन्दगीको हिसाब-किताब राख्ने कुनै बहिखाता थिएन ।

एक दिन,

साउने बर्खाको एक दिन बिहान दश बजेतिर कोइली रोकायाले भारतको गौरीफन्टातर्फ जाने त्रिनगर भन्सार नाकामा मोहना नदीको पुलमाथि बसेका प्रहरीलाई सोधी-

"बम्मै जाने बाटो यै हो हजुर ?"

माग्नेजस्ता चारवटा केटाकेटी र पागलजस्तै आइमाईलाई देखेर पुलिसले कानेखुशी गरे-

"मगज सुस्केकी आइमाई हो कि कसो ?"

"हो-हो, त्यस्तै छ ।"

पुलिसले हकान्यो- "काँ जाने हो ?"

"तल बम्मै ।"

भन्यो-

"पारि जान मिल्दैन, तपाईँ फर्कनुहोस् ।"

पुलिसको अनुहारमा टिठलाग्दो नजरले हेरेर भनी-

"मेरा घरवाला तल बम्मै रना' छन् हजुर । गयाका तीन बर्स भैग्या । यी बालबच्चाकन क्या ख्वाईकन पालूँ ? मकन जान्दिनु होऊ, तमुकन सलाग छ हजुर !"

पुलिस नरम भयो- "कोसँग जाने ?"

"चार छोराछोरी, एक म, अरू त कोई छैन हजुर !"

फेरि कड्केर भन्यो-

"तपाईँ एक्ली स्वास्नीमान्छे यी केटाकेटीहरूलाई लगेर बम्बै जान सक्नु हुन्न । हामी तपाईँलाई जान दिँदैनौँ । फर्कनुहोस् तपाईँ । आफ्नै गाउँ जानुहोस् ।"

पुलिस कड्केर बोलेपछि बिचरी कोइलीको मन भाँचियो । उसले पाइला अगाडि बढाउन सकिन । पछाडि फर्किने पनि मन लागेन । उसले आफ्ना लागि खुला आकाश देख्न छोडी । विशाल धर्ती देख्न छोडी । 'फर्केर आफ्नै गाउँ जानोस्' भन्ने पुलिसको आदेशबाट ऊ झन् मर्माहत भई । कसरी फर्किनु बारम्बार भोकले मरिरहनुपर्ने त्यस्तो ठाउँमा ? आफ्नै जीवन उसलाई बोझ लाग्यो । चारवटा लालाबालाको जिन्दगी झन् बोझिलो लाग्यो । माथितिर हेरी, आकाश खुलेको थिएन । पर पहाड़मा बादलका गुच्छाहरू थिए । वर्षायामको आकाश भरोसालाग्दो थिएन । तलतिर हेरी, पुलमुनिको धमिलो मोहना मदोन्मत्त भई उर्लँदो थियो । वर्षे भेलका सयौँ भँगालाहरूलाई एकैसाथ बेरेर बग्दै थियो । पुलिसको आदेशले उसलाई जीवनदेखि वितृष्णा जगाइदियो ।

कसरी जानु पेटमा भोकको आगो दन्काएर बाँच्नुपर्ने आफ्नै गाउँमा फर्केर ? केटाकेटीलाई तड्पाएर मार्नलाई कसरी फर्केर जानु भोकमरीको गाउँमा ?

"अहँ, मरे पनि जान्न बारम्बार मर्नुपर्ने गाउँमा ।", उसले दृढ निश्चय गरी।

झुत्रा लुगा भएकी सिँगाने छोरीले घरि आमाको र घरि पुलिसको अनुहार हेर्दै थिई । गाउँ नफर्किने निश्चय गर्दा पनि उसका मनमा कुनै उमङ्ग आएन । मन झन् गह्रुङ्गो भएर आयो । देशपारि पुलिसले जान नदिने, देशवारि उसलाई फर्कन मन लागेन । कोइलीले आफ्नो अगाडि र पछाडि देख्न छोडी । कहाँ जाने ? उसका लागि कहाँ छ, सुखका साथ साँझ-बिहान एक गास खान पाइने ठाउँ ? जिन्दगी थाम्नै नसक्ने गरी बोझिलो लाग्यो उसलाई । लालाबालाहरू झन् बोझिला लाग्न थाले । कोइलीले बाँकी जिन्दगी देख्न छोडी, सायद । मोहनामाथि उभिएर हेर्दा कोइली रोकायालाई जिन्दगीप्रतिको मोह बाँकी रहेन ।

पुलमाथि उभिएरै पिठ्युँको बच्चालाई पटुकाले कसी । आफैँतिर हेरिरहेकी छोरीको टाउको मज्जाले सुमसुम्याई । बालकहरूलाई काखमा च्यापेर मजाले चुम्बन गरी । हेर्दाहेर्दै कोइलीले पुलमाथिबाट मदोन्मत्त मोहनामा हाम फाली, झ्वाम्म !

उफ् ! कोइली रोकाया !

पुलिसले बम्बै जानबाट त रोक्यो तर मृत्युको मार्गबाट चाहिँ रोक्न सकेन ।

कोइली रोकायाबाहेक बालकहरूको लास भेट्टाएन पुलिसले । मसानघाटको किनारमा फूल, अबिर, अगरबत्ती र मलमलले उसलाई सजाइएको थियो ।

रङ्गीन निधार, रेशमी कपाल, अगरबत्तीको सुगन्ध, मलमली पहिरन र पुष्पगुच्छाहरूको बीचमा शान्त स्वरूपकी कोइली रोकायालाई अन्तिमपटक मैले मोहनाको मसानघाटमा भेटेँ ।

कठै ! कोइली यस संसारमा रहिन अब । बाजुराको कन्दरामा पनि ऊ भेटिनेछैन । विमानस्थलको बायाँ कुनामा पनि ऊ भेटिनेछैन । कसैसँग 'चार गेडा चामल' पनि माग्ने छैन उसले अब । म मोहनाबाट भर्खर फर्केर उसको कथा लेख्न बसेको छु । ऊ रहिन । अब के लेखूँ ? समाचार पत्रहरू लेख्छन्- 'भोकका विरूद्धमा कोइलीले सहादत प्राप्त गरी ।'

***

भर्जिन कथा

एउटा बुक्रे घरको कोठाभित्र पस्नासाथ उसले आफ्नो मैलिएको नीलो गामन माथिल्तिर सारी, सर्लक्कै । भुइँमा दरी बिछ्याइएको थियो । ऊ त्यसैमा उत्तानो परी डङ्रङ्ग ।

भनी–

"ल ल, आउनुहोस् चाँडो !"

स्तन उसका पुष्ट थिए । खाइलाग्दो जिउ थियो, भरिलो डाँकुलाजस्तो । ज़वानी त्यति निखेजस्तो लाग्दैनथ्यो । जिउ पनि उति बिग्रेजस्तो लाग्दैनथ्यो । मात्तिएको भाषामा भन्ने हो भने ऊ बमपटाकाजस्तै थिई । सेता कमनीय तिघ्रा देखाएर दोस्रोपटक अनुरोधको भाषामा अत्याई–

"आउनोस् क्या चाँडो, पछि खाल्डो पुरिइजान्छ । ओइ, चाँडो, चाँडो !"

ऊ भुइँको दरीमा पल्टिएकै थिई ।

यस्तो अवस्थामा पनि एक ३२ वर्षीय युवकको मनोदशा विकृत हुनसक्छ ?

"के मन्दिरको पुजारीजस्तो ट्वाल्ल पऱ्या ? खोल्नुहोस् न पाइन्ट, ल छिटो !"

तेस्रोपटकको उसको बोली रूखो थियो । ऊ मेरी जोई थिइन तर जोईको भन्दा कम रवाफ पनि थिएन, उसको बोलीमा ।

भित्तासँग टाँसिएको सानो खाट झोलुङ्गो भएको देखेँ । खल्तीमा चुरोट थिएन । मैले उसका नाङ्गा तिघ्राहरूबाट मनलाई चुरोटको खिल्लीमा केन्द्रित गर्न सक्नु ठूलो बहादुरी ठानेँ । ढोकाको बाहिर निस्केर

दायाँतर्फ हेरेँ । २५ मिटर जति पर अघिकै चस्मावाल भाइ उभिएको थियो । हातकै इसाराले बोलाउँदै भनेँ-

"भाइ, चुरोट लिएर आऊ त ।"

५० को नीलो नोट बोकेर ऊ गयो । ऊ गएपछि खितखिते हाँसोले कोठा गुन्जिरह्यो । मनलाई रोक्न सकिनँ । शरीरलाई बाहिरै छोडेर मभित्रको मन एकपटक नाङ्गा तिघ्रा भएकी युवतीको छेवैमा पुग्यो । नीलो आकाशको अन्तिम दूरीमा रहेका दुइटा सेता तिघ्रामा कतै-कतै नीला नसाहरू स्पस्टै देखिन्थे । सेता तिघ्राका नीला नसा । नीलो कामना । हातमा दुई खिल्लीमात्र चुरोट दियो उसले । सोधेँ-

"यत्ति हो ?"

"पैसै पुगेन, एउटा पुकार पनि खान पाइनँ मैले ।", गुनासो गऱ्यो उसले ।

"खै त, ५० रूप्पेको दुई खिल्ली शिखरमात्रै ?", म रन्केँ ।

"त्यसलाई भर्जिन नभई हुन्न । एक ग्राहकसँग कम्तीमा एउटा भर्जिन त चाइन्छ-चाइन्छ, सारिकालाई !"

बाहिरबाटै सारिकालाई क्वाटर मिल्कायो- "ला !"

सारिका ?

सारिकाको कस्तो ख्याल गर्दो रै'छ त्यो चस्मे । हरेक ग्राहकसँग एक क्वाटर दारू सारिकालाई चाहिन्छ भन्ने कुरा पूरापूर ख्याल गरेको छ उसले ।

चुरोट सल्काएर भित्र पसेँ । तबखेर ऊ क्वाटरको बिर्को खोलेर गिलासमा खन्याउँदै थिई । अनन्त मुस्कुराहटका साथ ऊ मतिर बढी ।

"एक घुट स्वाट्टै पार्नोस् त अनि म पिउँला ।"

धुवाँको मुस्लो मुखबाट उडाउँदै भनेँ-

"म दारू खान्नँ ।"

"के खाने त, 'यो' ?", उसले आफ्नो दायाँ हातको चोर औँला योनितिर पुऱ्याई र हाँसी- "खितिति...ति...ति... !" एकै सासमा गिलास रित्तो पारी सारिकाले । भनी-

"मैले दारू पिएँ, तपाईं मलाई पिउनोस् ।"

उसको कुरा मलाई कविताजस्तै लाग्यो ।

"ल्याऊ त, एक सुर्को म पनि तानूँ ।", रफ भाषा पनि बोल्दी रैछे ऊ ।

मुखनेरै मुख पुऱ्याएपछि आश्चर्य प्रकट गरी–

"आमुइ, को रै'छ भनेको त, मनिजर साप पो रै'छन् । मैले त नचिनेकी गाँठ !"

ओठ लेप्प्याएर बोली–

"निष्ठुरी कहाँका, यतिका समय कहाँ हराई जानुभएको थियो ?"

"को मनिजर ?", म जङ्गिएपछि ऊ नरम भएर बोली–

"मनिजरजस्तै लाग्यो त, तपाईं ब्याङ्कको मनिजर साप् हैन र ?"

"हैन ।"

"ए, चिनैं-चिनैं । सीडीओ साप् पो रै'छन् ।"

उसले आफूकहाँ आउने ठूल्ठुला ग्राहकहरूमा मलाई दर्ज गर्दै थिई । सायद भर्खरै पिएको एक क्वाटर पानी र जवानीको नशा बराबर चढ्दै थियो । आँखा उसका राताराता हुँदै थिए ।

"सीडीओ, सीडीओ कोई होइन ।", म रन्कैं ।

"माँकसम्, तपैं सीडीओ हो कि एलडीओ हो ? मैले चिनिसकैं । मलाई नढाँट्नु के डार्लिङ, ल आऊ, अब ट्याउसिनु पऱ्यो ।"

ऊ मलाई अङ्गालो हाल्न आइपुगी ।

झोलुङ्गो भएको खाटमा बसेकै थिएँ । आफ्नो झोलाको चैन खोल्दै भनैं–

"पैला म तिम्रो फोटो खिच्छु है ?"

"धत् । नचाइने कुरा । ऐले मार्छ मेरो पोइले । आफ्नो काम गर्नु फटाफट् । ट्याउसिनू अनि जानू ।"

"ट्याउसिनू ? के हो ट्याउसिनु भनेको ?"

बायाँ हातको दुई औंलाको कापमा दायाँ हातको माझीऔंला छिराएर भनी–

"यी, यसो गर्ने क्या !"

"धत् !"

ऊ एक हदसम्म रिसाएर फर्की दरिमै । भनेँ-

"काँ छ र तिम्रो पोइ ?"

"ल, चिन्नु भएन, अघि चुरोट ल्याउनेवाला के त ? कत्ति माया गर्छ, उसले मलाई ।"

अचम्म लाग्यो मलाई- "को, त्यो दारू ल्याउने ?"

"हो त, मेरो डल्लेको बाबा उही हो । मेरो बुढा के बुढा । लभ अरेर ब्या अरेको !"

उसले एक सासमा भनी ।

यस्तो दृश्य र जीवन भोगाइ देखेर मभित्रको मान्छे पूर्णरूपमा निस्तेज हुन थाल्यो । उसका सेता तिघ्रामा देखिएका नीला नसाहरूप्रति कुनै उत्तेजना मभित्र बाँकी रहेन । एकै छिनअगाडि सडक किनाराबाट मलाई यहाँ ल्याइपुऱ्याउने मान्छेको चित्र आँखामा उभियो -

"हजुर, सबैभन्दा फस्किलास् माल छ हजुर । एक लम्मर छ । यो टोलकी सबैभन्दा सुन्दरी छे हजुर । आउनुहोस् न एकचोटि आफैँ हेर्नुस् । जिन्दगीमा मरिलानु के छ र हजुर ? मस्ती गर्ने त हो नि !"

उसैले हो मलाई रोडबाट ल्याएको । उसैले हो चुरोट ल्याएको । उसैले हो एक क्वाटर भर्जिन ल्याएको । सारिकाको पोइ । सेता तिघ्रावालीको पोइ ।

उफ् ! कस्तो समयसँग सामना गर्नुपर्छ मैले पटक-पटक । आफ्नी स्वास्नीका लागि ग्राहक खोज्ने पोइ यो धर्तीमा पैलोपटक भेटेँ । मेरो देशको सडक किनारामा पर्खिएको भेटेँ । लोग्ने मान्छेभित्रको पुरूषत्त्व सिद्धिएपछि पनि केही कुरा बाँकी रहन्छ र भन्ने प्रश्नले म रन्थनिइरहेँ ।

म झोक्राएर बसिरहेको देखेर सुरूमा ऊ चकित परी । पछि पो उसले फन्केर भनी-

"तपाईँ के गर्न आउनु भा' हो ह्याँ ? कस्तो, मुजी नभएको लोग्ने मान्छेजस्तो यार तपैँ त । ल ल, आउनोस् छिटो !"

उत्तानो परेर उसले आफ्ना खुट्टा उचाली । सोधेँ-

"तिम्रो रेट कति हो ?"

"एकपल्ट ट्याउसिएको पाँच सय, रातभरिको दुई हजार । के रातभरि बस्ने विचार छ ?"

"तिम्रो पोइले मार्दैन ?"

"दारू खाएको बेला चैँ मार्छ । 'रन्डी' भनेर कुट्छ । अघिपछि त खूब माया गर्छ, डल्लेको बाले ।"

बिचरी सारिकाले आफ्नो आधा पीडा पोखी । मैले उसलाई फकाएँ-

"म तिमीलाई सात सय दिन्छु, मलाई एक घन्टा जति आफ्नो कथा बताइदेऊ न, हुन्छ ?"

ऊ फन्कँदै उठी-

"यी, यत्रो भन्छ, मु.... !"

बायाँ हातको माझीऔँला आफ्नै तल्तिर तेर्स्याई, फेरि । गामन पूरै माथि सार्दिई उसले र फत्फताई-

"अस्ति पनि कण्डम कसरी प्रयोग गर्ने भनेर सिकाउन आ'का रेडक्रसवालाले यस्तै कुरा गरे, धेरै बेरसम्म । लास्टमा दुईचोटि ट्याउसिएर पैसै नदिईकन भागे रन्डीका छोराहरू, मरिजाऊन्, किचकिन्ने रन्डीका मोराहरू !"

ऊ सुस्ताएकी थिइन । आक्रोशमै भनी-

"तपाईँ मन्दिरको पुजारी हो ?"

"होइन ।"

"अनि के पुलिस हो ?"

"होइन ।"

"ए नेता हो ?"

"होइन ।"

"पत्रकार हो ?"

"कसरी थाहा पायौ ?"

"हाम्रै कुरा लेखेर त खान्छन्, पत्रकार मोराहरू। अरू केही नपाएर हाम्रै बारेमा लेख्छन् । हाम्रो पेसा नै बदनाम गराएर बन्द गराउन लागे रन्डीका बानहरू !"

***

तेस्रोपटक रिपोर्टिङकै लागि म 'बिस्नुकान्तिपुर' पुगेको थिएँ । पैलोपटक मुडा कट्टिपुरको बादी टोलका देहव्यापार गर्ने महिलाको बारेमा रिपोर्टिङ गर्ने सिलसिलामा साथी भीमसँग म यहाँ पनि आएको थिएँ । दोस्रोपटकको रिपोर्टिङमा एक जना जिल्ला अधिकारीलाई गौरीसँग अर्धनग्नै देखेको थिएँ । टोलका तरूनीहरूले एक-अर्कालाई हिरोइनहरूको नामबाट बोलाउने गरेको सुनेको थिएँ- गौरी, सपना, विपना, ऐश्वर्या, करिश्मा... !

तेस्रोपटकको चाखलाग्दो रिपोर्टिङका सिलसिलामा मानव जीवनका कारूणिक दृश्यहरू देखिए ।

दोस्रो खिल्ली चुरोट आधा सकिन लाग्दा उसले मेरो हातैमा हात राखेर चुरोटको ठुटो तानी । धुवाँको मुस्लोले कोठा बादलपुरी भयो । ठुटो सिध्याएर भुइँमा बिछ्याइएको मैलो दरीमा फेरि डङ्रङ्ग पल्टी । कोल्टो फर्केर मुस्कुराई । मैले सुनैं-

"हेर्नोस् सर, म मामुली स्वास्नीमान्छे होइन । रन्डी पनि होइन । मल्ल राजाकी छोरी हुँ, बुझ्नु भो !"

"बुझिनँ ।"

"नबुझे यत्रैसित्ति ।"

ऊ फेरि माझीऔंला आफ्नो योनितिर सोझ्याएर खितखिताई । भनैं-

"अनि मल्ल राजाकी छोरी भएर यस्तो काम गर्छन् त ?"

उसले ठूल्ठुला आँखा तर्दै खाउँलाझैं गरेर भनी-

"के मल्ल राजाकी छोरीको मुजी हुँदैन ? पेट हुँदैन ? खाना खानु पर्दैन ? मल्ल राजाकी छोरीले बाँच्नु पर्दैन ?"

उसका गहभरि आँसु होइन, तर्कहरू भरिएर आएजस्तो लाग्यो । म अवाक् भएँ । झोलुङ्गे खाटबाटै बाहिर हेरेँ । रिमरिम घाम लागेकै थियो । घामको उज्यालोमा ज्योति एक छिन गुमाएर मेरा आँखाहरू अँध्यारो बुक्रे कोठाभित्र चलायमान् भए । धैर्य गुमाएकी सारिकासँग मैले आश्चर्य प्रकट गरेँ-

"तिम्री आमासँग मल्ल राजाले बिहे गऱ्या हुन् र ?"

"होइन ।"

"अनि तिमी कसरी भयौ त मल्ल राजाकी छोरी ?"

उसले सहज भावले भनी-

"ल, प्रेम अरे पनि त बच्चा जन्मिहाल्छन् नि । हाम्री आमाले मल्ल राजासँग प्रेम गरेर नै हामीलाई जन्माकी त हुन् नि । प्रेम गरे होइ त हाल्छ नि !"

उनीहरूले आफ्नो देहव्यापारलाई प्रेमको व्यवसाय ठानेका पो रैं'छन् । म यस्तो सोच्दै थिएँ, उसले आफ्नो भनाइलाई पूरा गर्न खोजी-

"तर साँच्चै सर !"

पुनः नदीजस्तै शान्त र गम्भीर भई । सायद उसकी आमाले भनेकी हुँदी हो, मैले उसका मुखबाट सुनेँ-

"मल्ल राजाले मेरी आमासँग धेरै मायापिरती गर्नुभयो । मुडाबजारको ठूलो सिमलको रूखनेर आमाको सानो पसल थियो । मल्ल राजा डेली त्यही पसलमा बसेर याक चुरोट खानुहुन्थ्यो । त्यै बेलादेखि हाम्री आमासँग मल्ल राजाले लभ गर्नुभो । मल्ल राजाकै सम्पर्कबाट हामी जन्मेका रे । मेरी तीन दिदी र तीन बहिनीहरू छन् । दुई जना भाइ छन् । तीन बहिनी कट्टीपुरमा बस्छन् । आमाबालाई उनीहरूले पाल्छन् । कान्छी बहिनीचाहिँ देख्नमा त्यति राम्री छैन तैपनि दिनमा आठ/दशजना ग्राहक बाले खोजिहाल्छन् । मेरी दिदीको घर ऊ त्यो अम्बाको रूखनेरै छ । दिदी जत्तिकी सुन्दर त यो बिस्नुकान्तिपुरभरिमा कोही छैन । त्यसका चार जना छोरा छन् तर त्यसको ब्या नै भएन । त्यसको जेठो

छोराचाहिँ साह्रै हराम छ, साले । मेरोमा आउन खोजेका ग्राहकलाई पनि आफ्नो आमाकोमा लैजान्छ । हिजो दुई जना देशी मलाई देखेर आउँदै थिए, बीच बाटोबाटै आफ्नो घरमा लगेर गयो । दिदीलाई देख्यो भने त जस्तोसुकै हिरो पनि प्रेम गरिहाल्छ । त्यस्ती सुन्दर छे, माया दिदी । अहिलेचाहिँ ४० वर्ष जति भयो होला, माया दिदीको उमेर । चार छोरा भएर पनि अझै बच्चा नभकी जस्ती छे त्यो ।"

मेरो धर्ती धर्मराउन थाल्यो फेरि एकपल्ट । आमाका लागि ग्राहक खोज्ने बहादुर छोरो मेरो देशमा भेटियो । आफ्नै आमाका लागि... खोज्ने । आमाका लागि छोराले, छोरीका लागि बाबुले र जोईका लागि पोइले ग्राहक खोजेको मैले पहिलोपल्ट यहीँ देखेँ ।

उसैकी दिदीको घरतर्फ हेर्दै थिएँ ढोकाबाट । "उसकी रूबसी दिदी माया पनि पल्टेकी होली कुनै ग्राहकका अघिल्तिर यसै गरी । नीला नसा भएका सेता तिघ्रा उसका पनि छरपष्टिएका होलान्, यसरी नै ।", कल्पना मनमा आउँदै थियो । सारिकाको लामो सुस्केराले मेरो कल्पनालाई बिथोल्यो । भनेको सुनेँ-

"मलाई आज बहुत टेन्सन छ यार, सर । त्यसलाई देख्यो कि मेरो पारा चढिहाल्छ । मर्न नसकेकी पातर्नी । कोर लागेर मर्न नसकेकी अलच्छिना । खै ५० रूप्पे निकाल्नुस् त सर, एक क्वाटर खाऊँ ।"

५० को नीलो नोट दिएँ । ऊ भित्रबाटै कराई-

"ए होई... डल्लेका बाउ !"

खुरूक्क उही चस्मे देखा पर्‍यो-

"के ?"

"एक क्वाटर ल्याएर आऊ है । दुइटा चुरोट पनि ।"

ऊ उसैगरी गयो । सोधेँ मैले-

"के-को टेन्सन भन्छौ ? कसले के गरी भनेको ?"

"अरे सर माँटोक्ने राँडीले... !", मात्रै भनी ।

अरू भन्न पा'कै थिइन, चस्मे ढोकामा देखा पर्‍यो । एक क्वाटर भर्जिन ढोकाबाटै हुत्यायो-

"ला !"

दुई खिल्ली चुरोट मिल्काएर पछाडि नहेरी गयो ऊ । अधिकै गिलासमा भर्जिन खन्याई । चार बुँद जति पानी हाली । मुस्कुराएर भनी-

"तपाईँ त भगत मान्छे, नखानोस् । आफूलाई त दारू नभै नहुने । ल है पिऊँ त ।"

उसले सिनित्तै तानी । हेर्दाहेर्दै गिलास आधा पारी । मुख पूरै बिगारी-

"वाह...सारै कडा र'छ माकसम् !"

चस्मेले मिल्काइदिएको चुरोट मलाई दिएर भनी-

"ल तपाईँ चुरोट सल्काउनोस्, म पनि त्यै तानुँला ।"

यति भनेर ऊ गुनासो पोख्न थाली-

"मासु र दारू रोजै नभै नहुने त्यो साली बोक्सी रन्डीलाई । भैँसीको जस्तो छाला छ त्यो डङ्किनीको । त्यल्लाई त कुकुरले पनि हेर्दैन । हाम्रो डाह गर्छे त्यो पातर्नी । हाम्रोमा त ग्राहक एक छिन पनि खाली हुँदैनन् । त्यै रिसले बिचरी १२ वर्ष नपुगेकी चिचिलीको सत्यानास गर्दिई त्यो बेस्से राँडीले । हुन त हामीलाई पनि त्यस्तै भयो होला तैपनि आजकलको पढ्ने जमाना छ । भर्खर पाँचमा पढ्न लागेकी बिचरी तारा । छाउ पनि नभएकी ।"

"के भयो त, तिमीलाई केको टेन्सन भो ?"

"हिजो एक भुसतिघ्रे कालोकालो मोटे देशी आ'को थ्यो । "मलाई भर्जिन केटी मिलाई देऊ" भनेछ । सधैँ त्यसैकोमा आउने देशी हो त्यो । पाँच हजारमा बिचरी ताराको सिल तोड्न लगाई त्यो कुकुर्नीले, हाम्रो जातै यस्तो, चलनै यस्तो भनेर । रगतपच्छे भएर ऐलेसम्म पनि बेहोस् छे । उठ्न सकेकी पनि छैन विचरी । हत्तेरी र त्यस केटीलाई देखेर आज बहुत टेन्सन भएको छ सर ।"

मैले अधैर्य भएर सोधेँ सारिकालाई-

"त्यो केटी को पर्छे त्यो आइमाईको ?"

ऊ भुइँमै पल्टेकी थिई ।

"हत्तेरी, त्यसैकी छोरी हो हुन त । तैपनि पुरानो जमाना होइन नि यो । बिचरी ! पानीछाउ पनि नभएकी केटीलाई देखेर कस्तो दया लाग्यो सर, आइमाईको जिन्दगी त बेकार रै'छ साला !"

"प्रहरी चौकी नजिक छैन ?", मैले भनें ।

"छन त छ, भएर के काम ? त्यसैका लागि एउटा पुलिस चार दिनसम्म आएर फर्क्यो । खै, के कुरा मिलेन बुढीसँग । एक जना कुनै हाकिमजस्तै देखिने मान्छे दुई दिन गाडीमा आएर फर्क्यो । अर्को मारबाडीजस्तो देखिने मान्छे पनि कति दिन आएर त्यसै फर्क्यो । लगभग एक महिना हुन थाल्यो, त्यसका लागि कति ग्राहक आए कति तर कसैले नपाएर फर्के । धेरैले त्यसमाथि आँखा गाडेका थिए । कसैले पाएन तर हिजो त्यो भुसतिघ्रे देशीले मौका पायो । त्यो बेस्से बुढीले दुई-तीन वर्ष बचाएर राखिदिए पनि हुने नि । खै, आफ्नै छोरीको चिच्याहट कसरी सुन्न सकी पापिनी बुढीले ? देख्नामा पनि गुलाबको फूलजस्ती मासुम थिई सर, साह्रै सुन्दर ! हत्तेरी, के जुनी हुन्थ्यो आइमाई राँडको । आजको दिनमा मलाई बहुत टेन्सन भयो सर !"

ऊभित्रको मानवीयता साँच्चै रोइरहेको मैले आँखैअगाडि देखेँ । मलाई फेरि भाउन्न भएर आयो । हत्तेरी, कस्तो नारकीय जीवन भोगिरहेका मान्छेलाई देखेँ मैले । जिन्दगीको कस्तो अप्रिय सत्यसँग साक्षात्कार गर्न पुगेँ म, जहाँ श्रीमान् श्रीमतीका लागि ग्राहक खोज्छ, जहाँ बाबुले छोरीको शरीर लुट्ने मान्छे खोज्दै हिँड्छ, जहाँ छोराले आमाको शरीर बेच्छ, जहाँ आमाले अबोध छोरीको कुमारीत्व लुटाउँछे- त्यहाँको चीत्कार र पीडाले बाँकी मान्छेको मुटुलाई छुन नसकेको यो कस्तो बस्ती ? यो कस्तो प्रेम-व्यवसाय ? यो कस्तो देह सुख ?

***

मुक्ति ?

त्यस दिन नैनादेवी मन्दिर परिसर सुनसान थियो। माता नैनादेवी भगवतीको प्राङ्गणमा आरती ज्वाला बलेको थिएन। आरतीगान गाइएको थिएन। मङ्गलध्वनि पनि गुञ्जायमान् भएको थिएन। सधैं उल्लासमय रहने नैनादेवी मन्दिर परिसर त्यस दिन उजाड र न्यास्रो लाग्दो थियो। पछिबाट गुरू गोविन्दशरण निकै शान्त र गम्भीर मुद्रामा देखा परे। उनको अनुहारमा चञ्चलता थिएन। ओठमा मृदु मुस्कान पनि थिएन र मुखारविन्दमा वाग्धारामय मन्त्रहरू पनि उच्चरित थिएनन्।

देखें- उनले आफ्नो गेरूवस्त्र उतारिदिएका थिए। सेता फूलका बुट्टाहरू भएको सेतै वस्त्रमा उनी शान्त, सफा र स्निग्ध देखिएका थिए। दूधजस्तो सेतो अनुहारमा देखिएका मोतीका दानाजस्ता पसिनाहरू हातले पुछ्दै उनी उही पीपलबोटमुनिको चौतारामा बसे, जहाँ अघिदेखि मनभित्रका हजार ज्वारभाटाहरूलाई दबाएर उस्तै शान्त र गम्भीर मुद्रामा भावविहीन रूबसी बसेकी थिई।

कुनै बेला करूणाले मलाई भनेकी थिई-

"राजु ! रूबसी नाम दिएर पैलोपटक यो शहरमा मलाई पुकार्ने उही हो।"

हो, त्यस बेला कैलाली क्याम्पसमा पढ्ने आफ्ना सयौं साथीहरूका बीचमा ऊ साँच्चिकै रूबसी थिई। एक्ली रूप-सुन्दरी, करूणा शाही। करूणाले धेरै युवाहरूको मन मस्तिष्कलाई बिथोलेकी थिई त्यतिखेर। आफ्नो रूप, सुन्दरता, फक्रिँदो जवानी र चञ्चले बानीले समवयस्कहरूलाई मात्र होइन, देख्नेहरू सबैलाई मोहित पारेकी थिई।

गोविन्द भट्ट, भर्खरै बैतडी पहाडबाट धनगढी झरेका थिए । पहाडी ताल र गाउँले चाल उनका खूब सुहाउने बानी थिए । त्रिपुरासुन्दरीको प्रभाव होला सायद, बिछट्टै राम्रा भजनहरू गाउनु उनको विशेष खुबी थियो । नैनादेवी मन्दिरमा हरेक शनिबार साँझपख हुने भजन, कीर्तन कार्यक्रममा उनकै जादूमय आवाजमा भजन सुन्न प्रायःजसो हामी सहपाठीहरू पुग्ने गर्थ्यौँ । उनको मोहनीमय आवाजमा करूणा कतिखेर मोहित हुन पुगी, हामीलाई पत्तै भएन । एकैचोटि आजभन्दा १२ वर्ष अगाडि मङ्सिर ८ गते यही नैनादेवी भगवतीको मन्दिर प्राङ्गणमा उनीहरूले एक-अर्कालाई स्वयंवरको माला पहिराएका थिए । मलगायत गोविन्दका सहपाठी र करूणाका केही सहेलीहरू त्यस स्वयंवरका साक्षी बन्न पुगेका थियौँ ।

जुन ठाउँमा तिनीहरूले १२ वर्षअघि एक-अर्कालाई जीवनभरका लागि अपनाएका थिए, आज त्यही मन्दिर प्राङ्गणमा उनीहरूको जीवनमा कति कारूणिक र हृदयविदारक दृश्य देखियो, त्यो भन्नुभन्दा पहिले म आफैँ संलग्न भएको उनीहरूको १२ वर्षे जीवनयात्रामा देखिएका घटना भन्दछु–

विवाह भएको पाँच वर्षभित्रमा क्रमशः मनु, विपाशा र उद्देश्यको जन्म भैसकेपछि गोविन्दले घर छोडे । सङ्गीतप्रतिको अनुराग र तृष्णा मेट्न बनारसमा गएर सङ्गीत पढ्ने आन्तरिक इच्छाले पनि हुन सक्छ अथवा बेरोजगारीको पीडा भुल्न दिल्लीमा गएर रोजगारी गर्ने चाहनाले पनि हुन सक्छ । जे होस्, उनले रूबसी र छोराछोरीलाई छोडेर हिंडे ।

पाँच वर्षपछि म धनगढीको प्रतिष्ठित निजी स्कुलमा पढाउन थालिसकेको थिएँ । एक दिन बिहानको समयमा रूबसी आफ्नो चार वर्षे छोरो मनुलाई भर्ना गर्न आई । त्यति बेलासम्म प्रायः सबैको हातमा मोबाइल पुगिसकेको थियो । आफ्नो मोबाइल खेलाउने क्रममै उसले मेरो नम्बर लिएर गई । यस्ता भेटहरू प्रायः कति भैरहन्छन् । कुनै उल्लेखनीय भेट थिएन । मैले मन-मस्तिष्कमा रूबसीका बारेमा कुनै कुरा खेलाएको पनि थिइनँ ।

महिना दिनपछि हो क्यारे ! यस्तै, रातको साढे एघार बजे मोबाइलमा फोन गर्ने केटीले आफ्नो नाम करूणा बताई । उसको आवाज अस्फुट थियो । बोली अवरूद्धजस्तै थियो । भनी- "एक्ली छु, असहाय छु, छटपटीमा छु । सक्छौ भने अस्पताल पुऱ्याऊ ।"

म बेचैन भएर बिस्तराबाट उठेँ । रातिको समय थियो । गोविन्द घरमा थिएन । सायद कुनै समस्या आइपऱ्यो होला । बिसन्चोको बेला सहयोग गर्नु मानिसको धर्म हो । साथी भनेर सम्झेपछि यस्तो अवस्थामा मैले जानैपर्छ भन्ने लाग्यो । म हतारिएरै करूणाको घर पुगेँ । उसको घरमा पुग्दा रातको १२ बजिसकेको थियो । गेट खुल्लै थियो । ढोका खुल्लै थियो । सरासर भित्र पसेँ । कोठा खुल्लै थियो । बत्ती बलेकै थियो । टिभी चलेकै थियो । करूणाको ओछ्यानसम्मै पुगेँ ।

ओ...माई...गड... ! बत्तीको उज्यालो प्रकाशमा, करूणाको बिस्तरामा मानवाकृति बनाएर दूध पोखिएजस्तो लाग्यो । आँखा तिरमिर भए । हजारौँ ताराहरू आएर आँखाको नानीभित्र पस्दै छन्जस्तो लाग्यो । मैले करूणाको यस्तो शरीर कहिल्यै देखेको थिइनँ । करूणाले यस्तो साहस कसरी जुटाई । उसको शरीर पूरापूरा वस्त्रहीन थियो । उसमाथि कपडाको कुनै धर्को थिएन ।

उफ् !

बिरामी करूणा ?

मदहोस करूणा ?

अर्धमुर्छित करूणा ?

झ्यालका पर्दाहरू बन्द थिए । आँखाका परेलीहरू बन्द थिए । पीपलपाते ओठहरू मौन थिए । थियो त केवल बिस्तरामाथि दूधजस्तो मदहोस शरीर । शरीरभित्र मन्द धड्कन र धड्कनभित्र तीव्र ढुकढुकी । पल्लो कोठामा बच्चाहरू मस्त निद्रामा थिए । बाहिर कतै कुकुरहरू भुकेको सुनिन्थ्यो । भित्र शरीरमा कतै भुइँचालो गएझैँ आभास हुन्थ्यो ।

"करूणा !"

उसैको नामबाटै उसलाई छोएर घच्घच्याएँ । निदाएको भेषमा उत्तानो परेकी वस्त्रहीन करूणाले उहुँ-उहुँ गर्दै आफ्नो दायाँ हात मेरो निहुरिएको घाँटीमा बेरी । करूणालाई यस्तै अवस्थामा छोडेर जाने चाहना भएन । चाहेर पनि बेवास्ता गरेर जानसक्ने अवस्था थिएन । करूणाबाट फुत्केर भागूँ भन्ने कायरता पनि मनमा आएन । हातले निधार छामेँ- ज्वरो थिएन । धड्कन सुनेँ, बिमारीको चाल थिएन । शरीर हेरेँ, रोगको लक्षण थिएन । थियो के त ?

छातीमा अर्कै धड्कन थियो । धड्कनभित्र तेज ढुकढुकी थियो । बाफ बनेर उड्न नसकेको बैँसको ज्वाला थियो । मदहोस् शरीर थियो । अवर्णनीय अवस्था थियो । आफ्ना दुवै हातले बेरेर मलाई आफ्नो छातीमा टाँसी । अर्धबेहोस अवस्थामै आफ्नो बाहुपाशमा बेरी ।

जब उसले मुखैनेर मुख पुऱ्याउन थाली । अहो ! थाहा पाएँ- गन्ध र दुर्गन्धमा करूणा मदहोस थिई । रक्सीको नशाले उसलाई लट्ठाएको थियो । बैँसको मातले उसलाई जगाएको थियो । अस्फुट आवाजमा ऊ भन्दै थिई- "तिमीलाई लाख चाहेँ, मेरो राजा !"

घटनाहरू जीवनमा बेहिसाबले घट्छन् परन्तु एउटै घटनाले जिन्दगीको हिसाब-किताबमा ठूलो अन्तर पारिदिन्छ । प्रेम र यौन अपरिभाषित रहस्यभित्रका जीवनवृत्त हुन् । प्रायः रातहरू प्रेम र यौनसँगै जोडिएका हुन्छन् तर एउटै रात, जसले अतुलनीय र अद्वितीयरूपमा मेरो जीवनमा विशेष महत्त्व राख्यो- त्यो करूणासँगको रात थियो । त्यही रातबाट म करूणाको भएँ । करूणा मेरी भई । उसले आफ्ना अप्रकट सुस्केराहरू कति सुसेली । मैले आफ्ना चट्टानी कठोरताहरू कति पगालेँ । एक-अर्काका हृदयमा मौन संवादहरू लेखिए । दुई शरीरहरू एक-अर्कामा विलयन भएर जहाँ अरूहरूको प्रेम अन्तिमरूपमा समापन हुन्छ, त्यहीँबाट करूणा र मेरो प्रेमको सुरूवात भयो ।

त्यसउप्रान्त मैले उसलाई कति भोगेँ । उसले मलाई कति भोगी । कुनै हिसाब थिएन हामीसँग ।

सात वर्षपछि गोविन्द फर्किंदा करूणा र म एक-अर्कामा हराइसकेका थियौँ । गोविन्दका आँखा छलेर पनि प्रायःजसो भेटिरहने गर्थ्यौं ।

गोविन्द ?

गोविन्द उस्तै गोविन्द रहेको थिएन । बनारसको आध्यात्मिक शिक्षा, दीक्षा र चेतनाले ऊ परिपक्व, शालिन र शान्त तपस्वी बनेर फर्केको थियो । धनगढीका आध्यात्मिक कार्यक्रमहरूमा ऊ प्रमुख आकर्षणको केन्द्र बन्दै थियो । नैनादेवी मन्दिर व्यवस्थापन समितिको अनुनय विनयपछि ऊ मन्दिरको मूल पुजारी भएको थियो ।

नैनादेवी मन्दिरमा हरेक साँझ भजनगानको सिलसिला उसैगरी सुरू भयो, जसरी १२ वर्षअघि हुने गर्थ्यो । गोविन्दको स्वरमा अझै जादू थपिएको थियो । हामी उसैगरी भजनमा सहभागी हुन थाल्यौँ । उही नाचगान, उस्तै भजन-कीर्तन र रमाइलो पुनः दोहोरियो । करूणा र म एक-अर्काकै लागि कार्यत्रूममा सहभागी हुन थाल्यौँ । मग्न पनि । हामीले यस अवसरलाई हाम्रो प्रेम र सानिध्यताको स्वर्णिम अवसरका रूपमा लियौँ । जब झिसमिसे अँध्यारोमा पञ्चपालामा दीप जलाएर घुँघुरूको तालमा आरती गान गरिन्थ्यो, तब कुनै बेला त लाग्थ्यो, यो देवीको होइन, हाम्रो प्रेमको आरतीगान हो । गोविन्द मन्दिरको पुजारी हो, करूणा र म प्रेमका । दिनहरू यसरी र यस्तै सोचेर बित्दै थिए ।

अनि ?

अनि के करूणा मेरी भई ?

करूणाले गोविन्दलाई प्रेम गरी ?

करूणाले मलाई प्रेम गरिरही ?

यो कुरा भन्न मलाई लज्जा छ र ग्लानि पनि ।

त्यस दिन गोविन्दको नम्बरले मेरो मोबाइलमा पहिलोचोटि आवाज दिएको थियो । करूणाको नम्बरबाट फोन आउँदा खुशीको आवाज सुनिन्थ्यो- "हाई !" तर एकाबिहानै मोबाइलमा गोविन्दको नम्बर देखेर मन झस्कियो । कुनै अप्रत्यासित कुरा सुन्नुपर्छ कि भनेर मुटुको ढुकढुकी बढ्यो । सायद गोविन्दले हाम्रो प्रेम कहानी थाहा पाएछ क्यारे ! यही

सोचेर मोबाइलमा घण्टी बज्न दिएँ । अन्तिम घण्टीसम्म मुटुको धड्कन पनि तेज हुँदै गयो । साहस बटुलेरै अन्तिम घण्टीको फोन उठाएँ । मेरो आवाज कम्पायमान् भैसकेको थियो । उही शान्त, शालिन र गम्भीर स्वभावमा गोविन्दको प्रवचनमय आवाज सुनें-

"प्रियवर, प्रणाम ! सूर्य देवताको उदयसँगै आज तपाईँलाई कष्ट दिऊँ भन्ने धृष्टता गरेँ । क्षमा गर्नुहोला, जीवनका सत्मार्गहरू पनि निरापद छैनन् । यो ईश्वरको राज्यमा विपत्ति र कष्टहरू जहाँतहीँ मौजुद छन् । तृष्णा र मायाजाल मानिसलाई अधोगतितिर लैजाने बन्धन हुन् । मुक्त हुन कठिन छ तथापि यसबाट मुक्त गराउनु परमपूज्य भगवान्को हामी मानवप्रतिको मुख्य दायित्व हो । यही अनुकम्पा भगवान्ले आज ममाथि गर्नुभएको छ । कृपया ! जसरी पनि पाउकष्ट गरी ८ बजेतिर मन्दिर प्राङ्गणमा पुगिदिनुहोला ।"

गोविन्दको फोनले मेरो मनमा अनेक शङ्का र आशङ्काका लहरहरू हुरी चलेझैं भैरहे । मनमा अनेक तर्कनाहरू गर्दै आठबजे मन्दिर प्राङ्गणमा पुगेँ ।

भनें नि-

मन्दिरमा शङ्खध्वनि गुञ्जिएको थिएन । मन्त्रोच्चारण र आरतीगान गाइएको थिएन । भक्तजनहरूको चहलपहल त्यहाँ थिएन । वातावरण सुनसान र शान्त थियो । करूणा उदास भएर पीपलबोटमुनिको चौतारामा बसेकी थिई । गुरू गोविन्दशरण अझै शान्त, गम्भीर र निरपेक्ष मुद्रामा देखा परे । मेरो मन सशङ्कित भैरह्यो । आकाशजस्तै शान्त मन र पृथ्वीजस्तै विशाल छाती बनाएर गुरू गोविन्दले जुन काम त्यहाँ सम्पन्न गरे, त्यसबाट म आश्चर्यचकित मात्र होइन, कल्पना जगत्बाट पनि लाखौं कोस तल भासिएँ । हावाको चालबिना, मान्छेको आवाजबिना र पत्यारलाग्दो आधारबिना यति ठूलो घटना घटेको मैले आफ्नो आँखाले जीवनमा पहिलोचोटि देखेँ ।

पत्याउनै मुस्किल पर्ने यो घटना जतिपटक उल्लेख गरे पनि विश्वास हुनेछैन, सायद तर सत्य यही थियो कि गुरू गोविन्दशरणले जो त्यहाँ गरे, त्यो भयावह सत्य थियो ।

गेरूवस्त्र उतारेर सेतो कुर्ता-सुरुवालमा गुरू गम्भीर देखिएका थिए । आफ्नो अनुहार एकै छिन पनि विकृत नपारीकन उनले करूणालाई स्पर्श गरे । हात समातेर चुमे । मन्दिरको अगाडि उभिन लगाए । गेटको भित्रपट्टि उभिएको पालेजस्तै देखिने मान्छेलाई हातकै इसाराले बोलाए । मन्त्रोच्चारण गर्दै करूणाको हात त्यस भुसतिघ्रे चौकीदार जस्तोलाई सुम्पिए ।

१२ वर्षअघि असाध्यै माया गरेर यही मन्दिरमा माता नैनादेवीलाई साक्षी राखी वरण गरेकी करूणालाई गोविन्दले यो के गरे ? म करूणाको गहिरो मायाको खाडलमा डुबिसकेको थिएँ । मेरा लागि यो कुरा अकल्पनीय थियो ।

यो दृश्य मैले कसरी सहन गर्न सकेँ हुँला । म पातालमा भासिँदै छु कि जस्तो लाग्यो । हजार बारूलाले मेरो मथिङ्गलमा टोकेजस्तो लाग्यो । मेरा आँखा तिरमिराए । सपना हो कि बिपना, छुट्याउन मुस्किल पर्‍यो मलाई । तर पनि सत्य त्यही थियो । यथार्थ र बिल्कुल भयावह सत्य । म ढल्न नसकेर उभिएकै थिएँ । करूणाले भक्कानिएर एकपटक गोविन्दलाई अँगालो हाली । गोविन्दले पनि आँसु पुछे तर कुनै बोलचालबिना, कुनै छलफल र बहसबिना, कुनै तर्क-वितर्क र वादविवादबिना करूणा त्यस भुसतिघ्रे चौकीदारको पछि हिंडी । मतिर हेर्ने सायद उसको साहस भएन तर त्यो अकल्पनीय दृश्यबाट म यसरी पग्लिएँ कि मेरो आँखामा कुनै बाँध थिएन । बलिन्द्रधारा आँसु खसिरहे, खसिरहे ।

यति ठूलो घटनाबाट रत्तिभर पनि विचलित नभएका गुरू गोविन्द, उही शान्त, शालिन र गम्भीर मुद्रामा मलाई थपथपाएर भन्दै थिए-

"प्रियवर धैर्य गर ! मुक्ति नै जीवनको उद्देश्य हो । मुक्त हुनुछ ।"

***

यथार्थ भ्रम

सल्लेघारीको बीचबाट गाडी हुइँकिएर गएको उसले हेरिरह्यो। सेतीको नागबेली नियालिरहेको यो डाँडाको छातीमा कुनै दिन गाडी हुइँकिएर जाला भन्ने उसले सोचकै थिएन। पहाडमा मोटर-गाडी पुगे। बिजुली-बत्ती पुग्यो। मोबाइल-फोन पुग्यो। अब त पहाडका गाउँ पनि अर्कै भएछन्।

गाउँ छोडेको एक्काईस वर्षपछि फर्किंदा गाउँ बिरानो भइगएको थियो। सल्लेघारीका लागि ऊ बिरानो भइआएको थियो। काँधमा भिरेको पुरानो झोला एउटा बूढो रूखको फेदमा राख्यो। सल्लाको सुसाहटबाट आएको चिसो हावाले उसको आँत ओसिलो भयो। झोरे सल्लाको फेदमुनि अडेस लागेपछि उसले आरामको महसुस गऱ्यो। बिंडीको अन्तिम सर्को तानेपछि मुखैनेरको धुवाँ उसको आँखालाई बादलपुरी बनाउँदै माथिमाथि उडेर गयो।

पारिका उजाड डाँडा, हरियो जङ्गल र नीलो सेती देखेर उसलाई हेरिरहूँजस्तो लाग्यो। मनमा नयाँ तरङ्ग उब्जेर आए। गुनगुनायो-

"जति बग्यो, उति पानी रै'जान्छ सेतीमा
जति रोयो, उति आँसु रै'जान्छ आँखामा
जति भोग्यो, उति दुःख रै'जान्छ डाँडामा
जति खायो, उति तिर्खा रै'जान्छ मनमा।"

हृदयको पानामा यति पढ्न नभ्याउँदै घाँसको घुच्चो टाउकोमा बोकेर गुराँसको सौन्दर्यलाई चुनौती दिएकी एउटी बाजकली अगाडि बढेको

उसले देख्यो । बैंसमा फक्रिएकी पहाडी रूबसीको लचकदार हिंडाइले थाकेको जिउ पूरै जागृत भयो । आँखा मिचेर बिस्फारित् गर्दा देख्यो–

छिटको गुन्यु, ढाकाको चोली, चाइनिज चप्पल, कमरमा सेतो पटुकी, चुल्ठोमा लामो डोरी र शिरमा गुराँसको फूल सजाएकी बैंसालु आफ्नो बाटोमा थिई । तरूनीको आङको लुगा अलिअलि मैलो थियो । उदास लाग्ने अनुहारमा ठूल्ठुला दुइटा आँखा उस्तै थिए– इन्द्राका जस्ता । आफ्नै आँखाअगाडि उसले देख्यो–

एक्काईस वर्षअगाडि उसले छोडी गएकी इन्द्रा दुरूस्त उस्तै थिई । नाक पनि उस्तै । बाली झुन्डिएका दुइटा कान उस्तै । उसलाई सबै भन्दा आकर्षक लाग्ने लामो चुल्ठो उस्तै थियो । एउटा रौं पनि नझेरको रेशमी कपाल उस्तै । चुल्ठोमा डोरी बाँधेर रिबन फिरफिराउने इन्द्राको उहिल्यैदेखिको रहर अहिले पनि उस्तै देख्यो । उसको लचकदार हिंडाइ उस्तै । कम्मर उस्तै । पुष्ट छाती उस्तै । गोरो वर्ण जस्ताको त्यस्तै । उसको शरीरमा नयाँ उमङ्गको सञ्चार भयो । प्रफुल्लित भएर तल हेर्‍यो । सेती नदी उस्तै ढङ्गले बग्दै थियो । इन्द्रा पनि उस्तै थिई । एक्काईस वर्षको गुप्तवासलाई बिर्सिदियो उसले । झल्झली आँखामा उही जिन्दगी र उनै दिनहरू नाच्न थाले । विवाहपछि इन्द्राको प्रेम र सानिध्यमा बिताएका दिनहरू पुनर्जीवित भएर आए । मनमनै उसले भन्यो–

"एक्काईस वर्षपछि पनि बीसबाट उन्नाईस भएकी छैन मेरी इन्द्रा ! ईश्वर तँलाई लाखलाख धन्यवाद !"

ऊ तृप्त भयो । हर्षका कति आँसु बगे झोरे सल्लाको फेदमा, उसलाई होस भएन । हेर्दाहेर्दै आँखाबाट ओझेलिई उसकी इन्द्रा । सोच्यो–

"इन्द्रा दुरूस्तै छे, कतै उसको रिस पनि उस्तै छ कि ?"

उस दिन उसले लोग्नेको प्रेम र इज्जतलाई परवाहे नगरी भनेकी थिई–

"त्यस्ता पातकीले त देश छोडे पनि भयो ।"

उसलाई समाजको परवाह थिएन परन्तु जब आफ्नै श्रीमतीको घृणाको दरापले मुटुमा घोच्यो अनि त्यसै रात गाउँ छोडेको थियो, उसले ।

अर्को सरो बिँडी सल्काउन मन लागेन उसलाई । सेतीको नागबेली यात्रालाई एकपटक फेरि नियाल्यो । सोच्यो-

"सेती उस्तै छ, इन्द्रा पनि उस्तै छे । धन्य मेरो भगवान् !"

सेतीलाई हेरेर आनन्दित थियो । इन्द्रालाई हेरेर तृप्त । ऊ तृप्तानन्दित भएरै घर पुग्यो । घरपछाडि हेऱ्यो-

दाडिमको रूख उस्तै थियो । कालजारिमको रूख उस्तै थियो । आरू र अम्बाका हाँगाहरू लत्रेर भुइँ छुन थालेका थिए । बाँसघारीमा सयौँ बाँसका लाकुराहरू झ्याङ्गिएका थिए । मालुको लहराले घर तलको च्युराको रूख ढाकेको थियो । घरको आँगन, पेटी र कचहरी टाँड उस्तै थिए । ऊ पुनः तृप्त भयो । भगवान्लाई धन्यवाद दियो-

"एउटा रौँ पनि नझारेर मेरो संसारलाई दुरूस्त राखिदियौ । मेरो भगवान् तिमीलाई कोटीकोटी प्रणाम !"

वसन्ती पालुवाहरूमा बयली खेल्दै आएको चिसो हावाको लहरमा अलिकति मुस्कुराउन खोज्दै थियो । दाउराको भारी बोकेर परबाट एक क्लान्त र क्षीण महिला घरतर्फ आउँदै गरेकी उसले देख्यो । चिम्म भएका आँखालाई टाँडमाथिबाटै बिस्फारित् गरेर हेर्दा उसलाई लाग्यो, आमाजस्तै ।

उस बेला पनि आमा यस्तै निन्याउरी, दुब्ली, खिन्न र उदासै थिइन् । पिताजीले छोडेर गएदेखि आमाको शरीरमा कहिल्यै मासु पलाएन । आमा यस्तै थिइन्, यस्तै हुन् । रौँहरू खुइलिएर स-साना गुजुल्टाहरू भएको रूखो कपाल । मुख मण्डलको आभा पूरा उडेको । उजाड र उदास अनुहार । ठाउँ-ठाउँमा फाटेको ब्लाउज । मैलो र धर्सैधर्साहरू भएको धोती । फाटेका चप्पल । उसले गौर गरेर हेऱ्यो, मुटु चुडाल्ने त्यो आकृति आमाकै हो । आमा, आमाजस्तै थिइन् । उसको मुटु छियाछिया भयो । परन्तु उसलाई लाग्यो- "छोरो बेपत्ता भएपछि पनि आमाको बाँकी मासु

घटेनछ । दाउरा बोक्न छोडिनछन् । घाँस काट्न जाँदै रैछिन् । आमाको दिनचर्या र जिन्दगी उस्तै रैछ ।"

भन्यो-

"धन्य भगवान् ! मेरो संसार उस्तै राखिदियौ ।"

त्यो क्षीण आमा-आकृति नजिक आउँदै गर्दा उसले सोच्यो-

"आमा त उस्तै छिन्, कतै आमाभित्रको क्रोधाग्नि पनि उस्तै पो छ कि ?"

उसले त्यस दिनको आमाको आवाजलाई सम्झ्यो-

"तँजस्ता कुलङ्गारले त गाउँ छोडे पनि भो । मेरो अगाडि बाँच्नु पनि धिक्कार हो ।"

गाउँलेको आरोपसँग उसलाई परवाह थिएन परन्तु आफ्नी आमाले यसरी धिक्कार्दा ऊ त्यसै रात घरबाट बेपत्ता भएको थियो । खुइय... सुस्केरा हावामा विलीन भएपछि हृदयमा लेखिएका नमेटिने धर्साहरूलाई ऊ सम्झिन थाल्यो-

त्यस दिन ऊ एकाबिहानै चन्द्रे दमाईलाई भेट्न साइखर्कको बाटो भएर सिस्नेपाखा जाँदै थियो । साइखर्कमा बैदार र तालुकेका गोठहरू थिए । खर्कमै भैंसी पाल्ने समय थियो त्यो । भित्री पाखोबाट खसेको बाँसको एउटा टुप्पो भैंसीको बाङ्गो सिङमा र अर्को छेउ पाखोमै अड्केकोले टाउको र मुख भुइँमै जोतिएर भैंसी छटपटाउँदै गरेको उसले परैबाट देख्यो । अबोध जन्तुको छटपटी हेर्न नसकेर ऊ सरासर गोठभित्र गयो । भैंसीको पिठ्युँमा चढेर पाखोबाट बाँसको लाठो निकाल्न थाल्दा भैंसीले जिउ हल्लाएपछि डङ्रङ्ग ऊ गोबरमै पछारियो । ठीक त्यसै बेला भैंसी दुहुन गएको नरेले उसलाई गोबरमय भएको देख्यो । बहुधा नरेसँग उसको झगडा परिरहन्थ्यो । ऊसँग बदला लिने योभन्दा राम्रो अवसर अरू देखेन नरेले । हावाको गतिमा गाउँमा पुगेर हल्ला मच्चायो-

"भैंसीलाई करनी गऱ्यो... !"

बैदार र तालुकेले सारा गाउँलेलाई बोलाए । कचहरी बस्यो । उसले भैंसीलाई करणी गरेको आरोप साबित गरियो । गाउँलेको आरोपसँग

उसलाई परवाह थिएन परन्तु आफ्नै आमा र श्रीमतीले मुटुमा वचनको सुइरो रोपेपछि त्यसै रात ऊ बेपत्ता भएको थियो ।

एक्काईस वर्षसम्म उसले बरेलीको परवानीपुरमा पञ्जावी सेटका गाई पालन गरेर बितायो । उसलाई यतिका वर्षसम्म पनि फर्केर गाउँमा आउने चाहनाले सताएन । आमा र श्रीमतीले उसको खोजी गरे कि गरेनन्, उसले थाहा पाएन तर उसले कसैको पनि खोजी गरेन । ऊ संसारदेखि निरपेक्ष भएर गौपालनमा तल्लीन भइरह्यो ।

गएको सोमबार बिहान उठ्नुभन्दा एक घण्टाअगाडि उसले एउटा सपना देख्यो-

आमा सेतीमा बग्दै "मलाई बचाओ" भनेर कराउँदै गरेकी । इन्द्रा नदीमा हाम फाल्न लागेकी । गाउँलेहरू चिराग लिएर उभिएका र कसैले उसलाई पनि नदीमा धकेल्न खोज्दा पो ऊ झल्याँस्स बिउँझियो । तात्तातो सपनाले उसलाई असाध्यै रून मन लगायो । आमाको अनुहार ताजा भएर आयो । श्रीमतीको सम्झना गाढा भएर आयो । दोश्रो दिन बिहानै आफ्नो झोला टिपेर कसैलाई नभनी ऊ त्यहाँबाट टाप कस्यो ।

हृदयको पानामा अमिट छाप बनेका यी तिक्त स्मृतिमा डुबिरहँदा दाउरा बोकेकी महिला नजिक आइसकेकी थिइन् । दाउराको भारी पेटीमा राखेर उसलाई निर्निमेष हेरिरहँदा केही लज्जाबोध, केही अपराधबोध र केही ग्लानिबोधले नजर झुकिरहे । मातृ-महानताका अगाडि क्षमायाचनाको के स्थान हुँदो हो तथापि क्षमायाचनाका टिठलाग्दा नजर माथि उठाएर आमातिर हेर्ने प्रयास गऱ्यो । आमालाई नजिकबाट आमाजस्तै देख्ने अभिलाषाले ऊ आनन्दित हुँदै थियो । हा… भगवान्, भर्खरै नजरमा देखिएको यथार्थ संसार कम्पायमान् भएको महसुस गऱ्यो उसले । एकै छिन अघि यथार्थ देखिएको उसको संसार त भ्रम पो रहेछ । भगवान्ले उसको संसार उस्तै होइन, अर्कै बनाइसकेको रहेछ । आँखामा आमाजस्तै देखिएकी उनी उसको खुट्टामा घोप्टिएर रूँदै थिइन् । अवरूद्ध आवाजमा रूँदै-रूँदै भनिरहेको उसले सुन्यो-

"ओ मेरा भगवानौ ! काँबाट प्रकट भयौ ? ओ मेरा देवता ! बैरीका खेलले यो जिन्दगी उजाड भयो । यतिका वर्षपछि आकाशबाट झऱ्यौ कि धर्तीबाट उब्ज्यौ ? आँसुमा डुबाएर कहाँ गएका थियौ ? आमाको मुख हेर्न पनि आएनौ । आज तमी कसरी प्रकट भयौ ? मेरा प्राणनाथौ !"

उसको सम्पूर्ण तृप्तानन्दी माटोमा मिल्यो । आँखामा आमाजस्तै देखिएकी अघिकी ती महिला आमा थिइनन् । ती थिइन्- श्रीमती इन्द्रा । टाउको सुमसुम्याउँदै इन्द्रालाई छातीमा लगाएर कतै टाढा हेर्दै थियो- तब अघि झोरेसल्लाको फेदबाट उसले देखेको इन्द्रारूपी तरूणी ढोकामा खडा थिई । उसैलाई निर्निमेष हेरिरहेकी । छातीमा शरणागत इन्द्राका मुखबाट ऊ सुन्दै थियो-

"ए मेरी छोरी करूणा ! आज हाम्रो भाग्य फर्किएको छ । फुटेको कर्म जोडिएको छ । मेरो यो चोलाले पुनर्जीवन पाएको छ । आज मेरो भगवान् प्रकट हुनुभएको छ । जा छोरी, पञ्चपालामा अक्षता बनाएर ल्या । आज दीप बाल्नुपर्छ । आरती गर्नुपर्छ । जा छोरी करूणा, चाँडो जा बा !"

यति भन्दाभन्दै इन्द्राको गह फेरि भरिएर आयो । गला अवरूद्ध भयो । रूवाइको आवाज घ्वाँ...घ्वाँ हुन थाल्यो । आँसुले भिजेर चिसो भैसकेको छातीबाट इन्द्रालाई उठाएर हेऱ्यो-

इन्द्रा, इन्द्राजस्तै थिइनन् । नागबेली चुल्ठो पिठ्युँमा लर्किएको थिएन । तलाउजस्ता आँखा, गोलो-गोरो अनुहार, पीपलपाते ओठ, लचकदार नितम्ब, पुष्ट छाती सबै-सबै इन्द्राबाट करूणामा सरेका थिए । इन्द्रासँग हाडछालाबाहेक केही बाँकी थिएन । एक्काईस वर्ष अघिकी इन्द्राका सबै-सबै यौवनाङ्ग लिएकी करूणा ढोकामा उभिएर आफूले कैल्यै नदेखेको आफ्नो बाबालाई निर्निमेष हेर्दै थिई । आमाको आलाप सुनेपछि धुप-बत्ती बाल्न भित्र पसेकी करूणासँगै उसका आँखा घरभित्र पस्न सकेनन् । हेर्दाहेर्दै उसको संसार अलप भइसकेको थियो ।

***

श्रीमान् वीरबहादुर

"एइ, फ्याउरे तेरो नाम के हो भन् ?"

"फ्याउरे-स्याउरे नभन्नुहोस् है, वीरबाहाडुर हो मेरो नाम !"

"वीरबहादुर के ?"

"चौढरी ।"

"घर काँ हो तेरो ?"

"हसुलिया ।"

"वडा नम्बर कति ?"

"वडा लम्बर पाँच ।"

"ऐले काँ बस्छस् ?"

"त्रिवेणीचोक ।"

"के गर्छस् ?"

"केइ गर्डैन ।"

"काम के गर्छस् भनेको ?"

"रिक्सा चलाउँछु ।"

"तँ साले, रिक्सा चलाउने थारू, मुसाकाल । किन कुटिस् सुब्बासाप्लाई ?"

"ए पुलिस डाइ । गाली नगर है, अब ट म सहन्नँ ।"

"तेरीमाँ साला मुसाकाल, बर्ता बोल्छस् ? किन हात छोडिस् भनेको, ह्वाँलाई ?"

"टेरै माँ होला नि । टेसलाई सौँढ् न ।"

"हान्, साला थारूलाई ठोक् ।"

"खै, हानेर डेखा त । थरूहटमा उजिर गर्छु अनि खालास् ।"

"इ... नाप्छ तेरो थरूहटले !"

"ए, डन्ठे, डन्ठा देखाएर नढम्का है ।"

"मुखमुखै लाग्छस् माँसाला थारू। किन कुटिस् तेरो बाउलाई ।"

"टेरै बाउ होला नि, डन्ठे ।"

"किन कुटिस् सुब्बासापलाई ? भन्छस् कि तेरो टाउको फोड़ूँ ?"

"टेरो श्रीमती डे न टेल्लाई ।"

"ए, माँसाला मुसाकाल चुप् । जे मुखमा आयो त्यै बोल्छस् थारू ।"

"टेल्ले किन बोल्छ, टेसको मुखमा कीरा परेको छ ?"

"के भन्नुभो ह्वाँले, भन् ?"

"पैला डारू पिलायो मलाई अनि डुई हजार डिन्छु टेरो श्रीमटी मिलाई डे न भन्यो, यो पापीले ।"

"हो सुब्बासाप् ? तपैंले तेसो भन्नुभो ?"

"हैन असै साप्, खाली भन्छ यो मुसाकालले ।"

"किन भनिनस् गुन्डा, टेरी श्रीमती डे न अरूलाई ।"

"त्यै भएर कुटेको सुब्बासाप्लाई ?"

"हान्छु नि, किन हान्डैन ? अझै टेसको दाँट झार्छु । टेस पापीको ।"

"ल ल, चुप् लाग् । म सबै कुरा लेख्छु । सत्य कुरा के हो भन्, नढाँटीकन ।"

मैलो कमिज लगाएको वीरबहादुरले वडा प्रहरी कार्यालयको गेटबाहिर हेऱ्यो एकपल्ट । यै गेटबाट घिच्याउँदै कठालो समातेर दुई जना प्रहरीले हिजो राति भित्र ल्याएका थिए उसलाई । रातभर भोको, अनिँदो र मच्छरको टोकाइले चुरचुर भएको थियो ऊ । पैतलादेखि घुँडैसम्म हिलो लागेको रहेछ । सुकेर माटो भएको । काठको छेस्कोले खुट्टाको माटो कोतार्दै भन्न थाल्यो-

"हेर्नोस् पुलिस डाइ, हिजो साँझ इन्डिया जान लागेका दुई जना लाउरेलाई गौरीफन्टा पुऱ्याएर फर्कँदै ठिएँ । चौराहानेर पुगेपछि- "ए ! रिक्सा रोक् भन्यो ।" मैले "काँ जाने ?" भनेर सोढैं । यसले "क्याम्पसरोड" भन्यो । यसलाई रिक्सामा चढाएर जाँडै ठिएँ । "डारू खान्छस् ?" भनेर

सोढ्यो । "मैले नाइँ, खान्नँ" भनेँ । मान्डै मानेन । "एक क्वाटर त खा न भाइ" भन्यो । एउटा होटलमा लगेर डारू र मासु ख्वायो । राति डस बजिसकेको ठियो । "मलाई घर पुन्याइडे" भन्यो । मैले टेसलाई घर पुन्याउँडै ठिएँ- "रोक्रोक् एक छिन् रोक्" भन्यो । मैले "किन डाइ ?" भनेँ । बाटोको छेउमा मुत्न थाल्दै सानो स्वरमा "अरे भाइ दुई हजार डिन्छु, टेरी श्रीमती आज मलाई मिलाइ डेन भन्यो यो पापीले । मैले यसको गालामा डनाडन चार झापड डन्काइ डिएँ । बाटोमा झगरा गरिरहेको पुलिसले देख्यो र समातेर हयाँ ल्यायो । टेल्ले गल्टी गर्दा पनि केइनाइ । मैले नगल्टी गर्दा पनि राटभरि थुन्ने ह्याँ ?", वीरबहादुर रन्केको थियो ।

"हो सुब्बासाप् तपैँले तेसो भन्नु भ'को रै'छ त ।", भन्यो असैले ।

"होइन-होइन, असै साप, यो मुसाकाल थारू दारू खाएर टिल थियो । मैले के-के भनेँ यसले थाहै पाएन । त्यत्तिकै झूटो बोल्छ, थारू !"

"ए गाली नगर, है पाटकी मोरा ।", ऊ झन् आक्रोशित भयो ।

"ए, ल ल चुप् लाग् । ह्याँ सही गर् त, अबदेखि कुटपिट गर्नेछैन भनेर ।"

पैला टेसले गर्ला नि, अबदेखि अर्काकी श्रीमटीलाई आँखा लाउँडिनँ भनेर ।"

"एइ, यो कागजमा सही गर् भनेको, लेख्न आउँछ ?"

"टेलाई पनि गराऊ न अनि गर्छु ।"

"ए, तँलाई जेल जाने मन छ ? गर्दैनस् थारू ?"

"गर्डैन ।"

"गर्दैनस् ?"

"गर्डैन ।"

"गर्दैनस् ?"

"गर्डैन ।"

"म गर्छु, ल्याउनुहोस् कागज ।"

गोरी, अग्ली, आकर्षक र सुडौल जिउ भएकी चस्मावाल सुन्दरीले वडा प्रहरी कार्यालयको गेटबाट भित्र छिर्दै यसो भनी- "म गर्छु,

ल्याउनुहोस् कागज ।" उदास वीरबहादुर युवतीलाई देख्नासाथ झन् उदास र खिन्न भएको थियो । अघिदेखि जङ्गिरहेको असै नरम मात्र होइन पूरै पग्लिसकेको थियो ।

बैँसालु युवतीको अघि पूरै फिका परिसकेको असैले हात मल्दै लेप्रो लाएर भन्यो-

"ओहो ! मैयाँसाप, हजुर आज एक्कासि काँबाट झुल्किबक्सियो । यो थारू हजुरको घरमा काम गर्ने नोकर हो कि क्या हो ? हामीलाई त थाहै भएन । यो थारूका लागि हजुरले पाउकष्ट गर्नैपर्ने थिएन । फोन गरिबक्सेको भए त राति नै छोडिदिन्थेँ नि । खाली बेकारमा हजुरले दुःख पाइबक्स्यो । अनि मैँसाप बाबा त काठमाडौँमा नै होइबक्सिन्छ हैन ? बुबा ह्याँ हुँदा त म भेट्न आइराख्थेँ नि । त्यति बेला हजुर सानै होइबक्सन्थ्यो । तर धेरै वर्ष भयो ह्वाँसँग भेट नभएको । यतातिर फर्किबक्सेकै छैन क्यारे ? हजुरले यो जैरे नोकरको लागि ह्याँ आउनै पर्थेन । खाली पाउकष्ट गरिबक्स्यो । भैगो यो कागज सागजमा सही गर्नुपर्दैन । यो नोकर जैरेका लागि हजुरले किन सही गर्नुपऱ्यो र ? भैगो । ए... छोड्देऊ यो हाम्रो मैसापको नोकर रैछ । छोड्देऊ भैगो ।" सास नरोकीकनै उसले यो सब भन्न भ्याइसकेको थियो ।

चस्मावाल युवतीले कालो चस्मा कपालमाथि सिउरेर ठूल्ठुला आँखा पार्दै भनी- "असै साप् विचार गरी बोल्नोस् । यो मेरो नोकर होइन, बुझ्नुभो ? यो मेरो श्रीमान् हो, श्रीमान् । यसले के गल्ती गऱ्यो र एक रात थुन्नुभो, भन्नोस् ?"

"ह्या...या, हजुर पनि यो थारूलाई के-के भनिबक्सिन्छ के-के ? त्यस्तो होइन हजुर । जाँड खाएर सुब्बासाप्लाई कुटेछ । त्यै भएर चेतावनीका लागि हो । हजुर ठट्टा नगरिबक्स्योस् न । यस्तो पनि हजुरको श्रीमान् हुन्छ ? नचाइने कुरा । यस्तो कुरामा ठट्टा गर्नु हुन्न क्या मैसाप । यस्तो जैरे थारू पनि हजुरको श्रीमान् हुन्छ ?"

युवती गर्जिई- "कस्तो हुन्छ मेरो श्रीमान्, हँ ? कस्तो हुनुपर्ने मेरो श्रीमान् ?

तपाँईजस्तो जन्तामारा ?

यो सुब्बाजस्तो पतित ?

त्यो हाकिमजस्तो घुस्याहा ?

ऊ त्यो नेताजस्तो राष्ट्रघाती ?

लौ भन्नोस् कस्तो हुनुपर्ने मेरो श्रीमान् ? मेरो श्रीमान् नहुनुपर्ने जस्तो के काम गऱ्यो यसले ?"

त्यहाँ भएका एक हूल मान्छेहरू निस्तब्ध भए। एक छिन सन्नाटा छायो। असै अवाक् भैसकेको थियो। वीरबहादुर र युवती एक-अर्काको मुख हेरिरहेका थिए। अवाक् असैले सुब्बाको नजिक गएर साउती गरेको सुनियो-

"सुब्बासाप् ! यो हाम्रो ठकुरी हाकिम साप्की छोरी हो। कस्तो अचम्म कुरा गर्छे, हेर्नोस् त ?"

सेतो कमिज लाएको सुब्बाले पनि साउती गरेको सुनियो-

"अचम्म होइन असै साप्, कुरा सही हो। म चिन्छु यसलाई राम्ररी।"

"ए... ! चिनेरै हो त भनेको।", असैले जिस्क्यायो।

"चुप् लाग्नोस् न असै साप्, चुप् !"

नाजवाफ असै, नाजवाफ सुब्बा, कुरा मिलाउन आएको हाकिम र नेतालाई घेरेको एक हूल निस्तब्ध भीडलाई उपेक्षा गर्दै युवती वीरबहादुरको हात समातेर लमक-लमक बाहिर निस्किई। छातीमा उद्दाम यौवन र अनुहारमा चमकदार प्रफुल्लता भएकी युवतीलाई हेरेर म चकित भैरहेँ। म त्यसबखत त्यस युवतीमा हराउनुको आनन्द विल्कुल फरक थियो। त्यस फरक आनन्दको अतल गहिराइबाट कतिखेर निस्केछु। आफ्नै मुखबाट आएको आवाज सुनेँ-

"दिदी म 'राष्ट्रवाहक'को रिपोर्टर हो, तपाईँसँग केही कुरा गर्न सक्छु ?"

"ए पत्रकार ?"

उसले नाक खुम्च्याएको प्रस्टै देखेँ। उसको मुख एकतमासले विकृत भयो। सम्झनाको गहिरो पोखरीबाट निस्केजस्तै गरेर लामो सुस्केरा हाली।

"यी पत्रकार र पुलिसले किन मेरो खेदो गर्छन् हँ ? किन मेरा लागि पुलिस र पत्रकार अभिशाप भए हँ ? मेरो जीवनको यो गति तुल्याएर पनि अझैँ अघाएनन्, यी पुलिस र पत्रकारहरू ?"

उसले मलाई उपेक्षा गरेर जाने मन गरिन । उसको वेदना र आक्रोश एकैसाथ प्रकट भयो- "समाजमा मबाहेक अरू कोही मान्छे छैनन्, पुलिस र पत्रकारहरूका लागि ? समाजमा अरू कसैले प्रेम गर्दैनन् ? अरू कसैले यौन क्रियाकलाप गर्दैनन् ? कोही अरू होटलमा बास बस्दैनन् ? अरू कुनै केटीले बच्चा पाउँदैनन् ? अरूले विवाह गर्दैनन् ?"

उसको मायालु यौवन र सुन्दरतामा रौद्रता चढिसकेको थियो । बोल्न छोडिन उसले-

"मैले प्रेम गरेँ- यो समाजमा चर्चाको पात्र मै हुनपर्ने ? म आफ्नो प्रेमीसँग होटलमा बास बसेँ- पुलिसको अभियुक्त र समाचारको पात्र मै हुनुपर्ने ? मैले बच्चा जन्माएँ- पत्रकारले समाचार लेख्ने पात्र मै हुनुपर्ने ? मैले एक सोझो र इमानदार थारूलाई श्रीमान्‌को दर्जा दिएँ, ऐले तिमीहरूको चासो र चर्चाको पात्र मै हुनुपर्ने ? कतिसम्म र कैलेसम्म लखेटिरहन्छौ हँ, तिमीहरू मलाई ? मैले समाजको कुन कानुन उल्लङ्घन गरेँ ? मैले के अपराध गरेँ ? के मेरो जिन्दगीको स्वतन्त्रता छैन ? चासो, चर्चा र घृणाको पात्र नबनीकन बाँच्ने अधिकार छैन, मलाई ?"

बोल्दाबोल्दै गला अवरूद्ध भैसकेको थियो उसको । एक किसिमको सडक-सभाजस्तै भयो । सडक-किनारामा जम्मा भएका मानिसहरू मौन थिए । उसको अवरूद्ध गलासँगै ममा ग्लानि उत्पन्न भयो, उसलाई केही सोधेकोमा । भनेँ-

"सरी दिदी, म केही सोध्दिनँ तपाईंको बारेमा, माफ गर्नुहोस् ।"

थकित जवाफमा भनी-

"अन्तिमपटक जे-जे लेख्नुछ, लेख्नुहोस्- मलाई पात्र बनाएर । म आफूलाई छरपस्ट पोखिदिन्छु एकपल्ट । तर याद गर्नुहोस्, पटकपटक म समाचारको पात्र बन्न सक्दिनँ । यसपछि पनि मेरो क्रियाकलापलाई चियो गरेर मलाई पात्र बनाउने कोसिस भयो भने तपाईंहरूको समाचार

आउनुभन्दा अघि मेरो मृत्यु भइसकेको हुनेछ, खबरदार । ल भन्नोस् अन्तिमपटकलाई, छ केही सोध्ने कुरा ? छ केही लेख्ने कुरा ?"

उद्दाम यौवना त्यस युवतीले आफूलाई अनन्त रहस्यमा राखेर बोलेको कुरा चाखलाग्दो थियो । ऊ कसरी समाचारको पात्र बनी ? के-के गरी त्यसले र यो गति भएको अफसोच प्रकट गरी ? के पीडा दियो समाजले उसलाई र मृत्युको सहज कल्पना गर्न पुगी ? मलाई उसको जीवनरूपी किताबका एक-एक पानाहरू पल्टाएर पढ्ने उत्कण्ठ अभिलाषा जागेर आयो । एक जल्दोबल्दो जिन्दगी बाँचिरहेकी पात्रको एक-एक रहस्य जान्ने तीव्र आकाङ्क्षा जागेर आयो । उसको वेदनाजन्य भनाइप्रति भावविह्वल भइरहेँ । एक हक्की र निडर नारीको अन्तर्वेदनाले मेरो कलिलो मनलाई स्पर्श गरिरह्यो ।

"आइतबारको साँझ मलाई फोन गर्नू भाइ ।"

जाने बेलामा उसले भनी ।

"बसेर कुरा गरौँला ।"

शान्त र गम्भीर बनिसकेकी युवती सम्हालिएर गई । फोन नम्बर लेखेर दिएको कागजको टुक्रा हेर्दै थिएँ- भीडका मानिसहरूले टाउको उठाएर हेर्दा ऊ पर पुगिसकेकी थिई, वीरबहादुरको साथमा ।

***

त्यस दिन त्यस मैनाको तेस्रो आइतबार थियो । एलएनचोकको पार्कमोड सामुन्ने उभिएर फोन गर्न आँटेको थिएँ, वीरबहादुरको रिक्सामा उसलाई पश्चिमबाट आउँदै गरेको देखेँ । भनेँ-

"मैले आज तपाईँलाई भेट्ने समय पर्खिरहेको थिएँ ।"

"आऊ बस रिक्सामा" भनी उसले । वीरबहादुर तानिरहेकै थियो ।

"कच्ची सडकमा दुई जनालाई तान्न सक्दैन होला ।", भनेँ मैले ।

"हाहा, मेरो श्रीमान् तिमीजस्तो लुरे छैन बुझ्यौ । जोधा छ भाइ, जोधा ।", भनी उसले ।

आधा बाटो काट्न लाग्दा बोली ऊ-

"कालो सिसावाल कारमा घुम्ने आइमाईले जगत्लाई पनि कालै देख्छे । कालो सिसाले जिन्दगीको उज्यालो पाना छेकिदिन्छ । मैले आफ्नो श्रीमान्को खुला रिक्सामा घुम्दा जगत्लाई पनि खुला नै देख्ने गरेकी छु । खुला हावामा बाँच्नुजत्तिको स्वतन्त्रता अरू केही छैन ।"

दर्शनजस्तो लाग्ने यो ज्ञानको कुरा कसरी भन्नुभो नि भन्ने मेरो जिज्ञासामा ऊ गम्भीर बनी- "गरिबीको कथा भएको जीवनरूपी किताबबाट ज्ञान पाइन्छ, मोटा शास्त्रहरूले दर्शन मात्र छाँट्छन्, ज्ञान दिँदैनन् भाइ ।"

उसको बोल्ने शैली र कुराका विषयहरू कुनै सामान्य महिलाका जस्ता थिएनन् । विषयको गहनता र उसको गम्भीरतामा बुझिनसक्नुको रहस्य भरिएको थियो । मान्छेका पैतलाहरूले थोत्रो बनाएको सडकले हामी बसेको रिक्सालाई उफार्दै-थचार्दै केही बेरमा उसको आँगनमा पुऱ्यायो ।

आँगनमा पुग्दा मेसिनका केही घ्यार्रघुर्र आवाज सुनिए । सानो फुसको झुपडीभित्र केही युवतीहरू ऊनका कपडाहरू बुन्नमा व्यस्त देखिए । केही बैँसालुहरू सिलाइकटाइमा व्यस्त थिए । आफ्ना हातको कालीगडी सीप भर्नमा कुनै युवतीहरू फूलबुट्टा र ढकियाहरूमा व्यस्त देखिए । यी सबैको रहस्य थाहा भयो- विपत्तिमा परेका महिलाहरूको औद्योगिक आश्रय निर्माण गरेकी रैछे, उसले । बेतले बुनिएको आराम कुर्सीमा बस्न भनेपछि चियाको चुस्कीसँगै उसले रहस्यको पर्दा उघारी-

"तिमी कुन्तीलाई चिन्छौ ?"

"ज्ञानचन्द्र अङ्कलकी छोरीलाई चिनेको छु । उसको विवाह गत वर्ष दैलेखमा भयो ।"

"हा..हा...होइन, तिमी सत्यवतीलाई जान्दछौ ?"

"सुनेको छु नाम, जानेको छैन ?"

"तिमीले द्रोपदीलाई चिनेका छौ ?"

"अर्जुन दाइकी श्रीमती द्रोपती भाउजूलाई अस्ति भेटेथैं, हाटबजारमा ।"

"कलियुगकी तिम्री द्रोपती भाउजूलाई भनेकी होइन मैले । पाँच पाण्डवकी श्रीमती भनेको ।"

"हो, पाण्डवले जुवाको दाउमा राखेकी द्रोपदी ?"

"हो ।"

"यी पुराना नारीहरूको कुरा किन गर्नुभो ?"

कुनै मुनिमाताझैं उसले आफ्नो शास्त्रार्थ सुरू गरी-

"हिन्दू पौराणिक व्यवस्थामा आधारित यो समाजले ती पात्रहरूलाई पवित्र नारीका रूपमा सम्मान गर्दछ । मरेको कैयौँ युगपछि पनि तिनीहरू जीवित छन् तर कैयौँ जीवित नारीहरू यस समाजमा बाँचेर पनि मुर्दातुल्य छन् । उदाहरणका लागि मेरै उद्योग-आश्रममा रहेका यी यौवनाहरूलाई तिमी हेर्न सक्छौ । अनि म स्वयम् पनि तिम्रा अगाडि खडा छँदै छु । कुनै प्रेमीबाट धोका खाएका, कुनै पुरुष वासनाको शिकार भएका, कुनै बेचिएका र कुनै घरबाट निकालिएका यी नारीहरूको पीडा कहिल्यै बुझ्न सक्यौ ? तिनीहरूको बारेमा सोच्न सक्छौ कहिल्यै ? त्यस्ता नारीहरूलाई जगाउने दम छ, तिम्रो कलममा ? तिनीहरूलाई जिन्दगी दिने तिम्रो क्षमता छैन भने जिन्दगीबाट लखेट्ने अधिकार पनि छैन, बुझ्यौ । यी सबै युवतीहरूको र मेरो पनि पत्रिकामा छापेर नाङ्गो पार्नुपर्ने अपराध छैन बुझ्यौ । हामीलाई लखेटेर नै पुलिस र पत्रकारले जागिरी चलाउनुपर्ने अभियुक्त कथा छैन हाम्रो बुझ्यौ ? लेख्न सक्छौ भने अन्त्यन्त मायालाग्दो कथा छ मेरो । एक निर्दोष युवतीको मायालाग्दो कथा छ, मभित्र ।"

गह भरिएको करूण कथा ऊ भन्दै गई- "पाँच वर्षको उमेरमा आमाले छोडेर गएपछि म बाबाको ममतामै हुर्कें । सरकारी उच्च अधिकारीको रूपमा मेरो बाबाको सरूवा काठमाडौँमा भएपछि म एक्ली पारिएँ । डेराको एक्लो जिन्दगी निरस र पट्यारलाग्दो थियो । अल्लारे यौवनका ती दिनमा म कति बेला राजनको प्रेममा परेँ, थाहा भएन । कति दिन कहाँ-कहाँ घुम्यौँ । कति दिन होटलमा बास बस्यौँ । हिसाबै रहेन । एक दिन महेन्द्रबस्तीको एक होटलमा पुलिसले छापा मार्दा कोठामा हामी निर्वस्त्र भेटियौँ । दुई रात पुलिसले कस्टडीमा राखेर चरित्रमा पैलो दाग लगायो । टोलछिमेकमा मानिसहरूले मलाई देखेपछि नाक खुम्च्याएको म थाहा पाउँथेँ । एक दिन मेरो पेटमा बच्चा रहेको थाहा पाएपछि राजन

बेपत्ता भयो । कुनै दिन त फर्केर आउला नि भनेर पेटको बच्चा जन्माउने प्रण गरेँ । बच्चा जन्मिने समय आयो तर राजन आएन । अहँ, राजन फर्केर आएन ।

एक रात व्यथाले च्यापेपछि म चिच्याउन थालेछु । डेराको नजिक पल्लोपट्टिको सानो झुपडीमा बस्ने वीरबहादुरले चिच्याहट सुनेपछि आफ्नो रिक्सामा राखेर अस्पताल पुऱ्यायो । दोस्रो दिनको पत्रिकामा छापिएको 'कुमारी केटीद्वारा शिशुको जन्म' भन्ने समाचारले मेरो अस्तित्व धुलोमा मिलाइदियो । अब के गर्ने ? शौचालयमा गएर आत्महत्या गर्ने सोच पनि मनमा आयो तर सकिनँ । एउटा पापमाथि अर्को पाप गर्न कुनै दैवी शक्तिले दिएन ।

तेस्रो दिन शिशुलाई बोकेर कोठामा जानका लागि जब म तयार भएँ, डिस्चार्ज कार्ड देखेर आश्चर्य चकित पनि । डिस्चार्ज कार्डमा मेरो बालकको बाबुको नाम वीरबहादुर चौधरी लेखिएको थियो । होइन होला भनेर कार्ड फिर्ता गर्न खोजेँ । आमाको नाम लेखिएको ठाउँमा मै थिएँ- प्रेमलता ।

वीरबहादुरले अस्पतालमा भर्ना गराउँदा सायद भर्ना गराउनेमा उसको नाम लेखिएछ होला तर कार्डमा मेरो बालकको बाबु नै भनेर उसको नाम लेखियो । किंकर्तव्यविमूढ भएँ म । के गरूँ ? सच्याउन लगाऊँ भने कसको नाम लेखाऊँ ? केही गरिनँ ।

सरासर कोठामा आएँ बालकको अनुहार हेरेर बाँचौँ न उसकै लागि भन्ने रहर पलायो । सुत्केरीका घनघोर विपत्तिमय ती दिनहरूमा मैले पौराणिक शास्त्रहरूको अध्ययन गरेँ । त्यही बेला मैले सत्यवती र कुन्तीको वास्तविकता थाहा पाएँ । विवाह नहुँदै परासरबाट बच्चा जन्माएकी मत्स्यगन्धा सत्यवती बनेर शान्तनुकी रानी भइन् । अविवाहित अवस्थामा नै कर्णलाई जन्माएर खोलामा बगाइदिएकी कुन्तीले पाण्डुकी श्रीमतीका रूपमा रानीको दर्जा पाइन् । पाँच-पाँच जनाकी पत्नी भएकी द्रोपदी युगौँयुगसम्म पनि सम्मानित छे तर मरेका तिनैलाई आदर्श नारी मान्ने हाम्रो समाजले वर्तमानमा बाँचेका कैयौँ नारीहरूलाई जिउँदै

मारिदिएको छ । मेरो मनमा विद्रोहका सयौँ प्रश्नका ज्वारभाटाहरू छचल्किए । खै ? कुनै पत्रकारले तिनीहरूको निन्दा गरेन । कुनै पुलिसले छापा मारेर पक्रेको पढ्न पाइएन । बरू उनीहरूका प्रशंसाका कथाहरू लेखिएका छन् ।

त्यसपछिका दिनमा मेरो जीवनबाट निराशा र ग्लानिले बिदा लिए । मैले आफ्नो अस्तित्वलाई पराजित हुन नदिने प्रण गरेँ । एक दिन दृढ निश्चयका साथ वीरबहादुरलाई मेरो बालकको बाबुको दर्जा दिएर मेरो श्रीमान्को रूपमा आमन्त्रण गरेँ । वीरबहादुर एक आधुनिक पिता र श्रीमान्का रूपमा मेरो जीवनमा सहर्ष पदार्पण गऱ्यो । आज उसले रिक्सा चलाए पनि मैले कपडा सिलाए पनि हामी आधुनिक युगको अस्तित्वशाली जीवन जिइरहेका छौँ । मुखले आफ्नो श्रीमान्लाई 'राजा' भने पनि हृदयमा अर्कै नयाँ प्रेमीलाई बास दिने आधुनिक युगको विकृतिले अब मेरो जीवनमा प्रवेश गर्न सक्दैन । बरू मुखले 'ए वीरबहादुर' भने पनि मेरो हृदयको अन्तिम राजा अब वीरबहादुर नै हो ।

मेरो छोरा आज पाँच वर्षको भयो । उसलाई पत्रकार बनाउने मेरो विचार छैन । उसलाई पुलिस बनाउने मेरो आकाङ्क्षा छैन । सकेँ भने साहित्यकार बनाउने मेरो धोको छ । कुमारी अवस्थामै जन्मेको व्यासले सत्यवतीलाई महान् आमाका रूपमा अमर बनायो । मलाई आशा छ, मेरो छोराले निष्पक्षरूपमा मेरो निर्दोष कथा लेख्नेछ, एक दिन । कृपया भाइ- 'एक ठकुरीकी छोरीले थारूलाई पोइ रोजी' भनेर मलाई समाचारको पात्र अब नबनाइदेऊ किनभने तिम्रो जागिरभन्दा मेरो अधिकार ठूलो छ । थारूकी बिग्रेकी जोई भनेर मलाई कसैले आँखा नलाइदेऊ किनभने पुलिसको कानुनभन्दा मेरो जिन्दगीको अस्तित्व ठूलो छ ।"

उफ् ! त्यस युवतीको बयानले मलाई त्यस दिनदेखि एक परिपक्व पुरूष बनाइदिएको छ । मैले एक निर्दोष युवतीको कोमल अवस्थालाई ठूलो शीर्षकको समाचार बनाउन छोडेको छु र एक नारी जीवनको उत्साहन्त घटनालाई सानो शीर्षकको कथा बनाएको छु ।

***

श्रीमती जुगुनीदेवी

कामबाट फर्किँदा जुगुनीदेवी साह्रै थकित थिई । दिनभरिको इँटा बोकाइले उसको शरीर गलेको थियो । झुम्रो जिउ उसै पनि त कमजोर हुन्छ । ऊ थकाइले चुरचुर भएकी थिई । बेसार दलेको पहेँलो बङ्गुरको बास्ना जब उसको नाकसम्मै पुग्यो, एक तमासको तन्मयता उसको धुलाम्य शरीरमा देखिएकै हो । एकाएक शरीरमा आएको स्फूर्तिले छिटो-छिटो पाइला चलेको उसले महसुस गरी ।

मुक्त कमैया बस्तीको चौथो घरमा पुग्दा साँझको सूर्यले पश्चिमको आकाशमा सिन्दूर हालिसकेको थियो । घुमैलो साँझमा पूरै कमैया बस्ती उमङ्गमा डुबेको थियो । चुन्नुलाल तरतरी पसिना काढेर बङ्गुरका पहेँला फिला काट्नमा व्यस्त थियो । उसको श्रीमान् चुन्नुलाल हट्टाकट्टा जवाँमर्द हो । प्रायः रातमा तीन-चारपटक जुगुनीदेवीको निद्रा हराम गर्छ उसले । दिनभरि फरूवा चलाएर पनि अथवा इँटा बोकेर पनि रातमा उस्तै कमनीय स्फूर्तिका साथ जुगुनीलाई गिथोल्छ उसले । त्यसैले पनि होला अडोस-पडोसका तन्नेरी लड्काहरूका सुडौल जाँघ-पाखुरा देखेर घोर्लिनु पर्दैन जुगुनीले ।

फिरूलाल प्रायः उसलाई जिस्काइरहन्छ- "कैसिन् भौजी फिलिम हेरे नैजिबो !"

फिरूको आफूप्रतिको आशक्ति नबुझेकी होइन उसले । त्यसैले भन्दिन्छे- "तुहार दादाकेसङ जिम् अब्के बुधबार !"

जुगनीलाई आफ्ना तेज दृष्टिले डामेर ऊ चोकतिर लाग्छ । आज आफ्नो चुन्नुलाललाई झन् बढी बलवान् देखी उसले । काम गर्दागर्दा गठिलो भएको मर्दको शरीरको उमङ्ग देखेर ऊ चञ्चल भई । जगतराम, चुइयाँ र भरथरीहरू पनि बङ्गुर काट्नमा व्यस्त थिए । दुई कुन्टलको बङ्गुरभन्दा अन्यत्र ध्यान थिएन कसैको ।

जुगुनीले देखी- शिविरका सारा केटाकेटीहरू मासुको वरिपरि झुम्मिएका । कसैले फुटेको थालमा भातका बासी डल्लाहरू मुछिरहेका । कोही तल्लो जिउ नाङ्गो राखेर गालामा सिँगान लतपतिएका । फुस्किन थालेको झुत्रो कट्टु एक हातले माथि सारेर बङ्गुरको शिकारमा राल चुहाउँदै गरेका कुनै लड्काहरू । लड्कै लड्काहरूको हूलले कमैयाबस्तीको रौनक बढाएको देखिन्थ्यो ।

जुगुनीदेवीमा पनि त्यसैत्यसै स्फूर्ति भरिएर आयो । आँगनको नल्कामा हातमुख पखाली । धुलाम्य शरीर टक्टक्याई । निहुरेरै घर नामको फुसको बुत्रोभित्र छिरी । सबैभन्दा पैला उसको ध्यान गयो, माटोको घ्याम्पोमा- "हत्तेरी, एक खोरिया फे नाई हो ।", उसले आफैँसँग खिन्नता व्यक्त गरी । थाकेको शरीरलाई जाँडको अभावले थिच्यो होला- "आजको बङ्गुर सितनबिना नै खानुपर्ने भो त ?"

मासु पकाइसकेपछि एकैचोटि- "जाँड ल्या" भन्छ चुन्नुलालले । घ्याम्पो रित्तिएको उसलाई थाहै छैन होला सायद । आखिर जाँड नभए त उसका लागि पनि त बङ्गुरको मासु खल्लो हुने भो नि । दिनभर कामले थाकेका दुवै लोग्ने-स्वास्नीलाई कम्तीमा दुई-दुई खोरिया जाँड नभई निद्रा पनि कहाँ लाग्छ र ?

पाँच लिटरको ग्यालिन टिपेर ऊ भागी । फाल्गुनाको घरको आँगनमा टेकेर आशामतीको दैलोमा पुगी । बाहिरबाटै नबोलाएर सरासर भित्र पसी । भित्तामा टाँसिएको डेहेरीनेर पुगेर "अई आशा" भन्न पाएकै थिइन । जऱ्याकजुरूक खाटबाट कोही उठेको देखी । "ऐया, डाइ रे मर्गिनु" भनी सुस्तरी ।

खाटबाट तर्सिएर उठेको मान्छे वस्त्रविहीन थियो । खाटमा पल्टेको मान्छेको जिउ पनि पूरा त्यस्तै देखी उसले । त्यो खाइलाग्दो जिउ आशाको थियो ।

खितितिति...हाँसेर निस्कन खोजी ओसारमा । उसको आँखाभरि एउटा खाट र एकजोर नाङ्गा मान्छे नाचिरहे । मुक्त कमैया शिविरमा आएदेखि उसले देखिरहन्छे यस्ता दृश्यहरू । यसअघि पनि बिफनी र कृष्ण, सरिता र सोमनलाई यस्तै यस्तै हर्कतमा देखेकी थी उसले । हातको रित्तो ग्यालिनलाई टङ्टङ् बजाउन खोजेकी थी । लाजले भुतुक्क भएको वंशरामलाई उल्टा सर्ट लाएर बाहिर निस्केको देखी उसले । यसरी हाँसो उठ्यो उसलाई कि- 'नमस्कार सर' पनि भन्न सकिन । कालोनीलो भएको वंशराम उल्टा सर्टमै गयो, हतारहतारमा । गएपछि जुगुनी रमाइलो मानेर हेरिरही परपरसम्म पनि ।

रित्तो ग्यालिनलाई टङ्टङ् बजाउँदै जुगुनी भित्र पसी । अघि गएकै ठाउँसम्म । आशामती पेटीकोटको इजार कस्दै थिई, लज्जावती फूलझैँ सिकुडिएर । "आशामती ?" मात्र भनी जुगुनीले ।

"दिनमे फे अस्टे करट् कोरिया ।", यत्ति भनी आशामतीले पनि ।

"इहिन् टो शिविरके सक्कु मनै बडा मजा मान्ठैँ ।", भनी जुगुनीले । "वंशराम फे अस्टे मनै हो ?"

'हाँ ।' मात्रै भनी आशामतीले र केही बेरमा थपी- "मजा मनै टो हो ।" अनि मजाले हाँसी चौबीसवटा जति दाँत देखाएर ।

वंशराम तरकारी बिउबिजन वितरण र उत्पादनसम्बन्धी मुक्त कमैया शिविरमा छलफल चलाउन आइरहने एनजीओको मानिस हो । शिविरमा उसको राम्रै सम्मान थियो । सब जना उसको खूब अदब राख्थे तर आज उल्टा कमिज लगाएर गएपछि मानिसहरूले उसलाई कसरी हेरे होलान् । जुगुनीले अनुमान गर्न सकिनँ ।

पाँच लिटरको ग्यालिनमा जाँड हाल्दा आशामतीका हात थरथर काँपिरहे । लट्ठिएको अनुहारबाट अमिलो बास्ना आएको जुगुनीले थाहा पाई ।

"जाँड खाइल् बाटे ?"

"हाँ, वो सर खवा डेहल् टो ।"

अहिले शरीरमा मेक्सी लाएकी आशामतीको नाङ्गो शरीर जुगुनीको मानसभरि घुमिरह्यो । ऐले उसको मनमा एक प्रकारको ईर्ष्याको टुसो अङ्कुरण भएजस्तो लाग्यो । वंशरामको हातबाट जाँड पिएकी मदमत्त आशामतीभन्दा आफू कमजोर भएको महसुस गरी उसले ।

वंशरामले आशामतीप्रति देखाएजस्तै फिरूलालले निरन्तर आफूप्रति आशक्ति देखाएको सम्झेर आफू पनि आशामतीजस्तै सुन्दर छु भन्ने उसलाई लाग्यो । गएर एकपटक फिरूलाललाई जिस्क्याउने मन लागेर आयो उसलाई ।

"दुसर दिन देम यकर पैसा ।", मात्रै भनेर आशामतीतिर हेर्दा पनि नहेरी ऊ त्यहाँबाट निस्की ।

"बंशवा कोरिया" आउँदाखेरि बाटोमा उसको मुखबाट रिस पो प्रकट हुन थाल्यो । आउँदा बाटोभरि उसका आँखाले फिरूलाई खोजिरहे । फिरू कतै देखा परेन । अस्ति नै को कुरा- "पिबो भौजी ?" भनेर एक खिल्ली चुरोट दिन खोजेको हो फिरूले । उसले पिउन मानिन । सडकको छेउमा चुरोट लिएर ऐले उभिएको भए हुने नि भन्ने उसको मनमा लाग्यो । फिरूको हातबाट चुरोट र जाँड दुवै चिज खाने मन लागेर आयो जुगुनीलाई । हेर्दा बङ्गुर काट्ने ठाउँमा आशाको पोइ भङ्गिराम पनि देखियो । भङ्गिरामभित्र कतै वंशराम देखिन्छ कि भनेर उसले हेरिरही । अहँ, वंशरामको कुनै लक्षण भङ्गिराममा उसले देखिन । मासुमा झुम्मिएका दश-बाह्र जनालाई उसले पालैपालो हेरी । फिरू त्यहाँ पनि थिएन । "साँझको बेला सायद कुनै जवान बठनियाँके सङ गयो होला ।", यही सोचेर उसको मन भुटभुटियो ।

प्लाष्टिकको ठूलो थैलोमा दुई पसेरी जति बङ्गुरको पहेँलो मासु ल्याएर राख्यो चुन्नुलालले । साँझको बेला शिविरका हरेक बुक्राहरूमा बङ्गुरको बासना फैलियो । दुई-दुई पसेरी हरेकको घरमा पुगेको थियो ।

त्यो बस्तीमा एक होइन, तीनोटा बङ्गुर ढलेका थिए । मासु भुट्ने बेलामा एक हजारको नोट दियो जुगुनीको हातमा चुन्नुलालले र भन्यो- "ले जाँड नान्के आ ।"

जुगुनीदेवीलाई आज अचम्म लाग्यो- कैले पनि पैसा नदिने चुन्नुलालले सय होइन हजारको नोट दियो ।

"कहाँ से नानल अत्रा धेर पैसा ?"

जुगुनीको मनैमनमा यो प्रश्न खेलिरह्यो । ऊ बाहिर गएर एक छिन फिरूको बुक्रोमा पसी । अहँ, फिरू आएकै थिएनछ । फर्केकी जुगुनीलाई हेऱ्यो चुन्नुले- "नानले ?"

"हाँ ।", मात्र भनी जुगुनीले ।

कराहीमा भुटिँदै गरेको बङ्गुरको पहँलो मासु हेरेर थुक निली उसले । थाहा पाएछ क्यारे चुन्नुले । भन्यो- "अब् हुइगिल्, जाँड धर खोरियामे ।"

दुवै जना जाँड पिउन थाले । जाँडको मात अलि-अलि लाग्न थाले पछि चुन्नुले भन्यो-

"काल चुनाब हो, अबके बाजी हरमे छाप लगाइस् ना ।"

"का करे होइ ? हँसिया-हथौडामे नाइ डारना हो भोट ?"

"ना" भन्यो चुन्नुले-

"ओइने बुर्चोडी कुछ् नै डिई । का डारबे उसमे ।"

"कैह्या डारना हो, होई ?"

"काल सक्खारे टो । शिव प्राविमे जाइना हो, भोट डारे । शिविरके सब् जानेके अक्के सल्लाह हुइल् बा । ई बार हरमे छाप लगाइना ।"

"का करे हरमे छाप लगाइना हो ?"

"वही हरवाला टो डेनै शिविरमे तीनठो बङ्गुर, और हर घरमे एक-एक हजार ।"

"अच्छा ठीके बा ।"

***

राति कता-कता फिरूले अँगालो हालेजस्तो लाग्यो जुगुनीलाई। आफूलाई स्पर्श गर्न थालेको हात हटाएर खितखिताई जुगुनी। जुगुनीको लज्जावती कामुकता देखेर चुन्नुलाल अचम्मित पऱ्यो, एक छिन। ठान्यो- "आजको जाँडमा ज्यादा नशा छ।" ऐले खटियामा जुगुनी आफू आशामती भएको अनुभवमा थिई। चुन्नु वंशराम भएको थियो, उसको कल्पनामा। कुनै-कुनै बेला फिरूलाल पनि झुल्किन्थ्यो, जुगुनीको मनमा।

"सक्खारे उठ्के भोट डारे जैनाबा, अब् सुट्।"

आफूले गिथोलेर निद्रा बिथोलिदिएपछि जुगुनीलाई यति आदेश दिएर चुन्नुलाल भुस् भयो, एकै छिनमा।

"ऐ...हो" भनेर जुगुनीले पटकपटक सङ्केत गरिरहँदा पनि 'हुँ' मात्र गऱ्यो चुन्नुले, कुनै वास्ता गरेन।

बिहानै उठेर हेर्दा शिव प्राविमा मान्छेहरूको ओइरो थियो। एक नम्बर गेटबाट फर्किंदै गरेकी आशामतीलाई जुगुनीले बाटैमा भेटी। चुन्नुलाल मान्छेहरूको भिडमा हरायो। हिजो राति चुन्नुले दिएको हजारको नोट पुरानो भुत्रे हातेब्यागबाट निकालेर दिई आशामतीलाई। भनी-

"पहिले से उधार खाइल तोर तिर्ना बा, ले।"

"कहाँ से नान्ले अब्बे ?"

आशामतीलाई उत्तर नदिई उसले सोधी-

"भोट डार् सेक्ले ?"

"हाँ डार्डेनु।"

"केमने छाप लगाइले ?"

"हरमे लगाइस् कहले रहे, छोटुके बाबा। अब्बे वंशराम सर गैयामे बताइनै। मै टो गैयामे लगादेनु।"

चुप् लागी जुगुनीदेवी। उसलाई पनि उसको श्रीमान् चुन्नुलालले भनेको हलोमा भोट नहाल्ने मन लाग्यो।

"फिरू कहाँ बा ? एक्घची पुछ्लिउँ टो ।", मनमनै यति सोचेर अगाडि गई ऊ । भित्र छिर्नका लागि बनाइएको डोरीको बारसम्मै पुग्दा पनि फिरू देखा परेन । पछाडि फर्केर टाढा हेर्दै थिई । फिरू ऊ उभिएको डोरीमा हातभित्र हाल्दै गरेको उसले देखी ।

जिस्क्यायो फिरूले- "कैसिन् भौजी, केरामे डारबो ?"

"कैसिन केरामे, खाइना कि ?", ऊ खितखिताएर हाँसी ।

"मै तो मजाक कैनु ।", फिरूले भन्यो ।

"सच् बताऊ, आज टु जेमने कहबो ओमने छाप लगादेम् ।", गुजुनीले गम्भीर भएर भनी ।

फिरूले जुगुनीको कानैमा मुख जोडेर भन्यो- "टो गिल्सा मे छाप लगाऊ ना ।"

जुगुनी एकदम प्रफुल्लित भई । फिरूले भनेको गिलासमा भोट हालिसकेर ऊ फिरूसँगै घर फर्की । दिउँसोको १२ बजिसकेको थियो । भोकले पेटमा मुसा दगुर्न थालिसकेका थिए । आगो सल्काई । भात पकाउन खोज्दै थिई । कुटुली रित्तो देखी, उसले । चामलको दाना छैन । पैसा पनि छैन । "हत्तेरी अब् का खाइना हो ?", ऊ फुस्फुसाई । उस्तै भोक लागेको हुँदो हो चुन्नुलाललाई पनि । आएर चुल्होमा हेऱ्यो, केही थिएन, पाकेको । जुगुनीलाई खोज्यो- भेटेन । सायद सुर्ती किन्नलाई हो कि पसलतिर जाँदै थियो, पँरैबाट देख्यो-

जुगुनी पिर्कामा बसेर फिरूलालको घरमा भात खाँदै थिई । चुन्नुलालले थुक निल्दै हेरिरहेको थियो- घरि भातलाई, घरि जुगुनीलाई ।

***

साइबर सेक्स

विद्युत् कार्यालयले जारी गरेको लोडसेडिङको परिवर्तित तालिका अनुसार साँझ आठ बजे बत्ती जाने समय थियो। बिहान पाँचै बजे निकाल्नुपर्ने पत्रिकाको सबै काम सकेर म अफिसबाट निस्केको थिएँ। पुनमसँग अनलाइनमा कुरा गर्छु भनेको थिएँ। बिर्सें। मान्छे नचिनिने गरी अँध्यारो लगभग भैसकेको थियो। घडीको सुइले सातको रेखालाई छोडिसकेको थियो।

अफिसबाट घर फर्किने समय बहुधा यसभन्दा ढिलै हुन्थ्यो। दिनभरिको कामको थकानले लुथ्रुक्क भएर टाढाको बत्ती पछ्याउँदै अँध्यारोमा घर पुग्नु मेरो दिनचर्याजस्तै भैसकेको थियो। अरू दिनभन्दा चाँडो निस्कन पाएकोले शरीरमा राहत महसुस भएको थियो। कलिलो साँझमा मन्दमन्द चलिरहेको चिसो हावाले शरीरको थकान मेटाएर मनमा उमङ्ग बढ्दै थियो। सोचें, हरेक साँझ यसै बेला सडकमा टहल्न पाए मन कति हलुङ्गो हुँदो हो। शरीरमा स्फूर्ति पनि।

फूलबारी चोकबाट पार्कचोक हुँदै उत्तर नयाँ बस्तीको दुरी कम्तिमा पनि तीन किलोमिटर होला। खुट्टाले नाप्दै जाँदा कति रोचक दृश्यहरू देखिन्छन्। कति घोचक पनि। समकालीन समाजलाई आँखामा देखाएर सडकले जिन्दगीलाई परिपक्व र पूर्ण बनाउँदै जाँदो रैछजस्तो लाग्छ।

खासगरी जिन्दगी सडकमा नै त देखिन्छ। गत वर्ष कुकुर तिहारको दिन जुन ठाउँमा दुइटा कुकुरहरू एकआपसमा अभिन्न भइराखेका थिए,

यस वर्ष भाइटीकाको तेस्रो साँझ त्यही ठाउँमा एकजोडी विपरीत लिङ्गी मान्छे भुइँमै खप्टिएर अभिन्न भइराखेका देखेँ । सोचेँ-मान्छे र कुकुरमा त धेरै भिन्नता छ तर समयले किन यसरी अभिन्न बनाउँदै छ हँ ?

फूलबारी चोकलाई पाँच मिनेटले पछाडि पारेर अघि बढ्दै थिएँ, ठीक त्यसै बेला अशोक वाटिकामा अडेस लागेकी स्त्रीको आवाज सुनेँ-

"बुढो घरमै छ क्या, नुन लिने बहानाले पसलतिर निस्केकी हुँ । भोलि ऊ अफिस गएपछि म आफै फोन गर्छु । मौका मिल्यो भने भोलि नै भेटौँला नि है ? ऐले राख्छु ल । ओ के, बा...इ !"

अरे ? यो आवाज त घरपट्टि आन्टीको हो । म पत्रिकाको कामले बिहानै अफिस पुग्दा उनी मन्दिरबाट आउँदै गरेकी हुन्छिन् । अनि पत्रिकाको काम सिध्याएर साँझ फर्कँदै गर्दा मन्दिरबाटै आरतीगान गरेर आइरहेकी देख्छु । उनकै घरको माथिल्लो तलामा हाम्रो अफिस छ । उनका श्रीमान् सरकारी अफिसर हुन् । रिटायर हुन दुई वर्ष मात्रै बाँकी छ ।

सोचेँ- बुढाले अफिस जान छोडेपछि यिनको जीवन कति तनावमय होला । घरपट्टि आन्टीको छातीमा कस्तो धड्कन बहन्छ होला ? यही कुरा मनमा खेलाएर अगाडि बढ्दै थिएँ- कर कार्यालयको दायाँ पर्खालमा अडेस लागेको लोग्ने मान्छेको आवाज सुस्तरी सुनेँ- "अरे यार, चिन्ता नगर न, म छँदै छु नि । भोलि साँझ म तिमीलाई पाँच हजार दिन्छु बस् । भैगो नि । केको टेन्सन ? तर तिम्रो बुढोलाई दुई-चार साल यता घर नआऊ भन्नू नि । विदेशमा जाने चान्स कहाँ मिल्छ र फेरिफेरि ? ल भोलि साँझ म तिम्रोमा आउँछु । आज अलि बढी भैसक्यो क्या । ओके, बा..इ !"

अरे ? ऊ त यहाँको नामुद वकिल हो, गौरीशङ्कर । झगडिएका कति लोग्ने-स्वास्नीका मुद्दा उसले मिलाएको छ । मिल्न थालेका कति लोग्ने-

स्वास्नीको डिभोर्स गराएको छ । सोचेँ- त्यो आइमाईको पोइ विदेशबाट फर्केपछि त्यसको जीवन कति तनावमय होला । गौरीशङ्करलाई लज्जित तुल्याइन मैले । उसलाई नहेरेरै अघि बढेँ । तीन मिनेट जति हिँडेको थिएँ । झाडीतिर फर्केर पिसाब फेरिरहेको एउटा मान्छे देब्रे कानमा मोबाइल लाएर कुरा गर्दै थियो-

"ऐले हतार किन ? बिहे भन्ने कुरा त दुई-चार सालपछि गरौँला नि । किन हतार गर्छौ ? कति भो र तिम्रो उमेर ? भर्खर एक्काईस त भो नि । पैला म बुढीको व्यवस्था गरेर तिमीलाई नयाँ ठाउँमा लैजान्छु के । एक-दुई सालमा म काठमाडौँ सरूवा गराउँछु अनि हामी उतै बसौँला, हुन्न ? अब त खुस् । ल भन, ऐले कति हाल्दिऊँ ब्यालेन्स ? ल तीन सय हाल्दिन्छु है । धेरै नेट नचलाऊ क्या । अब पर्सितिर भेटौँला ल । बा..इ !"

सोचेँ- चारवटा बिहे गर्ने हाम्रो गाउँका रजबार बाजेभन्दा यो मान्छे कुनै हालतमा पनि कम होइन है । उज्यालोमा ऊ टल्कियो एकै छिनमा । अरे, ऊ थियो, इन्स्पेक्टर सुधांशु शर्मा ।

चौथो दृश्यमा म पार्कमोड नजिक पुग्न थालेको थिएँ । बन्द पसलको देब्रे कुनामा अलि उँचो ठाउँमा बसेकी केटीको मसिनो आवाज सुन्दै गएँ-

"भोलि बिहान फस्ट पिरियड खाली छ के । त्यो अङ्ग्रेजी सर नआउने रे । आज त्यसले भनेको । तिमी बिहान चारै बजे पार्कमोडको चौतारामा आऊ है ।"

"किन त्यति ब्यानै ?", मैले होइन, उसको ब्याइफ्रेन्डले भन्यो होला सायद ।

"पूरा २ घण्टा रिल्याक्स गर्न पाइन्छ यार, आऊ न है । क्लासमा भेटेर मात्र काँ हुन्छ र डार्लिङ ? ऐले पनि भेट्ने मन त लागिरा'छ नि । आऊ है । पक्का आऊ है त । ओके बा इ !"

अर्धनग्न अवस्थामा बसेकी त्यस केटीका तिघ्रा त्यो धुमिल प्रकाशमा सेतै देखिन्थे । मैले अनुमान लगाएँ- क्याम्पसमा पढ्ने त्यो केटीको नाइटोभन्दा अलि तल्तिरको कुनै भाग चिलाउँदै छ सायद ।

वनदेवी मन्दिरको बाटो अगाडि बढ्दै थिएँ- सार्वजनिक शौचालयको पूर्वी भित्तामा अडेस लागेका एक जोडी युवायुवतीले खूबै मेहनत गरिरहेको देखियो ।

बत्ती जाने समय अझै बीस मिनेट बाँकी थियो । चौडा सडकको पल्लो किनारामा मोटर साइकल रोकेको तन्नेरीको तुमुल आवाज अलि-अलि बुझ्दै गएँ-

"तिम्रो जति माया घरवालीको काँ लाग्छ र यार ? तिम्रो मायाले त मलाई पागलै बना'को छ नि । तेल्ले के, तिम्रो बुढाले धेरै डिस्टर्ब गऱ्यो यार । कैले जान्छ त्यो अब ? चाँडै पठाऊ यार । भेट्न नपाएर बोर भैसक्यो नि । ए ए, ऐले काँ छ ? घरमै छ ? तिमी काँ भान्सामा हो ? ल, ल भोलि बाइर निस्कनेबित्तिकै फोन गर है । ओके बा...इ !"

रिवानासँग लभम्यारिज गरेको धेरैमा दुई वर्ष भयो होला उसले । घरमा विद्रोह गरेरै विवाह गरेको हो । रिवानाले पनि तर दुई वर्ष नपुग्दै अर्कोको माया बढी लाग्ने भैसक्यो उसलाई । ऊ थियो रिवानाको श्रीमान्- चन्द्र अधिकारी ।

मोबाइलले जोडिदिएका मान्छेका सिमानाहीन सम्बन्धले मान्छेलाई फुत्कनै नसक्ने गरी बन्धनमा पार्दै छ कि ? बन्धनमुक्त गर्दै छ । मैले छुट्याउनै सकिनँ ।

देहरादुनमा रहेकी पुनमको नम्बर डायल गरेँ । दर्शौंपटक डायल गर्दा पनि उसको फोन व्यस्त थियो । म सुस्तरी राष्ट्रबैंक चोकबाट अघि बढिरहेको थिएँ । सडकसँगै जोडिएको घरको माथिल्लो झ्यालबाट मसिनो नारी आवाज सुनेँ-

"अब मेरो बुढोको फोन आउने समय हुँदै छ के, ऐले राख्नुस् न भन्या । केटाकेटी निदाएपछि म आफैं मिसकल गर्छु नि ।"

उताबाट सायद राख्न मान्दै थिएन फोन । लाडिएको थियो नारी आवाज फेरि सुनेँ-

"ह्या, हजुर पनि नमात्तिनु क्या डियर । त्यो त भेटमा दिन्छु के, भेटमा । ऐले राख्नु न भन्या, मेरो राजा । बुढोको गाली ख्वाउने विचार छ कि क्या हो ? राति म मिसकल गर्छु ल ? बा...इ !"

"यतिको स्वतन्त्रता मान्छेलाई चाहिएकै हो त ?"

धेरै बेरसम्म यही सोचेर अगाडि गैरहेँ म । "राति आफै मिसकल गर्छु ।" भन्ने आइमाईका रातहरू कसरी बित्छन् होला । यो पनि सोचेर अगाडि बढ्दै थिएँ । पसलका डिलबाट चक्रे करायो- "दाइ ह्याँ आउनुहोस् ।"

म झर्किएँ- "किन ? के हो ?"

"आज म ख्वाउँछु । हल्का, हल्का खाऊँ न ?"

"ह्या हुन्दे । खान्नँ म ।"

"अरे दाइ, आज साह्रै मुड खराब भा'छ, बसौँ न दाजुभाइ । हल्का मात्रै हो के ।"

"ल, हिन् त हिन् ।"

म उसको पछिपछि डोरिएँ । एउटा सानो होटेलमा पुगेपछि स्तन झोलुङ्गो पारेकी युवतीलाई स्पर्श गरेरै ऊ अगाडि बढ्यो । भित्र गएर भन्यो- "ह्याँ आऊ ।"

युवती उसको पछिपछि आई । हामीनिरे पुगेपछि दुइटै हत्केला टेबुलमा टेकाएर ऊ निहुरिई । निहुरिँदा उसका युगल स्तन भुइँमा खस्लान्जस्ता देखिए । टपक्क माथि टिपेर उसले भनी-

"के ल्याऊँ ?"

लेगपिस्, भुटन, चिकेनचिल्ली, सलाद, भट्मास, भोडका, के-के अर्डर गऱ्यो उसले । मेरा कानमा अधिका मधुर संवाद वाणीहरू गुञ्जिँदै थिए । आँखामा धुमिल दृश्यहरू पनि । म मौन थिएँ, ऊ मौन थियो । मौनता भङ्ग गर्दै भनेँ- "समाज खत्तम भैसक्यो चक्रे, भित्रभित्रै ।"

ऊ तेस्रो पेगमा थियो । सुनेर वास्ता गर्न चाहेन उसले ।

भन्यो- "दाइ आज सारै खराब मुडमा छु ।"

"किन ? के भो चक्रे ? भन् न ।"

"उसले आत्महत्या गरी दाइ, तपाईँले थाहा पाउनु भएन ?"

"कसले ? कसले भनिस् ? भन् न ।"

"अरे दाइ, मलाई पागलै बनाएर गई सालाले ।"

"को ? त्यै तारा ?"

"हो दाइ, ताराले आत्महत्या गरी ।"

"हँ, अँ ? ताराले आत्महत्या गरी ?"

***

तारा सलोनी ?

उसको कथा कसैलाई थाहा थिएन । परन्तु ऊ एक-एक मर्दको मुटु निकाल्न सक्ने क्षमता राख्थी । तारा सलोनी ।

एसपी सूर्य विक्रमले उसको रूपसँग पराजित भएरै घरमा भित्र्याएका रे । अठार वर्षअघि आफूले आउने जाने कुनै होटलबाटै तारालाई उठाएर ल्याएका रे एसपी साहेबले ।

तारा भनेपछि कुरा खत्तम । कुनै स्त्री ऊसँग दाँजिन सक्ने रूपका देखिएनन् आजसम्म । यस शहरका सबै महिलाहरू एकातिर र तारालाई अर्कोतिर राखेर तुलना गर्दा उही जित्ने देखिन्थी सुन्दरतामा । नजाने आफ्नो यौवनलाई कसरी भर्भराउँदो राख्न सकेकी हो उसले । हरेक दिन चन्द्रमामा नुहाएर आएजस्ती देखिन्थी ऊ । देख्नेहरूको आँखामा तारा तिरमिराउँथी । राख्नेहरूको मनलाई भित्रैदेखि बिथोलेर ल्याउँथी ऊ ।

तीन वर्षअघि एसपी सूर्य विक्रमको हर्टअट्याकबाट देहान्त भएपछि तारा एक्लीजस्तै देखिई । एसपी साहबले ल्याउनुभन्दा अघि नै छोराछोरीको झन्झटबाट मुक्त थिई ऊ । भएनन् । त्यसैले पनि होला उसको शरीर नओइलाउने गुलाबझैँ लाग्थ्यो । दुई वर्षदेखि उसको नाम

चक्रेसँग जोडिएको थियो । मोटरबाइकको पछाडि चक्रेले नै तारालाई बोकेको देखिन्थ्यो । कोही-कोही मान्छेहरू भन्थे- चक्रेकी पाँचौं श्रीमती हो तारा । ताराको तेस्रो पोइ हो चक्रे ।

अहँ, होइन रै'छ ।

तेस्रो पेग स्वाट्ट पारेपछि चक्रे भन्न थाल्यो ताराको कथा-

दाइ, उसलाई भित्रैदेखि चिन्न सकिनँ मैले । पुरानो गाउँकी अत्याधुनिक युवती रै'छे ऊ । उसले भनेकी-

पहाडमै चौध वर्षको उमेरमा विवाह भएको । भारतको दिल्लीमा काम गर्ने लोग्नेले आफूसँगै लगेर गो । दुई वर्षको अन्तरालमा एक छोरा र एक छोरी भए । लोग्ने प्रायःजसो काममा गैरहने । कोठाको एक्लो र पट्यारलाग्दो दिक्दारीसँगै एउटा सेठको लड्कासँग प्रेमको अङ्कुरण भयो । धेरै उठबस र लसपस भएको थाहा पाएपछि लोग्नेले दिल्ली छोड्यो । छोराछोरी र श्रीमतीलाई बोकेर ऊ नेपाल फर्क्यो ।

चार वर्षजति हुँदै थियो, कञ्चनपुरमा होटल चलाएर बसेको । होटलमा आउने-जाने क्रममा एसपी सूर्य विक्रमसँग उसको गहिरो प्रेम बस्यो । एक दिन सूर्य विक्रमसँग ताराले टाप कसी । केटाकेटीलाई काँधमा बोकेर विचरा पुनः दिल्ली फर्कियो, ताराको श्रीमान् । त्यस दिनदेखि उनीहरूको अत्तोपत्तो रहेन तारालाई । पूरा अठार वर्ष हुँदै छ, ताराले सूर्य विक्रमका पछि लागेर यस गाउँमा पाइला टेकेको । पन्ध्र वर्ष एसपी सूर्य विक्रमसँगका उसका रातहरू त्यति रसिला भएनन् रे । दिनहरू उदासी थिए ।

सूर्य विक्रमको देहान्त भएपछि ऊ मेरो घनिष्ट साथी हुन पुगी । दुई वर्षदेखि अधिकांश दिन र रातहरू उसैसँग बितेका छन् मेरा । तर उसले आत्महत्या गरी । किन दाइ थाहा छ ?

"किन ?", पुलिसको अनुसन्धानले भन्छ-

विगत सात महिनादेखि ऊ चरम साइबर सेक्समा थिई । बङ्गलोर विश्व विद्यालयमा पढ्ने एक भारतीय युवकसँग ऊ इन्टरनेटका माध्यमबाट सम्पर्कमा आई । फेसबुकमा देखिएको खाइलाग्दो युवकको सुन्दर तस्वीरमा ऊ मोहान्ध भई । सायद युवक पनि । दिनहुँका दृश्य संवादले उनीहरूको सम्बन्ध सम्भवतः प्रेममा परिणत भयो । यस क्रममा सयौँपटक साइबर सेक्सको चरम आनन्दमा डुबे उनीहरू । एक-अर्काका अगाडि सयौँपटक नाङ्गिएछन् पनि । यस चरम सम्बन्धले उनीहरूको अवस्थालाई यति नाजुक बनाइदिएछ कि भौतिक मिलन अनिवार्य भएछ उनीहरूका लागि ।

अर्को महिना भेट हुनु निश्चित थियो ।

एक रात साइबर सेक्सको चरम शिथिलतापछि एक-अर्काका बाँकी रहस्यहरू खोतल्ने क्रम सुरू भयो दुवैमा । नजानिएका रहस्यहरू र थाहा पाउन बाँकी रहेका विगतहरू कोट्याउन थालिछे ताराले । युवकले लेखेछ बङ्गलोरबाटै नेटमा-

मेरे पिताजी कञ्चनपुरमे रहेतेथे, नेपालमे, मेरी माँ चलि गई एसपी साहबके साथ, बताया पिताजीने । दुनियाँसे अजनवी बनकर तबसे चल्तारहा हुँ मै अकेला इन्द्र कुमार ।

उसले अनायास नेट बन्द गरी । उफ् ! इन्द्र कुमार ?

एक्काईस वर्ष अघिको अबोध बालकको मायालु अनुहार नाच्न थाल्यो, उसका आँखामा । मेरो बाबा इन्दु ! मेरो राजा ! मेरो छोरा !

सम्पूर्ण मातृत्व पग्लिएर आएछ उसको मुटुबाट । ऊ पग्लिएर धेरबेर बगिरही अपराध बोधमा । भक्कानिएर रोइहोली कैयौँ पलहरूसम्म पनि ।

हिजो बिहान म उसलाई भेट्न जाँदा ऊ झुन्डिएकी थिई दाइ, आफ्नै कोठामा ।

यति भन्दै गर्दा चक्रेका दुई थोपा आँसु उसकै गिलासमा खसेको मैले हेरिरहेँ ।

***

दियो जलिरहेछ

यता,

"अखण्ड सुदूर पश्चिम- जिन्दावाद, जिन्दावाद !

विखण्डनवादी मुर्दावाद- मुर्दावाद, मुर्दावाद !"

पश्चिम चौराहाबाट आएको जुलुसमा हजारौँ मानिसहरू गगनभेदी आवाजमा कुर्लिरहेका थिए। युवा-तन्नेरी र किशोरहरूका हात-हातमा घङ्गारुका तीखा लाठीहरू नाचिरहेका देखिन्थे। मानिसहरू अस्तित्व लडाइँको अन्तिम मोडमा उभिएका जस्ता देखिन्थे। अस्तित्व रक्षाका लागि उठेको आवाजमा दृढ सङ्कल्प झल्किन्थ्यो।

उता,

"थरूहट राज्य- जिन्दावाद, जिन्दावाद !

पुनर्उत्थानवादी- मुर्दावाद, मुर्दावाद !

थरूहट राज्य- घोषणा गर्छौं, घोषणा गर्छौं !"

पूर्व क्याम्पसरोडबाट आएको जुलुसमा रहेका हजारौँ आक्रोशित र उत्तेजित थारूहरूका आवाजले आकाशलाई बुलन्द गरेको थियो। नारी-पुरूषहरूका हातहातमा रहेका भाला र कठ्बाँसका लाठीहरू माथि उठेका देखिन्थे। अगुवा थारूहरूको उत्तेजित हाउभाउले पछाडिका युवाहरू विपक्षीको टाउको फोड्न तम्सेका जस्ता लाग्थे। उत्तेजित भीडलाई शान्त र धैर्यशील बनाइराख्ने कुनै नायक देखिन्थेन। सबै

आक्रोशित, सबै उत्तेजित । उत्तेजित भीडका अनुहारहरू हेर्दा लडाइँमा विजय प्राप्तिको दृढ प्रतिज्ञा झल्कन्थ्यो ।

अर्को, टीकापुर घटनाको घाउ आलै थियो । मानिसहरूको शरीरमा तातो रगत उम्लिरहेको थियो । आठ जना सुरक्षाकर्मीहरूको निर्मम हत्या जघन्य अपराध थियो । आफ्नै घरको कौसीमा खेलिरहेको एक निर्दोष बालकको हत्या मानवताहीन र नृशंस थियो । यो कहालीलाग्दो घटनाले आङ सिरिङ्ग बनाइदिएको थियो । देश संघीयताको प्रसव पीडामा छटपटिइरहँदा यति ठूलो मानवीय क्षति भएको थियो । पूर्वमा संघीयताको सूर्य बियाउँदै गर्दा पश्चिममा प्राणान्तको छटपटी हुँदै थियो ।

यी सबै हत्या र अपराधको जिम्मेवार पक्ष थरूहट आन्दोलनकारी भनिएको थियो । थारूहरूले दोष पहाडी समुदाय र सरकारको टाउकोमा थुपारेका थिए । घटनाले थारू र पहाडी समुदायबीच अनन्त युद्धको सङ्केत गर्दै थियो ।

अर्को मुड्भेडको भयावह स्थिति मेरै सामुन्ने थियो ।

"किन यी थारूहरू यसरी बौलाएका ?", कुप्रिएर लट्ठीका भरमा उभिन खोजेका वृद्धले भने-

"साठी वर्ष भयो, यै ठौरमा खाई-खेलेको, ऐलेसम्म कैल्यै यस्तो देखिएन । यिनको नहुने दिन आयो अब ।"

"बुरचोडी पर्वटिया टो एकठो फे नाइ रही रे, अब् हियाँ, सब् चल्जाई पहाड गौकसम् ।" सडकको पल्लो किनारको भित्री गल्लीमा नयाँ घर बनाउने काममा लागेको एक मिस्त्री थारूले भन्यो ।

"कहाँ सेकी रे थारून्के सङ् लड्ना ? कामचोर पर्वटिया ।", अर्कोले थपेको थियो । सुर्ती मुखमा हालेको अर्को केटोले पिच्च थुकेपछि भन्यो-

"अरे अच्छेसे बनाऊ हो सँघरिया यी घर तो अब् हमारेही हुइ जाइ । बुर्चोडी पर्वटिया तो कहाँ चल्जाइ, कहाँ ?"

"अरे मै टो उः डिभोटी होटलवाला घर लेम हो सँघरिया ।", अर्को थारूले थुक निल्दै भन्यो ।

"हियाँ पहाडीलोग नाइरही तो बडा सुग्घुर बठनियाँ फे नाइबिल्गाइ हो सँघरिया रोडमे ।", उल्टा क्याप लाएको जवानले थप्यो ।

"बुर्चोडी, मै टो पहाडीके बठनियाँसङ् लभ करना सोचले रहुँ यार, डाइलेहे ।"

सबै मिस्त्री र कामदारहरू गलल्ल हाँसे । उनीहरूको हाँसोमा चिप्ले चोरले पनि हा...हा...मिलायो तर ऊ पछि केही बोलेन ।

बजारको हल्ला गुल्लामा कान ठाडा पार्थे उनीहरू तर नारा जुलुस र आन्दोलनसँग केही लिनुदिनु थिएन उनीहरूको । अरूको लागि जीवन-मरणको सवाल बनेको विषयलाई पनि मजाकमा उडाइदिन्थे उनीहरू । अरूका लागि आलिसान घर ठड्याउँथे । तर आफ्ना लागि दुई दिनको रमाइलो नै काफी थियो उनीहरूलाई । हाँसो, ठट्टा गऱ्यो । रमाई-रमाई काम गऱ्यो । साँझमा एक खोरिया जाँड पियो । सुत्यो । बस् । दुनियाँका लडाइँ-झगडासँग कुनै मतबल थिएन उनीहरूलाई ।

"आज रगतको खोलो बग्छ, माँकसम् । यी मुसाकाललाई लखेट्नुपर्छ ह्याँबाट, दुई-चार जनाका टाउका फोड्नुपर्छ । थारू राज्य बनाउने रे माँसालाहरू !", भन्यो एउटा केटाले र जोसियो केटाहरूको हूल ।

टाउकामा हकहित संरक्षण मोर्चाका फेटा गुथेका लाठीधारी युवाहरूको जमात उत्तर पार्कतिरबाट सडकमा प्रवेश गर्दै थियो । जसको मनमा जे लाग्छ, त्यही बोल्दै थिए । बुढापाका र अशक्तहरू भयभीत थिए । दशदेखि बाह्र वर्षसम्मका दुई सय केटाकेटीहरू सनपाटका छेस्काहरू हातमा बोकेर सडकमा रमाइरहेका देखिन्थे । दुईतिरबाट आएको आक्रोशित जुलुस जब आमनेसामने हुने अवस्था आउला, तब त्यो भीडन्त र सम्भावित रक्तपातको कल्पना कहालीलाग्दो छ ।

"छि ! यो के कुरूक्षेत्रको जस्तो लडाइँ हुन थाल्यो भाइ ?", एक जना शिक्षिका रेवन्ती दिदीले अफसोच प्रकट गरिन् । आजको

सम्भावित भीडन्त र रक्तपातले महिनौँदेखिका सबै तिक्त र विरक्त लाग्दा घटनाहरूलाई बिर्साइदिने क्षतिको सङ्केत गर्दै थियो ।

"सदियौँदेखि अखण्डित र अन्योन्यास्रित रही भाइचारामा बाँचेका थारू पहाडीको सुमधुर बान्धव्य सम्बन्धमा तिक्तता र वैरित्त्वको यो कस्तो आँधी उठ्दै छ ? कसले यो आगो सल्काइदियो ? यो जातीय द्वन्द्वको पैलो शिकार मै हुनेछु राजु, माफ गर्नू ।", हसुलियाकी रमिला चौधरीले यस्तो म्यासेज पठाउँदा मेरा आँखा रसाएका थिए ।

महिनौँ भयो, आन्दोलनको आगो सडकमा सल्किएको । पूर्वमा संघीयताको मिर्मिरे सुरू हुँदै थियो । चराहरूको घाँटी खसखस हुँदै थियो । पश्चिममा जातीय द्वैषको राग फैलिँदो थियो । थरूहट राज्यको माग गर्दै थारूहरू आन्दोलनमा थिए । अखण्ड सुदूर पश्चिमको माग गर्दै राना र पहाडीहरू आन्दोलनमा थिए । दुवै पक्ष आन्दोलनको मैदानमा थिए । पक्षविहीन मान्छेको आवाज मौन थियो ।

आन्दोलनको राँको शहर बजारमा मात्र बलेको थिएन । गाउँघरमा पनि सल्किएको थियो । थारू बाहुल्य भएका गाउँमा पहाडीहरू थर्कमान् थिए । पहाडी समुदायको बाक्लो बस्ती भएका ठाउँमा थारूहरू त्राहीमाम थिए । गएको शुक्रबार मलवारा क्षेत्रमा चारवटा पहाडीहरूका घरमा आगो लगाइयो । मङ्गलबार मोहना क्षेत्रमा पहाडी मूलका युवा राज ऐरीको लास भेटियो । शुक्रबारको दोस्रो दिन वसन्ता वरपरका थारूबस्तीमा धावा बोलियो । राति-राति जसका घरमा पनि ढुङ्गा हिर्काउन थालियो । जनजीवन त्राहीत्राही बन्दै गइरहको थियो । पत्रपत्रिकाहरूमा आएका समाचारले एकातिर आन्दोलनकारीलाई थप आक्रोशित बनाउँदै थिए भने मेलमिलापका संयमित पक्षधरलाई चिन्तित । दिनहुँ सडकमा हुने विरोध-सभाहरूमा एक पक्षले अर्को पक्षलाई उत्तेजित पार्ने खालका मन्तव्यहरू दिएका सुनिँदै थिए ।

शनिबारको दोस्रो दिन क्याम्पस चोकमा भएको विरोध-सभामा थारू अगुवाहरूले- "बाँसको डोको बोकेर पहाडीहरू जसरी पहाडबाट मधेश

आए, उसैगरी पठाइदिने" धम्कीपूर्ण मन्तव्य दिएको सुनियो । त्यसलगत्तै अखण्ड सुदूर पश्चिम पक्षधर अगुवाहरूले- "थारूहरूलाई कर्णाली कटाइदिने" चेतावनी दिए ।

एउटा पहाडी आन्दोलनकारी मञ्चमा गएर भन्थ्यो- "यी थारूहरूलाई हामीले हात धोएर खान सिकायौँ । कट्टु नलाउनेहरूलाई पाइन्ट लाउन सिकायौँ । आधुनिक तरिकाले खेती गर्न सिकायौँ । वनमान्छेजस्ता देखिने थारूहरूलाई आधुनिक मान्छे बनायौँ । आफ्नै भाइबन्धुजस्तै मानेर मिलेर बस्यौँ । आज यिनीहरूलाई राज्य चाहियो ? हामीमाथि नै शासन गर्न खोज्ने ? हामीमाथि धावा बोल्ने ?"

एउटा थारू आन्दोलनकारी मुटु भित्रैसम्म छुने गरी मञ्चमा गएर कुर्लिन्थ्यो- "यी पहाडीहरूको हामीले कति सेवा गऱ्यौँ, कति । त्यसको कुनै लेखाजोखा नै छैन । आफ्नो जमीन यिनलाई दिएर मालिक बनायौँ । आफू यिनैका कमैया बस्यौँ । हाम्रा जन्नीहरूले यिनका भाँडा धोए । ओछ्यान लगाए । हामी यिनका दास बनेर सेवा गऱ्यौँ तर त्यसको प्रतिफल हामीले के पायौँ ? उत्पीडन । दमन । हेपाइ । यो बन्जर भूमिलाई हामीले आवादी गऱ्यौँ । आज हामीले आफ्नो राज्य माग्दा हामीमाथि दमन गर्ने ? अब सहेर बस्न सकिँदैन ।"

यी उत्तेजक मन्तव्यहरूले आगोमा घिउ थप्ने काम गरिरहेका थिए । हिजैमात्रै थारू विरोध-सभा भएको स्थानमा धावा बोलेर अखण्ड सुदूर पश्चिमको दस्ताले कार्यक्रमस्थललाई आफ्नो कब्जामा लिएको थियो ।

यी सबै शृङ्खलाको अन्तिम पटाक्षेप आज हुनेजस्तो लाग्दै थियो । कुरूक्षेत्रको लडाइँमा कौरव र पाण्डव पक्षका सेनाजस्तै भीडन्ततर्फ जुलुस अगाडि बढिरहेको थियो । पुलिसहरू वाकेट्वाकेमा ठूल्ठुलो स्वरले सम्भावित भीडन्त रोक्न आफ्ना सम्पर्क सेलहरूलाई सचेत पार्दै थिए ।

रेडक्रसका स्वयम्सेवकहरू धनचिह्न भएका सेता जाकेटहरू भिरेर सडकमा निस्केका थिए । सुरक्षाकर्मीहरूको अनुरोधको कदर थिएन ।

चेतावनीको डर थिएन । लाठीहरूको परवाह थिएन । दुवैतर्फका जुलुसमा युवाहरू अग्रपङ्‌तिमा थिए । बाल, वृद्ध, जवान, महिला, केटाकेटी सबै उमेरका हजारौँ मानिसहरू जुलुसमा थिए । ठूल्ठुलो स्वरमा नाराहरू घन्किँदै थिए । जोशैजोशमा हातहरू माथि उठ्दै थिए । दुवै तर्फका जुलुसका मान्छेहरूलाई लागेको थियो कि एक-अर्कालाई जितेपछि मानौँ राज्य आजै प्राप्त हुन्छ ।

एक पक्षको जुलुस अर्को पक्षले देख्ने गरी नजिक आइपुगिसकेको थियो । अब स्वर सुनिने गरी आमने-सामने हुँदै थियो । जुलुस जति-जति नजिक हुँदै थियो, त्यति नै बढी मानिसहरू उत्तेजित हुँदै गएका देखिन्थे ।

"माँटोक्ने ठोक् थारू मुसाकाललाई । ठोक् ठोक्, नछोड्, नछोड् !"

उरन्ठेउला केटाहरूका उत्तेजित हूलले एकाएक थारू जुलुसमा ढुङ्‌गा हिर्काउन थाले । कठ्बाँसका लाठी र फलामका भालाहरू आकाशमा नचाउँदै थारू युवाहरू आक्रोशले गर्जिन थाले-

"पर्वतिया चोर- पहाड भाग !"

"डयाङ् ड्याङ्, सुइइ...सुइय !"

उताबाट पनि ढुङ्‌गा र इँटाका टुक्राहरू बर्सिन थाले । पुलिसले दुवैतर्फका आकाशमा अश्रुग्याँस फायर गऱ्यो । बन्दुक पड्किए । अहँ, जुलुस टसको मस भएन । मानिसहरू आक्रोश र उत्तेजनाले भिडन्तोन्मुख हुँदै थिए ।

"ऐया डाई रे...। ऐया...माँ रे ।"

हेर्दाहेर्दै टाउको रक्तमुछेल भएको थारू जवान सडकमा पल्टियो । सडकभरि रगतैरगत भयो । थारू युवाहरूको आक्रोशले आकाश छोयो -

"मारो, बुर्चोडी पर्वटिया सालेको ।", थारू युवाहरूले आँखा देख्न छोडे । फलामका तिखा भालाहरू छातीमा रोपिने भए । इँटा र ढुङ्‌गाका असिनाहरू सडकमा बर्सिन थाले । नसक्नेहरू मैदान छोडेर भागेका पनि

देखिए तर पनि धेरै जसोले प्राणको माया मारेको देखियो र ढुङ्गाको वर्षाले सुरक्षाकर्मीहरूको भागाभाग भएको पनि देखियो ।

क्षणभरमै सडक कुरूक्षेत्रजस्तै बन्यो । कतिका टाउकामा ढुङ्गा बर्सिए । कतिका कन्धामा इँटा टुक्रिए । खुट्टा खोच्याउँदै कति पुरूषहरू भाग्न थाले । धनुषवाणजस्ता फलामका सुइराहरू जब शरीरमा रोपिन थाले, कठ्बाँस र घङ्गारूका लाठीहरू जब टाउकामा बज्रिन थाले, दुवैतर्फका मानिसहरूको कोलाहल मच्चियो । महिला, केटाकेटी र जुलुस हेर्न आएका वृद्धाहरू घाइते भएर जब सडकमा छट्पटाउन थाले, दुवै पक्षका मानिसहरूको रगत जब सडकका बीचमा चुमौन भयो, जब घाइतेहरूको चीत्कार सुनियो, भीडन्तले जब नरसंहारको रूप लिन थाल्यो, राज्यप्राप्ति गर्ने लडाइँमा जब मानवताले हार्न थाल्यो, एउटा अवर्णनीय दृश्य कुरूक्षेत्रका बीचमा देखा पऱ्यो । नाडीमा सेता रूमाल बाँधेर हात खडा गरेका सयौँ महिलाहरू एकैसाथ रणक्षेत्रको बीचमा गर्जिए-

"थारू पहाडी भाइभाइ- भाइभाइ, भाइभाइ !
हिमाल पहाड तराई- कोही छैन पराइ !
एकै भूमि एकै देश- नेपालीको एकै भेष !
सम्पूर्ण नेपाली एक हौँ- एक हौँ, एक हौँ !"

भीडन्तरत मानिसहरू एकाएक स्तब्ध देखिए । कठ्बाँस र घङ्गारूका लाठीहरू जड भए । एउटा कहालीलाग्दो दृश्यले अप्रत्यासितरूपमा कसरी नाटकीयता प्राप्त गऱ्यो ? मान्छेहरू अचम्मित भए । मैले देखेँ-

मातृशक्तिबाट प्रेमको पहिलो धारा बग्यो । शान्तिको प्रथम शङ्खघोष भयो । शान्ति र सद्भावका नारा लाउँदै महिलाहरू उत्तेजित युवाहरूलाई थमथमाउँदै थिए । सडकमा घाइते भएका महिला र वृद्धहरूलाई एम्बुलेन्समा राख्दै थिए, कोही । कोहीहरू फुटेका टाउकामा सेता पट्टी बाँध्दै थिए । यी प्रेमका पुजारी नारीहरू युद्धको बीचमा पनि प्रेमका सुमधुर गीत गाउँदै थिए । मातृत्वका मृदुल आवाजहरू अलाप्दै थिए । धेरैजसो महिलाहरूले

सडकबाट उठाएर घाइते बालबालिकाहरूलाई आफ्ना छातीमा टाँसेका थिए । महिलाहरूको बीचमा मैले देखेँ- प्रेमलता चौधरी थिइन्, जसले बाईस वर्षअघि एक पहाडी दलित युवकसँग प्रेम विवाह गरेकी थिइन् । अग्रपङ्तिमा तिनै हसुलियाकी रमिला चौधरी थिइन्, जसले पन्ध्र वर्षअघि पहाडी युवालाई प्रेम गरेवापत् चारवटा बच्चाकी आमा बनेर पनि धोकाको जिन्दगी गुजार्दै थिइन् । तिनको मनभित्रको प्रेम पहाडी समुदायप्रति अहिले पनि घटेको थिएन । सेतो रूमालको फेटा गुथेर जनशैलावको बीचमा चिल्लाइरहेकी थिइन्- मञ्जु शर्मा उर्फ चौधरी । पहाडी मूलकी मञ्जुले त्यो जमानामा पनि एक थारू युवकलाई प्रेमको माला लगाइन्, जुन बेला चौधरीसँग बिहे गर्नु पहाडी समुदायमा हेयस्पद मानिन्थ्यो । एक गरिब चौधरी युवकलाई उनले जीवनभर प्रेम गरिरहिन् । तिनै दशरथ चौधरीबाट छवटा सन्तान जन्माएर चौधरी वंशवृक्षलाई हराभरा पारिदिइन् ।

दुर्गालाई पनि मैले त्यही भीडमा सेतो कफन बाँधेर सद्भाव बाँडिरहेको देखेँ, जसले एक गरिब थारूलाई प्रेम गरेवाफत माइतीबाट घृणा, अपमान र तिरस्कारको विष आजसम्म पनि पिइरहेकै छिन् । कलुवापुरकी बैजयन्ती चौधरी, जसले मोती कठायतलाई भाइमाला लगाउँछिन् । आरती रोकाया, जसले सुनिल महतोलाई बडादाजुको दर्जा दिएर टीका लगाउँछिन् । फूलमती कठरिया, जसले हंशराज उपाध्यायलाई हुर्काइन् । मङ्गली साउँद, जसले श्रीमान् लालबहादुरको मृत्युपछि जोखना थारूलाई लोग्नेका रूपमा वरण गरिन् । ती सबै महिलाहरूलाई मैले आवेग, उत्तेजना र युद्धको बीचमा शान्ति, सद्भाव र प्रेमको आराधना गरिरहेको देखेँ ।

ती महिलाहरू, जसले थारू र पहाडी जातिका बीचमा प्रेम र भ्रातृत्वको आँचल गाँसे । ती महिलाहरू, जसले पढेलेखेका र सभ्य-ठालु भनाउँदा आफ्ना अभिभावकको अवज्ञा गरी गरीब थारूहरूलाई प्रेम गरे र गरिरहे । ती महिलाहरू, जसले आफ्नो जातिको साँघुरो घेरालाई तोडेर

मानव जातिलाई प्रेम गरे र गरिरहे । आज मेरो नजरमा ती नारीहरू साँच्चिकै महान् देखिए । मेरो हृदयको कोमल स्थानमा तिनीहरूले अग्लो आसन जमाए । मलाई लाग्यो- तिनको प्रेम बैंसको आवेग होइन रहेछ । क्षणिक भावुकता पनि होइन रहेछ । उही जमानामा बैंसमा कलकलाएका ती यौवनाहरूले थारू पहाडीको एउटै जात देखिसकेका रहेछन् । एक-अर्कामा अभिन्नता सम्झिसकेका रहेछन् । आज भिन्न गर्न खोज्नेहरूलाई चुनौती बनेर तिनै सडकमा सतिसाल भइन् । साँच्चिकै थारू पहाडीको यो सङ्गमस्थलमा प्रेमको पहिलो दियो जलाउने तिनै महिलाहरू रहेछन्, जसले आज आन्दोलनको आँधी र हुरी रोकेर त्यो दियोलाई निभ्न दिएनन् । धन्य नारीशक्ति ! धन्य नारी साहस ! धन्य ममताकी खानी !

महिलाहरूको अप्रत्यासित कदमले भीडन्तरत मानिसहरूले चित् खाए । भीडन्तरत जुलुसलाई नियन्त्रण गर्न नसकेर हैरान भएका पुलिसहरू हेरेका हेर्‍यै भए । पत्रकारहरूका कान ठाडा र कलम तीखा भए । केही थारूहरू आक्रोशितै थिए, बीच सडकमा आफ्ना जन्नीहरूलाई देखेर शान्त भए । केही पहाडीहरू मुर्मुरिँदै थिए, सडक मैदानमा आफ्ना दिदीबहिनीहरूलाई देखेर पछि हटे । ढुङ्गा र इँटाका टुक्राहरूले रणमैदान बनेको सडकको धुलो र धुवाँ शान्तिको सास फेर्दै आकाशतिर उड्न थाल्यो । बीच सडकमा थारू र पहाडी महिलाहरू सराबरी थिए । केही क्षणमा नै युद्ध मैदानमा प्रेमको विजय भैसकेको थियो । एक-अर्को समुदायबीच उत्तेजना र घृणा फैलाउनेहरू पराजित भइसकेका थिए । प्रेम र ममताका अगाडि कुन युद्धले विजय प्राप्त गर्नसक्छ भन्नेहरू हर्षित थिए । लाठी र भाला समातेका दुवै पक्षका बलशाली पुरूषहरू लज्जित देखिन थाले । माया र प्रेममा बाँच्नेहरूलाई कहाँ छुट्टै राज्य चाहिन्छ र ? प्रेम गर्ने ठाउँ भए पुग्छ । एक-अर्काको हृदयमा बास दिए पुग्छ । शान्तिको दियो बाल्ने र प्रेमको आराधना गर्नेहरूको त्यहाँ विजय भइसकेको थियो ।

केही क्षणमा नै देखियो- भाला र कठ्बाँस बोकेका हातहरू विजयको ताली बजाउन थाले । घङ्गारू र उत्तीसका लाठी बोकेका हातहरू थपडी बजाउनमा व्यस्त देखिन थाले । अहो ! क्षणभरमै कस्तो परिवर्तन ! पलभरमै युद्ध र प्रेमका अलग-अलग रूपहरू ! निमेषभरमै अवर्णनीय चमत्कार !

त्यही साँझ, त्यही सडकमा दायाँ-बायाँतिर देखिए, नागरिक समाजका अगुवाहरू दीप प्रज्ज्वलन गरिरहेका थिए । थारू पहाडी युवाहरू संयुक्त सद्भाव र्‍याली गरिरहेका थिए । उद्योगी-व्यापारीहरू आ-आफ्ना पसलअगाडि दीपावली गरिरहेका थिए । मैले देखेँ- बिजुलीका तारहरूभन्दा अलि माथिबाट एक हूल परेवाहरू आकाशतिर उडिरहेका थिए ।

***

खुटियाको काख

कुनै टेक्टर अथवा मोटरसाइकलमा नयाँ मानिस बगरमा देख्नेबित्तिकै चार-पाँच जना सिँगाने केटाकेटीहरू मालिकलाई तानातान गर्दछन्-

"ओ दाइ, गिट्टी लिन आको हो ? इः हेर, यो गिट्टी दामी छ । लौ बाह्र सयको सप्पै लैजानुहोस् ।"

कपाल जिङरिङ्ग भएकी सिँगाने केटी कराउँछे-

"हैन, हैन साउजी, इः मेरो गिट्टी कति धेरै छ । हाडे ढुङ्गा फोडेर बनाएको हो । ल, लाने भए मिलाएर दिन्छु । लाने हो ? लैजानुस् ।"

"होइन, तेइको भन्दा हाम्लो गिटी लाम्लो छ छाउजी, इः हाम्लो लैजाऊ है ।", ड्याम्म नाङ्गो भुँडी अनि तुरी छोडेको सिँगाने केटोको तोते बोलीमा आफ्नो गिट्टीको तारिफ गर्दै ग्राहकलाई तान्न खोज्ने कला रोमाञ्चक लाग्छ ।

"लौ यी तीनै भाग लैजानुस् । हिजो हामी स्कुलै नगएर फोडेको गिट्टी हो । लौ, तीनै भागको पच्चीस सय दिनु होस्, हुन्छ ?", झुम्रो जिउ भएकी दुब्ली केटी चुप लागेर बस्दिन ।

"यी केट्केटीका बकम्फुरो कुरा तेस्तै हुन् । लाने नै हो भने बूढो हड्डीले फोडेका गिट्टी हुन् क्यारे । लौ, यो ठूलो भाग लैजानुहोस् । अठ्ठाईस सयमा, हुन्छ भाइ ?", बगरको एकछेउमा गिट्टी फोरिरहेको बूढो कुप्रैरै आफ्नो गिट्टी दायाँ हातले देखाएर भन्छ ।

"यो पितर भैसक्या बूढोले नि क्या गिट्टी फोर्दो हो ! माटाका डल्ला फोडेर गिट्टी बनाउँछ, सिँगाने बूढो ।", तेह्र वर्ष जतिकी ख्याउटीले बुढोलाई सत्तोसराप गरेर भन्छे- "लाने हो भने मेरो लानुस् । एकदम सस्तोमा दिन्छु । लैजाने हो दाइ ?"

"कत्रा ठूल्ठुला ढुङ्गा फोरेर बनाएका यस्ता मजाका गिट्टी छोडेर बिचरा केटाकेटीले बटुलेका रोडी पो हेर्न जान्छन् त । ए भाइ, आफ्नो घर बनाउने हो भने त पक्का गिट्टी पो लानु पर्छ । ह्याँ आउनुस्, इः यस्तो राम्रो गिट्टी छोडेर...।", अलि पर किनारामा गिट्टी फोर्न बसिरहेकी दुइटी अधबैँसे आइमाईले आफ्नो विज्ञापन टाढैबाट गरे ।

"हैन-हैन दाइ, यिनीहरू साह्रै महङ्गो गर्छन् । हामी सस्तैमा दिन्छौँ । लौ, त्योभन्दा राम्रो गिट्टी इः यो लानुस् ।", दुई जना लुखुरे आफ्नो माल बेच्ने ट्याक्टिस निकाल्छन् ।

***

कलिला औँलाहरू थिचिएर रगताम्मे भएका छन् । खुट्टा फाटेका छन् । लुगा फाटेर कसैका घुँडा, कसैका कुइना र कसैका पेट देखिएका छन् । केटाकेटीहरूमा एक जना केटीबाहेक बाह्र वर्षभन्दा माथिका कोही देखिँदैनन् । आधाआधीजसो बालबालिकाहरू त भर्खर बोल्न सिकेका सिँगाने पनि छन् । कसैका चप्पलका तुना टुटेका छन् । चप्पलै नलाएका नाङ्गा खुट्टाहरू धेरै छन् । कपाल जिङ्रिङ्ग छन्, सबैका । मैला र भुत्रा लुगाहरू छन् जिउमा । ठाउँ-ठाउँमा च्यातिएका पनि ।

कठै ! अवस्था हेर्दा केटाकेटीको, खुटियामा पानी होइन आँसु बग्छ ।

"तिमीहरू स्कुल नगएर किन गिट्टी फोर्छौ बा ?"

बराठिएको एउटा केटाले च्याठिएर भन्छ-

"भर्खर स्कुल गएर त आ'को नि । कतिपटक जाने यहीँनेरको स्कुलमा ? उः देख्नु हुन्न ? त्यहीँनिर त हो नि स्कुल । साँझ फेरि खेल्न जाने त हो नि स्कुलमा ।"

"होइन, पढ्नु पर्दैन भनेको ? पढ्न जानुपर्छ नि ।"

उसै गरी च्याठिएर बोल्छ ऊ- "तपैंले भनेर हुन्छ ? हाम्रा बाआमाले पनि भन्नुपऱ्यो नि । खानुपर्दैन हामीले ? खानुपऱ्यो नि ।"

उफ् ! कति निर्भयताका साथ सत्य बोल्न सकेको त्यसले । उसले बोलिसकेपछि लाग्यो-सत्य सधैं निर्भय त हुन्छ नि ।

सानी ख्याउटी मुलाई अगाडि सरेर भन्छे- "हैन अङ्कल ? अस्ति नि एउटा धेरै पढेर मास्टर भाको मुन्छे पनि गिट्टी लिन ह्याँ आ'थ्यो अनि हामी पढेर क्यार्ने त ?", उसले आफूले सिकेको ज्ञान सुन्दर ढङ्गले प्रकट गरी । अहो ! चट्टान फोर्दाफोर्दै कस्तो चट्टानी तर्क जानेकी त्यसले । एउटा सानो सिँगाने केटा फुस्किन लागेको कट्टु एक हातले माथि तान्दै भन्छ- "यो नि अङ्कल, हिजो स्कुलबाट भागेर आकी गिट्टी फुटाउनलाई । पढ्न मन गर्दिन यो । गिट्टी फोर्ने मुन्छेकै पोइल जान्छु भन्छे । गिट्टी नफोर्नेको पोइल नजाने रे । हा...हा...हा... !"

त्यहाँ भएका सबै गलल्ल हाँसे । टेक्टर मालिक पनि हाँस्यो, उसको गफ सुनेर ।

"तिमी चाहिँ पढ्छौ त ? गिट्टी फोर्दैनौ ?"

"अह...ह...कस्तो कुरा गर्नु भे'को ? गिट्टी नफोरेर पनि खान पाइन्छ ? तपाईंले गिट्टी नफोरेपछि तपाईंलाई चाहिँ खान दिन्छन् तपाईंका बाले ?"

उसले आफूलाई धेरै चलाख ठानेको छ । उसको कुराबाट बुझिन्छ कि संसारका सबै मान्छेको काम गिट्टी फोर्नु मात्रै हो । त्यस पछिमात्र खान पाइन्छ । उसले जानेको कुरा यही हो सायद ।

"मेरो भाइ, बैनी र म लागेर सधैं गिट्टी फोर्छौं । अस्ति नै गिट्टी फोर्दा सानो भाइको तीनोटा औँला ढुङ्गामा थिचिए । ऊ चाहिँ आजभोलि गिट्टी कुट्न सक्दैन । अब अर्को सालदेखि साना-साना ढुङ्गा फोर्नु भन्नुभएको छ, बाले ।", हरियो फ्रक लगाएकी काली केटीले आफ्नो दुखेसो पोखी ।

टेक्टर मालिकले गिट्टीको मोलमोलाई गरी नसक्दै दुइटा मोटरसाइकल रोकिए, खुटिया पुलमुनि । स-साना थैला बोकेका आठ-दशजना झुत्रे केटाकेटीहरू दौडिएर बाइकमा झुम्मिए-

"ओ, अङ्कल कोइला किन्न आउनु भ'को हो ? ल, यी दुई थैलीको सय रूप्पे दिनुस् । यो सप्पै लानुस् ।", झुत्रे कटीले आफ्नो र भाइको थैला औँलाले देखाएर भनी ।

"छिः अङ्कल, तेस्को भाइले जिउँदै आगोमा मुतेर ल्या'को कोइला हो त्यो । छिः छिः छि !"

"तँ रौँडी, चोथाले । तेरो त झन् लास जलाको कोइला हो । उः हेर्नोस् अङ्कल, तेस्को कोइलामा त लासको रगत चुहेको छ । मुन्छेको हड्डी पनि मिस्सेको छ । चन्डाल्नी रौँड ।"

"तेरो मुखसुख च्यात्दिउँला । कुकुरका जस्तो थुतुनो नचला है । तातो कोइलामा मुतेर ल्या'को होइनस् तैँले, पाजी ।"

"मेरो भाइलाई गाली नगर, है फ्याउरी । ऐले आमालाई भन्दिन्छु ।"

"होइन दाइ, यिनीहरू दुवैको नकिन्नुस् कुरा खत्तम । इः हेर्नोस् मेरो क्या दामी छ । यै लानुस् । एक सय पचास रूप्पेमा । मेरो चाइँ लास जला'को कोइला होइन है दाइ । दाउरा जलाएर बना'को । एकदम राम्रो छ, सेकुवा बनाउनलाई । यै लानुहोस् । हुन्छ ? हुन्न दाइ ?", झुत्रेहरूको नाइकेजस्तो देखिने तिखे केटाले आफ्नो कुरा जमायो ग्राहकसँग ।

"मेरो त झन् धेरै छ दाइ । जम्मा सौ रूप्पे मात्तै दिनुस् । लिने दाइ ?"

"यो दश रूप्पेमा लैजाऊ अङ्कल । भोलि म धेरै बनाएर राखुँला । भोलि फेरि आउनू ।", सानी डल्ली केटीले एकपाथी जति कोइला झोलामा देखाउँदै आग्रह गरी ।

"ल ल, ल्याऊ । तिमीहरू सप्पैको कोइला यसमा जम्मा गर त । भोलि सप्पै जना धेरै कोइला बनाइराख है । पक्का नि है । म भोलि आउँछु फेरि । ल ल्याऊ । इः यो बोरामा खन्याऊ ।"

ग्राहकले ठूलो बोरा थाप्छ । हतार हतारमा आ-आफ्ना थैला उठाएर कोइला बोरामा खन्याउँछन् केटाकेटीहरू ।

"तीन दिनलाई सेकुवा बनाउन पुग्छ यल्ले । उठा भाइ, पछाडि च्यापेर समात् है ?", मोटर बाइक मालिकले आफूसँग आएको केटालाई भन्यो र पछाडि बोरा पत्रेर बस्न लगायो । केटाकेटीलाई पैसा तिरेपछि बाइक हुइँकियो । त्यसलाई रमाइलो मानेर हेरिरहे उनीहरूले ।

"भोलि फेरि उः त्याँ सब जना जानुपर्छ है, कोइला टिप्न ।", पैसा खल्तीमा राख्दै एउटा औँलाले खुटियाको पल्लो किनारतर्फ देखायो, तिनीहरूको नाइके तिखेले ।

"हे भगवान्, भोलि चारवटा लास आइदिए त हुन्थ्यो नि । कति धेरै कोइला टिप्न पाइन्थ्यो हगि ? क्या मज्जा हुन्थ्यो ।", ओठ नीलो भएकी पातली केटीले कामना गरी ।

"दाउरा पनि त मिल्नुपऱ्यो नि । लासमात्रै आएर भो त ? दाउरा नभे'पछि केमा जलाउलान् त बिचराहरू । हाम्ले भनेर हुन्छ र ?", उही नेता जस्तैले भन्यो ।

"लौ, अब जौँ गिट्टी फोर्न । साँझ स्कुलमा खेल्न जानुपर्छ, सब जना है ?", पहेँलो सुरूवाल लाएकी कैली केटीले प्रस्ताव गरी । सबै दगुरे फेरि आ-आफ्ना गिट्टी फोर्ने ठाउँतिर ।

***

खुटियाका बगरभरि गिट्टीका स-साना थुप्राहरू देखिन्छन् । ढुङ्गा फोर्दै गरेका साना-साना बालबालिकाहरू धेरै देखिन्छन् । बुढाबुढीहरू पनि गिट्टीकै थुप्रावरिपरि ढुङ्गा फोरिरहेका छन् । स्कुलबाट भागेर पनि गिट्टी बनाउँछन् कोही । कोही-कोही स्कुलै नगएर ढुङ्गा फोरिरहेका देखिन्छन् । प्रायःजसो लास जलाइरहेका ठाउँमा गएर रमाई-रमाई कोइलाहरू बटुल्छन् । कोइला र गिट्टी किन्ने ग्राहक आउँदा प्रतिस्पर्धा

नै गर्छन् उनीहरू, आफ्ना सामान बेच्नलाई । त्यसैमा रमाइरहेका देखिन्छन् तिनीहरू । तिनीहरूका बाआमा पनि आफूहरूलाई सघाएकोमा छोराछोरीसँग मक्ख देखिन्छन् ।

"पढ्न किन नगएको ?" भन्ने प्रश्नमा उनीहरूको आफ्नै तर्क छ । भन्छन्- "पढेका मान्छे पनि गिट्टीका लागि यहीँ आउँछन् ।"

नदीका किनारमा लहरै झुप्राहरू छन् । झुप्राहरूभित्र पनि बुढाबुढीहरू ढुङ्गा फोरिरहेकै देखिन्छन् ।

"तपाईँहरू कुनै खाली चौरमा अथवा सडकका किनारमा सुकुम्बासी भएर किन नबसेको ? सरकारले जग्गा दिन्छ त" भन्ने सल्लाह दिँदा जिन्दगी खाएको एउटा बुढाले भन्छ- "होइन बाबु, जहाँ गए पनि मान्छेलाई सेलाउन यै खोलामा ल्याउनुपर्छ । त्यसैले पछि आउनैपर्ने ठाउँ छोडेर कहाँ जाने दुई दिनका लागि ? खाली अरूलाई बोकाउनका लागि किन दुःख दिने ? फेरि यो ढुङ्गा फोरेर हामीलाई पुगेकै छ । जग्गाले के गर्नु छ र बाबु ?"

उफ् ! जीवनको निर्मम यथार्थलाई कसरी आत्मसात गरेको छ, त्यस बुढाले । यो भयावह यथार्थको महसुस सबैले गर्दिएको भए संसार कति सहज हुँदो हो । जीवन कति निरापद हुँदो हो ।

"तपाईँहरूका यी झुप्राहरूमा बर्खायाममा पानी पस्दैन ? मरौँला भन्ने डर हुँदैन तपाईँहरूलाई ?"

पहेँला दाँत भएकी बुढीले विश्वास प्रकट गरी- "भगवान् दाहिना भएसम्म केइ हुन्न । जे हुन्छ भगवान्को इच्छामा हुन्छ ।"

ऊ घोरिएर केही सम्झेजस्तो गरी- "तीन वर्षअघि यै खोलाको माथि पहाडबाट ठूल्ठुला ढुङ्गा र पानीले धोएको बालुवा लगेर उप नगरका ठकुरी बाबुसाप्ले खूब मजबुत पक्की घर बनाए । आहा ! कस्तो सानसँग बसेका थे बिचरा ! तर के गर्नु हजुर, दैव लागेपछि ! आज चार दिन भो, ती ठकुरीलाई पनि उः त्यै तलनिर जलाएर खरानी पारे । जीवनको

जति आश माने पनि के गर्नु र हजुर ! सुनकै घरभित्र बसे पनि आखिर जलाउन यै खोलामा ल्याउने रै'छन् । डर मानेर काँ जाऊँ ? गए पनि सेलाउन यै खोलामा ल्याउने हुन् । हामी त अठार वर्षदेखि यै खोलाको बगरमा छौं । केइ भएको छैन । ढुङ्गै फोडेर दालभात खा'का छौं । ढुङ्गै फोडेर तरकारी खा'का छौं । जिन्दगी यस्तै हो हजुर । डर मानेर केइ हुँदैन । सब भगवान्को लीला हो ।"

अहो ! जीवनको गहिरो पाठ बुझाई पहेँला दाँत भएकी बुढीले । उसको करा सुन्दा लाग्यो- जीवनको पाठ पढ्न कुनै विश्वविद्यालयमा जानुपर्दैन रै'छ । संसारलाई बुझ्न पुस्तकका ठेली पढिरहनु नपर्ने रै'छ । शहरका आलिसान शिशमहलमा बसेर पनि वर्तमानप्रति असन्तुष्ट भई अर्को सुखको खोजीमा रोइरहेका मानव अनुहार पनि हेरैं । खुटियाको काखमा, मानव सेलाउने चिहान घाटको किनारमा, झोपडी हालेर ढुङ्गामा हाड घोट्दै हाँसिरहेका मान्छेहरू पनि देखैं । अनि बुझैं, मजाले बुझैं- दुःख र सुखको मुख्य केन्द्र आखिर मन नै रहेछ ।

"बस्नोस्, थोरै बात मारौं ।", यति भनेर बाङ्गे बुढो सुल्पामा तमाखु भर्न थाल्यो ।

"हजुर चाइने कुन हापिस्को मान्छे ?", एउटा पुरानो सुर्कन थैलीबाट फलामको सानो पातो, सेतो ढुङ्गा र कपासको टुक्रा निकाल्दै उसले सोध्यो ।

"अपिसको होइन, स्कुलको मान्छे हो म ।"

"ए...तेसो'भे मास्टरसाप् हुनुभयो ।"

"अँ ।"

"कस्तो ? पढाइ हुने स्कुलको हो कि, सरकारी स्कुलको गास्टरसाप् हो तपाईं ?"

"कस्तो पढाइ हुने अनि कस्तो सरकारी भनेको ?"

"होइन, उः यस्तै स्कुलको मास्टरसाप् हो कि भनेको ?"

उसले चुच्चो पारेको ओठैले परतिरको स्कुललाई देखायो र भन्यो- "सात कलासमा पढ्छे मेरी नातिनी, बम्बैमा बसेको बाउलाई चिठी लेख्न जान्दिन । खै, कस्तो पढाइ हो, आजभोलिको ?"

"अनि पढाउन छोडेर गिट्टी फोर्न लगाएपछि कसरी जान्दछे त चिठी लेख्न ?" एक छिन ऊ चुप भयो । सुर्कनथैलीबाट निकालेको ढुङ्गाको टुक्रोमाथि कपासको टुक्रोलाई बायाँ हातको बूढी र चोर औँलाले च्याप्यो । दायाँ हातमा फलामको पातो लिएर ढुङ्गामाथि ठ्याइँ-ठ्याइँ हिर्कायो । दुई-तीनपटक हिर्काएपछि आगोका झिल्का निस्केर कपास त सल्किन पो थाल्यो । उसले त्यो कपासको टुक्रोलाई सुल्पामाथिको तमाखुमा राख्यो र दुई हातले सुल्पालाई च्यापेर स्वार्रस्वार्र तमाखु तान्न थाल्यो ।

"हेर्नोस् मास्टरसाप्, काला पहाडमा सात वर्ष ढुङ्गा फोडियो । चार वर्ष भारी बोकियो । केई फुली परेन । आखिर आफ्नो देश भनेको त आफ्नै हो नि । हैन र साप ? बुढेसकालमा त आफ्नै देशको ढुङ्गामाटो काम लाग्ने रै'छ । हो कि होइन, लौ भन्नोस् ?", दुई सर्का तमाखु तानेपछि उसले भन्यो ।

"हो नि । आफ्नो देशजस्तो अन्त कहाँ हुनु नि ।"

"अनि तपाईँ चाइने कस्मा हुनु भो ?", पुरानो ढपले उसले सोध्यो ।

"म ? म, बाहुन् ।"

"ए... !"

उसको मुख विकृत भयो । "तेसोभे चाहा नचल्ने भो ।" बाङ्गे बुढाको आत्मीयतामा पीडा मिश्रित थियो ।

"किन ? किन नचल्ने हो र चिया ?"

"हामी... !"

उसको वाक्य पूरा भएन ।

"हामी दलित पर्‍यौँ । हजुर उपरजाति हुनु भो ।", हामी एउटै जातका नभएकोमा ऊ निराश देखियो ।

"हत्तेरी, त्यसो होइन काका । अब त जातभातको चलन हराइसक्यो नि । हामी सबै नेपालीको एकै जात भैसक्यो । चल्छ, मजाले चल्छ । चिया पकाउन भन्नुस् काकीलाई । तपाईँको घरको चिया खाएर जाने आज ल ।"

अनि बाङ्गे बुढाले आफ्नी जोईलाई चिया पकाउन भन्यो- "पकाऊ हो दलेकी आमा । आज बाहुन नानीले चिया खाएर जाने अरे ।"

"कस्तो जुग जमाना आयो हत्तेरी" यति भनेर बुढीले जिब्रो काढी अनि झुप्रोभित्र फुँ...फुँ गर्दै आगो बाल्न थाली ।

"हिँ....हिँ...हिँ...तेस्कीमाँ टोक्नेले कोइला टिप्न दिएन बाजे हिँ...हिँ...हिँ... !"

"कस्ले भन्छ यो केटी ? किन दिएन हँ ?"

"त्यो राँडीको छोरो, टिम्मुरेले । तेरो बाउको लास जलाको होइन, जा भनेर खोलामा धकेल्यो, हिँ हिँ हिँ... ।"

"कस्तो असत्ती काँठो रै'छ तेस्कीमाँ लछार्ने । अनि तेरो बाउलाई जलाको हो त ? भन्न सकिनस् । पख्, साँझ म त्यसको बाउको बिहे देखाउँछु । जा, नरो । तँलाई भोलि म दश रूप्पे दिउँला । बज्यैसँग चाहा मागेर खा, जा ।"

ऊ झुप्रोभित्र पसी सुकसुकाउँदै ।

"यो चाइने मेरी नातिनी हो हजुर । जेठो छोराकी कान्छी छोरी । स्कुल जान भनेपछि मान्दै मान्दैनन् यी गिट्टी कुट्नेका सन्तानहरू ।

यसको बाबुलाई यो पेटमा छँदै... ओहो ! म त सोध्नै बिर्सेछु । कस्तो हुस्सू मान्छे म ? चिलिम तान्नुहुन्छ कि मालिक साप् ?"

"नाइँ, नाइँ काका । तान्दिनँ, भो !"

"अँ, यस्को बाउलाई के हजुर, मेरो जेठो छोरालाई, ६० सालमा माउवादीले लगे । ऐलेसम्म उसको अत्तोपत्तो छैन हजुर । कति ठाउँमा निवेदन दिइसकेँ । अहँ, केइ पत्ता नै छैन । केइ नभे पनि ज्यान बाँचेको भए यै गिट्टी कुटेर त खाँदो हो नि । यै ढुङ्गा फोडेर पनि खान दिएनन्,

असत्ती पापीहरूले । करान्ती गर्ने भनेर लगे । ऐलेसम्म पनि त्यो फर्केर आएन ।"

"कति छोरा नि तपाईँका ?"

पीडा बिर्सेर बुढो हाँस्यो मुसुक्क । पीडाको अवतारमाथि उसको लजालु मुस्कानले उसलाई बैँसालु स्मृतिमा पुऱ्याएको आभास भैरहेथ्यो । भन्यो-

"मबाट चाइने दुइटा हुन् । भीमे उसैसँग आ'को हो । ऊ चाइने तारेकै तर्फको हो ।"

"को भीमे ? को तारे भनेको ? उसतर्फको कसरी भो त ?"

"होइन । पूरा बात सुन्नु होस् न ।", ऊ आफ्नो जीवनका स्वर्णिम दिनको बयान गर्न थाल्यो- "आफ्नो जमानामा म कच्चा मान्छे काँ थिए र हजुर ? एक मानाको भात खाने अनि सय किलोको भारी जुरूक्क उचाल्ने जोवन थियो मेरो । यसलाई चाइने, दलेकी आमालाई मैले तानेर ल्याएको हुँ नि हजुर । त्यसै हो र ?"

उसको छाती गर्वले फुलेको महसुस गरेँ मैले ।

"त्यो पनि असाध्यै रूबसी हो नि साप् । तेस्को दामलमा त्यो जत्तिकी रूबसी त कोई देखेन मैले ।", उसले त्यसो भनिरहँदा दलेकी आमा झुप्रोभित्रको कुहिरी मण्डलमा आफ्ना पहेँला दाँत देखाइरहेकी थिई ।

"तारे चाइने कमसलै मान्छे थ्यो । मर्दको जमान पनि थिएन उसमा तर पनि यो त उसलाई छोड्नै नमान्ने नि । फकाउँदा-फकाउँदा नमानेपछि घाँस काट्न वन गएका बेला हात हालेर तानेर ल्याएँ यसलाई । त्यो जमानामा पनि सात सय जारी तिरेको हुँ नि हजुर यसको । तानेर ल्याएको तीन दिनसम्म त खाना नखाईकन बसिदी यो तर यौटा कुरो चाइने मान्नैपर्छ हजुर । आइमाईको जातमा बदलाको भावना नहुने रै'छ । यसको चित्त दुखाएर मैले जबरजस्ती जोई बनाए पनि यसले मसँग कैले पनि बदलाको भावना राखिन । कुभलो चिताइन । पछिपछि त यस्तो पिरम भयो कि मैलेभन्दा बढी माया गर्न थाली त्यो । सुरूमा रिस

गर्ने मान्छे ऐले यति माया किन गर्न थालिस् त ? भनेर सोध्दा त्यसले के भनी था'छ हजुर ? होइन स्वास्नी मान्छे मायाका भोका हुन्छन् । वीरपुरूषकै पूजा गर्छन् । यो आइमाई जातिको स्वभाव यस्तै हुन्छ भनी । तेस्तो रै'छ हजुर स्वास्नी मान्छेको स्वभाव । अनि यो आउँदा भीमे पनि साथमा आयो । ऊ यतै हुर्क्यो । मबाट दुइटा छोरा भए । जेठोलाई चाइने माउवादीले बेपत्ता पार्दिए । कान्छो चाइने ऐले बम्बैमा छ । ऊ गएको पनि यै वैशाखमा तीन साल हुन्छ अब । यस्तै छ हजुर जिन्दगी । बूढो हड्डी ढुङ्गामा घोट्दा-घोट्दा खिइसक्यो । कुन दिन चाइने यै खोलामा आँखा चिम्लिनपर्ने हो ? था' छैन ।"

यति बात मारेपछि उसको मन हलुको भो सायद ।

"एइ, चाहा पाकेन ?", करायो ऊ ।

बूढी आमैले पुराना गिलासमा चिया ल्याएर दिइन् ।

माथि चुरेको टुप्पोसम्मै आँखाले हरिया पहाडलाई हेरेर चिया पिउँदा अपार आनन्द लागिरह्यो । गडतीरका सेता ढुङ्गाहरू बाङ्गे बुढाका आँखामा फुलिरहेका देखिन्थे । चुरे पहाड अलिअलि तल झर्दै समथर मैदानमा परिणत भएको प्रस्टै देखिन्थ्यो । चुरे पर्वतबाट सेता ढुङ्गाहरू लखेट्दै ल्याएर खुटियाले बाङ्गे बुढाका सामुन्नेमै थुपारी दिएजस्तै लाग्थ्यो । लाग्थ्यो कि खुटियाले बाङ्गे बुढाहरूका आँसुलाई सँगै बगाएर लगेको छ । लास जलाइएका कोइला बटुलेर बेच्ने नानीहरूका सपनाहरूलाई पखालेर बगेको छ । खुटियाले न्यानो काख दिएको छ, तिनीहरूलाई ।

बाङ्गे बुढाको सामुन्नेको चिया चिसो नहुँदै एक हूल प्रहरी उत्रियो । पुलबाट तल झऱ्यो । पुलिसकै आवाज दिएर पुलिस बोल्यो-

"बाजे, चुरेको संरक्षणका लागि सरकारले खुटियाबाट रोडा, बालुवा र ढुङ्गा निकाल्न प्रतिबन्ध लगाएको छ । अब तपाईँहरू अन्त जानुस् । यहाँ प्रतिबन्ध छ ।"

तमाखुको धुवाँले ध्वाँसे भएका जुँगाका ठेटनाहरू बाङ्गेको ओठमा थरथराए । टिठलाग्दो अनुहार पारेर भन्यो-

"चाइने यत्रो वर्षसम्म यै खोलाका किनारमा बसियो । खोलाले पनि बगाएन । बाढीले पनि उठिबास लाएन । खोलाका ढुङ्गा फोरेर खाँदा सरकारलाई चाइने के पीर परेछ कुन्नि ? ओहो ! अब चाइने कता गएर ढुङ्गा फोर्ने होला, हे ईश्वर !"

हेर्दाहेर्दै बाङ्गेको मन धमिलिएर आयो । मुख विकृत भयो । एकपटक बाङ्गेले खुटियातिर करूण दृष्टि लगायो- खुटियामा चाहिँ सङ्लो पानी बग्दै थियो ।

**

समाप्ति

आजभोलि यस्तै लाग्छ मलाई, ऊबिना मेरा जीवन निरर्थक छ। व्यर्थ छ। निस्सार छ। कोही छैन। यो विराट संसारमा आफ्नो वरिपरि। निद्राबाट ब्युँझिँदा ओछ्यानमाथि टोलाएर यसो हेर्छु- आफ्नै आँखाले आफैँलाई खोक्रो र निराश देखेजस्तो लाग्छ। आफ्नै मनले आफैँलाई कठैबरा! भनेजस्तो लाग्छ। बिलकुल विमूढ अवस्थामा आफूलाई नितान्त एक्लो, थकित र गलित पाउँछु। लाग्छ- हरेक दिन एक्लो हुनलाई किन निद्राबाट ब्युँझनुपर्छ मैले? संसारलाई बिरानो देख्नलाई किन ओछ्यानबाट उठ्नुपर्छ मैले?

ऊ मेरो जीवनमा यति अभिन्न छेजस्तो लाग्थेन कहिल्यै। भिन्न हुँदा आफ्नो महत्त्व बुझाएर गई उसले। ऊबिना जिन्दगी, जिन्दगीजस्तै लाग्दैन अचेल। यस असीमित र अनन्त संसारमा ऊ पानीजस्तै बगेर कहाँ पुगी। आँसुजस्तै कहाँ झरेर गई। ऊबिना यो संसारमा एक्लो लाग्छ मलाई। नितान्त एक्लो...।

छोराछोरी?

आमाबुबा?

दाजुभाइ?

श्रीमती?

इष्टमित्र?

साथीभाइ?

खै, तिनीहरूकै लागि आफू र आफ्नै लागि तिनीहरू हुन्जस्तो लाग्दैन । मनलाई थमथम्याएर क्षणभरका लागि त्यस्तो ठाने पनि सधैँभरिका लागि लाग्दैन त्यस्तो । तिनीहरू मेरो सामुन्ने खुशी बोकेर आउन सक्दैनन् । म खुशी भएर उनीहरूका अगाडि खुल्न सकिरहेकै छैन । हरपल आफ्नै आँखाले हेर्दा आफूलाई अपूर्ण देख्छु । जीवनमा केही अधुरोजस्तो । केही अपुरोजस्तो । खान बस्दा सबै परिकार खाएर पनि केही चिज नखाएजस्तो । सबै दृश्य हेरेर पनि केही नहेरेजस्तो । सबैलाई भेटिसकेपछि पनि कसैलाई नभेटेजस्तो । हजारौँ मानिसका बीचमा पनि एक्लोजस्तो । यस्तै यस्तो लागिरहन्छ, अचेल मलाई । नितान्त एक्लो, उदास र खिन्न । उफ् ! जिन्दगी भ्रम हो कि यथार्थ ? छुट्याउन गाह्रो लाग्दै छ ।

कसले यस्तो बनाइगयो मलाई ?

कसले अधुरो र अपुरो बनाइदियो यसरी ?

जसलाई आँखाहरूले हरेक बाटो, हरेक मोड र हरेक बिसौनीहरूमा खोजिरहन्छन्, ऊ अचेल कहाँ हराएर गई ? जो मेरो मुटुको धड्कन बनेर मनको ढुकढुकीमा दौडिरहन्छे, ऊ अचेल कुन चौतारीमा विश्राम गर्न गई ?

उसकै लागि मन तड्पिरहन्छ, हरपल । उसकै लागि दिल दुखिरहन्छ हरक्षण । ऊ मेरो आँखाको दृश्य हराएजस्तै जीवनबाट फुत्केर कहाँ गई ?

कहाँ छापूँ ऊ हराएको सूचना ?

कसरी लेखूँ उसको अभावको कथा ?

***

पर्दा उघारेर हेर्दा बाल्यावस्थामा हातबाट स्वर्णाक्षी माछो फुत्केर गएको घटना मेरा लागि कति पीडादायी रह्यो, अनुमान गर्न सक्नुहुन्न होला सायद । नजिकैको सिस्ने खोलामा दौँतरीहरूका साथमा नित्य पौडी

खेल्न जानु मेरो कर्म थियो । एक दिन खोलाको सङ्लो पानी सानो कुलो बनाएर किनारतिर लैजाँदा रहरलाग्दो माछो बगेर हातमा आयो । असाध्यै सतर्क भएर माछोलाई पक्रैँ पनि । हातमा लिएर खेलाउन थालेँ । माछोको झोल खाने विचार मनमा पटक्कै आएन । बरू सुनौलो रङ्गको पहाडी खोलीमाछोलाई आँगनमा सानो पानीको पोखरी बनाएर त्यसैमा पाल्ने विचार मनमा आयो । माछोलाई हेरेर झन् माया लागेर आयो । एक हातबाट जतन गरी अर्को हातमा राखेर मुसार्न थाल्दा माछो त फुत्त फुत्केर पानीमै गयो । चिच्याएर तुरून्त पानीमा खोज्न थालेँ । अहँ, कतै पनि भेट्न सकिएन । माछो पाल्ने मेरो रहर चकनाचुर भयो । हत्तेरिका ! जीवनबाट सबै चिज फुत्केर गएजस्तो लागिरह्यो । मनमा यति ठूलो पीडा भयो कि धेरै दिनसम्म त सिस्ने खोलामा जाने मनै लागेन । मन सामान्य अवस्थामा फर्किन सकेन, धेरै दिनसम्म पनि ।

***

ठूलो भएपछि धेरै पैसा कमाउँला र बजारका सारा सामान किनुँला भन्ने रहर सानैदेखि पालेर राखेको थिएँ । लेक्चरर भइसकेपछि दशैँ-तिहारको पेस्कीसहित ठूलै गाँठ तलब बुझियो । दोस्रो दिन पूरा एक लाखको बिटो बोकेर बजार जाँदै गर्दा अम्मरे दाइको पसलमा गफ चुट्न लागेका साथीहरू टाढाबाटै हावा भर्न थाले-

"आज त लेक्चरर साप्सँग जमाउनुपर्छ, कसो साथीहरू हो ? कि हामीजस्तासँग नबस्ने विचार छ, लेक्चरर साप् ?"

साथीहरूले गरेको अपेक्षा र घोचपेचलाई स्वीकार गर्नैपर्ने भो । त्यसमाथि दशैँ-तिहारको रमझमको समय पनि । खालमा बसियो लेक्चरर भएको अभिमानका साथ । रातभर तास पिट्दा-पिट्दा बिहानतिर खल्ती खलास भैसकेको थियो । चार-पाँच महिनाको कमाइ एक रातमा स्वाहा । थुक्क, मेरो बुद्धि । थुक्क मेरो अभिमान । सपना हो कि बिपना ? भ्रमजस्तो लागिरह्यो । बजारका सारा सामान किन्ने सपना चकनाचुर भयो ।

हातमा परेका हजार-हजारका सय नोट आँखामा झलझली नाचिरहे । थुक्क मेरो मति । पश्चाताप र चुकचुकीले धेरै महिनासम्म मुखमा च्वःच्वः आइरह्यो । जीवनको धेरै चिज फुत्केर गएजस्तो लागिरह्यो ।

समयले पाठ सिकायो । मान्छेको जिन्दगी पनि त्यस्तै त रै'छ नि । साँझ हातमा भएको लाख रूपैयाँ बिहान उठ्दा सकिएजस्तै । सुनौलो सपना देखाएको स्वर्णाक्षी माछो हातबाट फुत्केर गएजस्तै, जिन्दगी पनि आफैँबाट फुत्केर गएको थाहा हुँदैन रै'छ । दिनहरू फुत्किन्छन् । वर्ष फुत्किन्छन् । बैंस फुत्किन्छ र एक दिन जिन्दगी फुत्केर जान्छ । आँगनको पारिलो घाम फुत्केर गएजस्तै ।

***

हो, मेरो जीवनको तेस्रो चरणमा मलाई जीवनबाट सबै चिज फुत्केर गएजस्तो लाग्दै छ । ऊबिना जीवन निरर्थक लागिरहेछ । ऊ नभए के भो र ? संसारमा अरू धेरै छन् नि भनेर चित्त बुझाउन सकिँदैन । ऊबिनाको जीवन खल्लो, बेस्वादिलो । रङ्गहीन । उदास, उजाड । पतझडजस्तै । मरूभूमिजस्तै । निरस, निर्जन लाग्दै छ ।

ऊ हुँदा जीवनमा सबै चिज थियो त ?

खै ? तर जीवन पूर्ण थियो । मन परिपूर्ण थियो । जीवन पूर्ण हुँदा र मन परिपूर्ण हुँदा के चिज नै अपूर्ण देखिन्छ र ? सबै पूर्ण । सबै परिपूर्ण ।

उफ् ! ऊ नहुँदा जीवन अधुरो लाग्दै छ । ऊबिना जीवन अपूर्ण लाग्दै छ ।

ऊ मेरो जीवनमा किन आई ? कसरी आई ?

ऊ मेरो जीवनबाट किन गई ? कसरी गई ?

प्रश्नहरू अनुत्तरित छन् ।

तर आउने र जाने क्रम चलिरहन्छ मानिसको । कोही आउँछन् । कोही जान्छन् । त्यो थाहा छ तर थाहा नभएको चाहिँ के हो नि ?

किन जीवन ऊबिना अधुरो लाग्दै छ ? किन जिन्दगी ऊबिना खल्लो लाग्दै छ ? किन दिनहरू उराठ, उदास र निरस लाग्दै छन् ?

थाहा छैन । हो । त्यही हो, थाहा नभएको कुरा ।

ऊ यसरी आई मेरो जीवनमा ! गोदावरीका हरिया पहाडहरूलाई थाहा छ । सेतीका सङ्ला किनाराहरूलाई थाहा छ । महाकालीका धमिला छालहरूलाई थाहा छ । वन, पाखा, चौर र आलीहरूलाई थाहा छ । उसकै अघि उभिएर कसम खाएको मेरी बागेश्वरी मातालाई थाहा छ । मेरी वनदेवी मातालाई थाहा छ । कुनै ठाउँ बाँकी छैन, जहाँ हाम्रो लुकिचोरीको खेल नखेलिएको होस् । कुनै धुल-धुसरित सडक बाँकी छैन, जहाँ हाम्रा दुई जोडी पाइतालाको छाप नपरेका होऊन् । प्रकृतिको कुनै काख बाँकी छैन, जहाँ हाम्रो पिरतीको कथा नलेखिएको होस् ।

हे प्रकृति माता ! हे वायु देवता !

दया गर, तिमीलाई कोटीकोटी प्रणाम छ !

प्रकट भएर एकपटक सुनाइदेऊ, संसारको यो सर्वोत्कृष्ट प्रीति कथा ।

ऊ साथमा हुँदा लाग्थ्यो- प्रीतिका लागि मर्नेहरू मरिरहून् । जैरे प्यारकै लागि झुन्डिनेहरू कायर हुन् । जाबो प्रेमकै लागि पागल हुनेहरू लाछी हुन् । त्यसकै लागि बरबाद हुनेहरू भैरहून् । हाम्रो प्रीति अमर छ । हाम्रो प्रेम अटुट छ । हामी सधैँ यस्तै र यत्तिकै रहिरहनेछौँ । बारम्बार यस्तै लागिरह्यो ।

तर, होइन रहेछ । भ्रम रहेछ ।

***

उस बेला माइला दाजीलाई देख्दा उपहास लाग्थ्यो । एक नम्बरका पियक्कड भैसकेका थिए उनी । ढलमलिँदै बाटोमा हिँडेको देख्नेहरू उनलाई भन्थे- "लास्टै जँड्याहा हो साला, गल्लीको कुकुरझैँ मर्छ कुन दिन ।"

यति पिउने बानी भयो कि उनको, आङमै पिसाब होउन्जेल रक्सी पिउन थाले। बिहान, दिउँसो, साँझ जुनसुकै बेला होस्, पिइरहेकै भेटिन्थे। नपिएको अवस्थामा भेट्नु दुर्लभ हुन्थ्यो। हुँदाहुँदा कुनै रात पाटीमा पल्टिएका भेटिन्थे। कुनै दिन पीपलको बोटमुनि बेहोस् भएर लडिरहन्थे। भट्टीमा, सडकमा, विश्रामालयमा अथवा चौतारामा प्रायः उनको बास हुन्थ्यो। जानाजान उनले आफूलाई बरबाद पार्दै थिए। पूरा होसियारीका साथ उनले आफ्नो जीवनलाई निरर्थक बनाउँदै थिए।

"होइन दाजी, किन आफ्नै जीवनमाथि खेलबाड गर्नुहुन्छ ? छोराछोरी, घर-परिवार, भाउजू कसैप्रति तपाईंको जिम्मेवारी छैन ? किन आफ्नो ज्यानमाथि खेलबाड यसरी ?"

मेरो प्रश्नमा उनी कठोर देखिए- "अरे यार, ककसले खेलबाड गरेनन् ममाथि, तँलाई थाहा छ ? अरूले ममाथि खेलबाड गरेको देखिनस्। केवल मैले मैमाथि खेलबाड गरेको देखिस्। खेल्न दे मलाई। आफ्नो जीवनसँग मजाले खेल्न दे। आखिर जित मेरै हुने छ, मेरो जिन्दगीको होइन।"

उफ् ! जीवनप्रति कत्रो उपेक्षा उनको। कति कठोर तर्कका साथ जीवनप्रति निर्मम देखिएका थिए उनी। एक दिन शरीरमै दिसापिसाब भएर सडकमा लडिरहेको देख्दा उसले भनकी थिई-

"हत्तेरी ! माइला दाजी पागल भएर बहुलाउनुभयो कि क्या हो ?"

"कठै !", मैले भनैं- "माइला दाजी त्यस्ता होइनन्। विद्यार्थी जीवनमा अब्बल दर्जाका छात्र थिए उनी। पढेलेखेर राम्रै सरकारी जागिर पनि पाए। आमाबाबु, श्रीमती, भाइ, बैनी, छोराछोरी कसैबाट पनि असन्तुष्ट छैनन् उनी। धन सम्पत्ति, जागिर, मानसम्मान सबै-सबै कुरामा भाग्यमानी हुन्। कुनै कुरामा कसैसँग कुनै गुनासो छैन उनको ?"

"आखिर किन त ?"

माइला दाजी त्यस्तो हुनुपर्ने कुनै ज्ञात कारण थिएन। एक दिन उनैले भनेको सम्झन्छु-

"मेरो जीवनलाई अरूले बरबाद पारेको सहन सक्दिनँ म । मलाई बरबाद पार्ने मबाहेक अधिकार छैन अरू कसैलाई । त्यसैले अरूलाई नदिएको बरबाद पार्न । बरू आफैँ बरबाद पार्न थालेको हुँ, आफ्नो जीवनलाई । ईश्वरबाहेक आजसम्म अरू कसैले मलाई धोका दिएको थिएन । केवल उसले दिई, उसले ।"

हेर्दाहेर्दै माइला दाजीले आफ्नो इहलिला समाप्त गरे ।

उनको कठोर अन्त्यको रहस्य थाहा भो- रेणुकाको प्रेममा उनले आफूलाई समर्पण गरेका रै'छन् । उनी सकिए । भन्नेहरूले एकै स्वरमा भने-

"जाँड पिएरै आफूलाई समाप्त पाऱ्यो, साला जँड्याहाले ।"

आफूलाई भन्दा बढी माया गरेर सर्वस्व सुम्पिएकी कित्थी कमिनीले धोका दिएपछि गेटे कामीको पनि त त्यस्तै हालत भयो नि । बजारका गल्ली-गल्लीमा पत्रिका बचेर गुजारा गर्ने गेटे कामीको पीडादायी जीवन माया, प्रेम र करूणाले भरिएको थियो । पागलप्रेमी बनेरै संसारबाट आफ्नो भौतिक देह समाप्त गऱ्यो उसले । प्रेम गर्ने जोडीहरूले कति दिन उसलाई उपहास गरेको देखेको थिएँ । उसले पनि त मसँग हुँदा भनेकी थिई- "त्यो पागलसँग नबोल्नू है, ऐले लखेट्न आउँछ ढुङ्गा लिएर ।"

नभन्दै ऊ आफूलाई जिस्क्याउन आउने एक हूल केटाकेटीहरूलाई लखेटेर भन्दै थियो- "माका पोइ, मर्न नसकेका खातेहरू ।"

नाउटे ज्यामी, हरिहर ओली, विशाल भण्डारी, पर्वत भुजेल, दले साउँद, किस्ने मगर, नेत्र बोहरा फकिरे बडायक सबै-सबै पागल प्रेमीहरू आज मेरो सम्झनाको तरेलीमा लहरिँदै छन् । तिनीहरू, जो धनगढी बजारका गल्लीहरूमा पुरानो जमानादेखि आजसम्म पागल कहलिएर आफ्नो प्रेमका खातिर आफूलाई बरबाद पारे । सडकमा, चोकमा, भट्टीमा, सार्वजनिक स्थलमा आफूलाई पूर्णतः पागलको रूपमा उभ्याएर संसारमा प्रेमका खातिर बलिदान दिए । ती प्रेमका आराधकहरू, जसले प्रेमबाहेक आफ्नो भौतिक अस्तित्व शून्य ठाने, तिनैको अपुरो र अधुरो कथासँग

आज म जोडिन आइपुगेको छु । मेरो कथा जोडिन आइपुगेको छ । धन्य समय ! धन्य जीवनलीला !

समयले कस्तो अकल्पनीय मोडमा ल्याएर उभ्याइदिन्छ मानिसलाई । जुन ठाउँमा अघि माइला दाजी पल्टिएका हुन्थे । जुन गल्लीमा गेटे कामी बरबराइरहेको हुन्थ्यो । जुन चोकमा नाउटे ज्यामी झोला बोकेर उभिइरहन्थ्यो । जुन चौतारामा पर्वत भुजेल बेहोस भई लडेको हुन्थ्यो । कठै ! तिनै ठाउँहरूमा अचेल म कहिले उभिएको हुन्छु । कहिले बसेको हुन्छु । कहिले पल्टिएको हुन्छु । ऊसँग कुनै जुनीमा भेट होला कि नहोला भन्ने कल्पनाको पक्ष र विपक्षमा दयनीय तर्कहरू मनमा खेलाउँदै म निरूपाय चौतारामा निदाएको हुन्छु ।

ऊबिना रित्तो गाग्रोजस्तै भएर म सेतीको किनारमा पर्खिबसेको छु ।

***

म सम्झन्छु- यीभन्दा भयानक दिनहरू मेरो जीवनमा आउनेछन् । ती करूणामयी दिनहरूलाई म कल्पन्छु-

उसको सम्झनामा पग्लिएर मैले सम्पूर्णरूपमा आफूलाई निचोरी सकेपछि खोत्रो र बोत्रो भएर बजारका गल्लीहरूमा निरूद्देश्य बूढो शरीरलाई डुलाइरहेको हुन्छु । मेरा लागि कोही आफन्त र कोही पराइ हुन छोडेका हुन्छन् । सबै मानवलाई बराबर देख्न थालेको हुन्छु । रातमा कुन पाटीमा बास बसेको हुन्छु, होस हुँदैन । बिहान उठेर सूर्यको गतिसँगै कहाँ-कहाँ चहारिन थालेको हुन्छु, कुनै ठेगान हुँदैन । भुत्रा, मैला र फोहोर लुगाहरू भित्रको शरीर सुकेर त्यान्द्रिएको हुन्छ । क्षीण, क्लान्त र गलित शरीर लिएर हरेक दिन सडक र गल्लीहरूमा चहारिनु मेरो आदत भइसकेको हुन्छ । कति खेर भोक लाग्छ, होस हुँदैन । कति खेर खाना खानुपर्छ, कुनै ठेगान हुँदैन । दया गरी बोलाएर कसैले बासी भात, कसैले रोटीको टुक्रा अथवा कसैले बचेको समोसा खुवाउने गरेका हुन्छन् । कसैप्रति आग्रह, अपेक्षा वा गुनासो बाँकी हुँदैन मनमा । एक-दुई

जना पागलहरू मजस्तै लाग्ने गरेका हुन्छन् मलाई तर पनि बजारका मानिसहरूले- 'अरूभन्दा शरीफ र इमानदार पागल' भनेर मलाई अलिकति दया, माया र सहानुभूति दर्साएका हुन्छन् । त्यसैले आधा कप चिया, बचेको समोसा वा बासी रोटी बडो निगाहले दिने गरेका हुन्छन्, कहिले काहीँ । मैले टिठलाग्दो अनुहारले उनीहरूतिर हेरेर दिएको चिज कपाकप खाने गरेको हुन्छु ।

सायद एक दिन एकादशी परेको हुन्छ क्यारे । मिठाइको सानो टुक्रो र बासी रोटी मेरो सामुन्नेमा राखेर साहुनीले भनेकी हुन्छिन्- "कुन जुनीको पाप गरेर मानव चोला पाइछस् । ला खा, यो रोटी र मिठाई । राम्ररी खाएर जाएस् है !"

बडो करूणामय दृष्टिले उनको मुख मण्डल नियाल्दै कृतज्ञभावका साथ 'हवस्' भन्नको लागि टाउको हल्लाएको हुन्छु । वरिपरि भुस्याहा कुकुरहरू घरि रोटी र घरि मेरो अनुहारलाई हेर्दै झुम्मिएका हुन्छन् । म सडकको पेटीमै बसेर तिनीहरूलाई हेर्दै बासी रोटी चपाउन थालेको हुन्छु ।

ठीक त्यही समयमा हावाको बेगमा आएकी एक कृशकाय नारीले मेरो हातबाट रोटीको टुक्रो चुँडेर लगेकी हुन्छे । रोटी चपाउँदै ऊ लुरूलुरू अगाडि बढिरहेकी हुन्छे । पछाडि फर्केर एकपटक पनि हेरेकी हुन्न उसले । फुङ्ग उडेको अनुहार, चाउरी परेका गाला, खुम्चिएको निधार, रूक्ष र लटाधारी कपाल, क्षीण, क्लान्त र दयनीय नारी आकृति मेरो आँखामा नाचिरहेको हुन्छ । मैले कसैले भनेको सुनेको हुन्छु-

"कति जना पागललाई दिई सक्नु ? एउटालाई दियो अर्कोले खोसेर खाइदिन्छ । लुछेर खाइदिन्छन् यसको भाग । कति सोझो छ यो ।"

अर्कोले भनेको हुन्छ-

"त्यो पनि बिचरी सोझी छे । योजस्तै इमानदार छे । कसैसँग मागेर खाँदिन त्यो । खै, यसको भागमात्र किन खोसेर खाइदिन्छे जैले पनि ।"

अर्कोले थपेको हुन्छ-

"सायद यिनीहरू पैलो जन्ममा जोईपोइ थिए कि ? हे, हे ! बिचरा ! यिनीहरूको घर पनि छैन कि क्या हो । यिनीहरूका आफन्त त कोई होलान् नि । नभए ई दुइटाको विवाह गराइदिनुपर्‍यो कि क्या हो ? हा, हा, हा !"

"बिचरा, यिनीहरूको पनि घर थियो होला । परिवार र छोराछोरी थिए होलान् । सपना थियो होला । आफ्नो एउटा जिन्दगी थियो होला । हत्तेरी, कसरी मानिस यो अवस्थासम्म पुग्छ है ? हेर्दाखेरि पागलजस्तै नलाग्ने यिनीहरू कसरी पागल भएछन् च्वःच्वः !", यो कुनै दयाधारी नारीकण्ठबाट निस्केको सहानुभूतिको स्वर हुन्छ ।

बिस्तारै शरीर शिथिल भएको हुन्छ । दिमाग निस्क्रिय भएको हुन्छ । अब मलाई उसको सम्झनामा पिरोलिने तीव्र छटपटी पनि हुँदैन । शरीरमा जाँगर र मनमा कुनै स्फूर्ति रहेको हुँदैन । उसलाई हरपल सम्झिराख्ने स्मृति कुञ्ज पनि लगभग रित्तो भएको हुन्छ । आफ्नै अवस्थाका बारेमा समेत सचेत हुन छोडेको हुन्छु ।

मान्छेहरू किन हाँस्छन् ? किन रून्छन् ? अनि किन दुखित हुन्छन् भन्ने सचेत तर्क-क्षमतासमेत गुमाइसकेको हुन्छु । मलाई संसारसँग कुनै मोह बाँकी रहेको हुँदैन । म पूर्णतः निरपेक्ष भइसकेको हुन्छु । त्यसैले संसार केही होजस्तो लाग्न छोडेको हुन्छ । जसरी सूर्य मौनरूपमा उदाउँदै, मौनरूपमै गति चाल्छ र मौन भएरै अस्ताउँछ, ठीक त्यही रीतले ममा पूर्ण मौनता छाएको हुन्छ । मेरो जीवन क्रिया र प्रतिक्रियाबाट पूर्णतः निरपेक्ष भइसकेको हुन्छ ।

त्यस पछिका दिनहरूमा कुनै रहरबिना, कुनै चाहना र इच्छाबिना, कुनै आग्रह र आकर्षणबिना, त्यसै-त्यसै म दिउँसोको समयमा दशरथ उद्यानमा झोक्राएर बस्न थालेको हुन्छु । बजारका गल्ली-गल्ली चहार्नुको सट्टा मध्य-उद्यानको एउटा पुरानो बेन्चमा बसेर फूल र भमरालाई नियाल्न थालेको हुन्छु । प्रायः मेरो दिनचर्या दशरथ उद्यानमै टोलाएर बित्न थालेको हुन्छ ।

हरेक दिन उद्यानमा आउने केटाकेटीहरूको हूल, प्रेमी-प्रेमिकाहरूको जोडी र बैंसालुहरूका प्रेमालाप देखेर मेरो दिमाग केही तरङ्गित हुन थालेको हुन्छ । प्रकृतिको कञ्चन रूप, फूल र भमराको अबोध समीपता अनि यौवनाहरूको उल्लासमय हाँसोले मेरो भाव-शून्य मन र जाँगर-शून्य तनमा केही स्फूर्ति उम्रिन थालेको हुन्छ । हरेक दिन उस्तै नयाँ भएर आउने प्रकृतिले मेरो मनमा पनि नवीन भावनाका टुसाहरू उमार्न थालेको हुन्छ । चराहरूको कलरव, पानीका फोहराको छङ्छङ्, फूल र कोपिलाहरूको खिलखिलाहट तथा युवायुवतीहरूको उन्मुक्त घुमफिरले मेरो दिमागमा मेटिएका केही स्मृति विम्बहरू घुमिलरूपमा फर्किन थालेका हुन्छन् । मेरो विस्मृत चेतनालाई पुनर्जीवन दिएको हुन्छ । उद्यानमा घुम्न आउने बैंसालु प्रेमी-प्रेमिकाहरूका प्रेमलाप देखेर अब आफ्नो गुमाएको स्मृतिलाई पुनः प्राप्त गर्न थालेको हुन्छु । शरीरमा नयाँ स्फूर्ति, तरङ्ग र तन्मयता भरिएर आउन थालेको हुन्छ । मैले फेरि पुनर्जीवन प्राप्त गरेको हुन्छु ।

शरीरमा नयाँ जीवन भरिएर आए पनि मनमा फेरि उही रिक्तता, उही उराठ र उस्तै उदासीपनले तनाव र छट्पटी पैदा गर्न थालेको हुन्छ । पुनर्जीवन प्राप्त गरेको मेरो सम्झनाको सागरमा एक्ली ऊ हरपल पौडी खेल्न आइरहेकी हुन्छे ।

खै, कहाँ छे ऊ ? कस्ती भइ होली ऊ ? ऊसँग यो जुनीमा भेट होला कि नहोला ? यस्तै-यस्तै चिन्तनाले मेरो मानसपटल फेरि छटपटिन थालेको हुन्छ । म आफ्नो विगत जिन्दगीलाई हरेक दिन उद्यानमा घुम्न आउने नयाँ प्रेमी-प्रेमिकाहरूका वर्तमान जिन्दगीसँग आरोपित गर्न थालेको हुन्छु ।

सामान्य अवस्थामा फर्केपछि उद्यानमा घुम्न आउने कुनै-कुनै युवतीभित्र म उसलाई खोज्ने प्रयास गर्न थालेको हुन्छु । अग्लो कद, गोरो वर्ण, बाटुलो अनुहार, लामो कपाल र ठूल्ठुला आँखा भएकी बैंसालु युवतीलाई हेरेर म उसको सौंराई मेट्न थालको हुन्छु । कुनै-कुनै बेला त त्यस्ती

युवती उही हो भन्ने भ्रममा म क्षणभरका लागि आफ्नो विगत जिन्दगीमा हराउन थालेको हुन्छु । आफ्नै मनको मझेरीमा हराइरहँदा देख्छु- परैबाट गाढा मुस्कानका साथ जब ऊ मेरो सामुन्नेमा आउन थाल्छे मभित्र कुनै अनियन्त्रित हलचल पैदा हुन थाल्छ । गला अवरूद्ध भएर आउँछ । गह भरिएर आउँछ । मौनता विस्फोट हुन थाल्छ । म अनियन्त्रित भएर उसलाई अङ्कमाल गर्न उठेको हुन्छु ।

उफ् ! एकाएक यथार्थको धरातलमा बजारिन पुग्छु । मेरो नजिकै भएर जाने युवती आफ्नो प्रेमीसँग टाढा पुगिसकेकी हुन्छे । गेटबाट आउँदै गरेका नयाँ-नयाँ युवतीहरूको हूलमा पनि जब उसैको प्रतिरूप खोज्न थाल्छु । अकस्मात् मेरा आँखा तिरमिराउन थालेका हुन्छन् । म आफ्नो थिलथिलो अवस्थाको अनन्त दलदलमा भासिन पुगेको हुन्छु । मेरो सामुन्नेमा देखापरेको अकल्पित नारी आकृतिले मेरो मुटु चुडाल्न थालेको हुन्छ । अत्यन्तै क्षीण, रूग्ण, थकित र गलित नारीको कायाकल्प मेरो अगाडि दयनीयरूपमा खडा हुन्छ । त्यो उही अनाकर्षणीय नारी आकृति हुन्छ, जुन हावाको बेगमा आएर साहुनीले दिएको बासी रोटीको टुक्रा मेरो हातबाट खोसेर खाएकी हुन्छे ।

कठै ! त्यस समयमा पहिलेजस्तै मेरो विस्मृतिमा किन पर्न सकिन, त्यो कृशकाय नारी ।

मैले पूर्णरूपमा उसलाई ठम्याउन सकेको हुन्छु । ऊ निर्निमेष मलाई नै हेरिरहेकी हुन्छे । मलाई भित्रैबाट जुरूक्कै उचाल्ने मृदु मुस्कान उसमा हुँदैन । समयको घनले थिच्दा-थिच्दा उसको लम्ब शरीर कुप्रिएको हुन्छ । गोलो र पुष्ट अनुहारमा सहस्र रेखा चाउरी देखिएका हुन्छन् । लामो कालो केश सदाका लागि उजाड, रूखो र लटाधारी देखिएको हुन्छ । त्यो रूक्ष केश भएकी क्षीण, क्लान्त र निन्याउरी पीतवर्णा नारी उही हुन्छे, जससँगको विछोडको पीडाले म त्यस अवस्थामा पुगेको हुन्छु । उसको अवस्थाले मलाई भित्रैदेखि हल्लाएको हुन्छ ।

उफ् !

मेरो मुटुभित्रैदेखि हल्लिएर आउँछ । गह भरिएर आउँछ । म अनियन्त्रित भएर उसलाई अङ्कमाल गर्न पुगेको हुन्छु । यत्रो वर्षसम्मको मेरो मौनता विष्फोट भएको हुन्छ-

"मेरो बाबा ! मेरो भगवान् ! मेरो जिन्दगी !

कठै मेरी सानू ! कहाँ गयो तिम्रो यौवन ?

कहाँ गयो तिम्रो जिन्दगी ?"

त्यस बेला ऊ निर्निमेष मलाई नै हेरिरहेकी हुन्छे ।

मसँग दृष्टि हुन्छ, ऊसँग शब्द हुँदैन । मसँग भाव हुन्छ, ऊसँग भाषा हुँदैन । ऊसँग रात हुन्छ, मसँग सपना हुँदैन । मसँग माया हुन्छ, ऊसँग होस हुँदैन । मसँग सम्झना हुन्छ, ऊसँग भविष्य हुँदैन । हामीसँग बाटो हुन्छ तर गन्तव्य हुँदैन ।

उफ् ! अन्तमा हामीसँग अधुरो धोको हुन्छ तर जिन्दगी हुँदैन ।

***

म सोच्दै छु- यो अवश्यम्भावी होनी चिन्तनाले मलाई अहिलेदेखि नै कतै समाप्तितिर लैजाँदै छ कि ?

हो !

म जीवन कथाको समाप्तितिर आइपुगेको छु ।

***

मदन पुरस्कार अर्पण समारोहमा प्रस्तुत गरिएको मन्तव्य

मदन पुरस्कार गुठीका श्रद्धेय अध्यक्षज्यू !

सदस्यज्यूहरू तथा गुठी परिवार !

जगदम्बा पुरस्कारले विभूषित श्रद्धेय लीलबहादुर क्षेत्रीज्यू !

यस गरिमामय समारोहमा उपस्थित आदरणीय सज्जनवृन्द, भद्र महिला तथा पत्रकार मित्रहरू ।

आफ्नो साहित्यिक यात्राको आजसम्मको सबैभन्दा गौरवमय क्षणमा उभिएर नेपाली वाङ्मय क्षेत्रकै सर्वश्रेष्ठ पुरस्कार ग्रहण गर्न र आफ्नो मन्तव्य राख्न पाउँदा आफूलाई भाग्यमानी ठानेको छु । यस अवसरका लागि सर्वप्रथम मदन पुरस्कार गुठीप्रति हार्दिक आभार व्यक्त गर्दछु, जसले २०७२ सालको मदन पुरस्कार मेरो कथा-सङ्ग्रह 'ऐना' लाई प्रदान गर्ने निर्णय गऱ्यो । नेपाली साहित्य-जगत्कै ऐतिहासिक र अत्यन्त सम्मानित पुरस्कार पाउँदा विशेष गर्वको अनुभूति भएको छ ।

यस गौरवमय क्षणमा मलाई मेरा पिताजी स्व. हरिभक्त जोशीको अनुहार धुमिलरूपमा सम्झना भइरहेको छ । ७ वर्षकै उमेरमा मलाई छोडेर गएका मेरा पिताजीको डायरीमा रहेको 'विद्याकी रानी' शीर्षकको कवितालाई मैले चार कक्षामा पढ्ने अवस्थामा भेट्टाउँदा गुनगुनाएर अञ्जानमै साहित्यमा प्रवेश गरेँ । मेरा बाबाको आशिकरूपी त्यही कविताबाट बामे सरेको मेरो लेखनयात्राले आज नेपाली साहित्यकै सर्वश्रेष्ठ पुरस्कार पाउने अवस्थामा

पुऱ्यायो । यस अवसरमा मेरा पिताजीप्रति श्रद्धा अर्पण गर्दछु । चौबीस वर्षको कलिलो यौवनकालमै विधवा भई धर्तीको चट्टानसँग मात्रै होइन, आफ्नै जीवनसँग पनि सङ्घर्ष गर्दै आमा-बाबा दुवैको भूमिका निर्वाह गरेर मलाई आजको अवस्थासम्म ल्याई पुऱ्याउने मेरी ममतामयी आमा तुलसादेवी जोशीलाई कोटिकोटि नमन गर्दछु । यस पुरस्कारलाई आमाकै आँसु र पसिनाको सफलता ठानेको छु । मलाई अक्षरारम्भदेखि विभिन्न तहमा शिक्षा दिई साहित्यको सत्मार्गमा लागिरहन प्रेरणा दिने र दिइरहनुहुने मेरा सबै गुरूहरूलाई सादर प्रणाम गर्दछु । मलाई निरन्तर साथ, सहयोग र प्रेरणा दिनुहुने अग्रज साहित्यकारहरू र मेरो कृति 'ऐना' लाई अभूतपूर्व माया गरी मलाई अगाडि बढ्न हौसला दिने र दिइरहनुभएका नेपाली साहित्यका विज्ञ, विश्लेषक, समीक्षक, पत्रकार, सञ्चारजगत् र पाठकवर्गमा आभार व्यक्त गर्दछु ।

मदन पुरस्कारका बारेमा मलाई धेरै भन्नु छैन । यतिमात्रै भन्नु छ कि आजको अवस्थामा आइपुग्दा मदन पुरस्कारका बारेमा अनभिज्ञ सायदै कोही नेपाली होला । ६० वर्षको इतिहास कायम गरेको यस पुरस्कारले हरेक वर्ष नेपालीहरूको मानसपटललाई तरङ्गित गर्ने गर्दछ । यस पुरस्कारको आकर्षण र गरिमासँग स्रष्टा र सिर्जना पनि गाँसिएको हुँदा यसले नेपाली वाङ्मय क्षेत्रको गरिमा बढाएको कुरामा दुईमत छैन । यति गौरवशाली पुरस्कार प्राप्त गर्न पाउँदा मलाई त खुशी लागेको छ नै, साथै सुदूर पश्चिमको माटोमा बसेर लेखिएको र काली-कर्णाली क्षेत्रको माटोको सुगन्ध तथा समाजको प्रतिविम्ब बोकेको कृति 'ऐना' ले यो पुरस्कार प्राप्त गर्दा समग्र काली-कर्णाली क्षेत्र र विशेष गरी सुदूर पश्चिम क्षेत्र नै पुरस्कृत भएको अनुभूति गरिएको छ ।

मैले धेरै ठूलठूला कुरा लेखेर होइन, आजको सामाजिक विकासको गतिले अँध्यारोमै छोड्न खोजेका केही साना तर सम्वेदनशील कुराहरूलाई 'ऐना'मा उठान गर्ने कोसिस गरेको हुँदा नै यो पुरस्कार पाएको हुँ भन्ने

मेरो ठहर छ । मेरो विचारमा हामी सामाजिक, राजनैतिक र आर्थिक विकासको गतिमा अगाडि बढिरहँदा विविधखाले नेपाली समाजका विकलाङ्ग र कुरूप पाटाहरूलाई त्यत्तिकै छोडिदिने हो भने हाम्रो सामाजिक विकासको कुनै न कुनै पक्ष कुरूप नै रहनेछ ।

समाज विकासको गतिमा अगाडि बढ्दा सामाजिक विडम्बनाका तिक्त पक्षहरूको उपचार नभई सामाजिक सद्भाव कसरी सदाकालका लागि कायम रहला र ? लामो राजनैतिक सङ्घर्षबाट प्राप्त भएको परिणामले हाम्रो अन्योन्याश्रित जातीय मेलामिलाप, सद्भाव र शान्ति सदाका लागि खोसेर लैजाने हो भने कसरी सुखद् भविष्यको कल्पना गर्न सकिएला र ? भोकमरीको पीडाले आक्रान्त भई आफ्ना छोराछोरीसहित सेती, काली, कर्णाली र मोहनाजस्ता नदीमा हाम फाल्नुपर्ने जनताको विवशता कायमै राखेर हाम्रो आर्थिक समृद्धिको मापन कसरी गर्न सकिएला र ? आजको अत्याधुनिक प्रविधि र कम्प्युटरसँग खेल्दै ज्ञानार्जन गर्न पाउनु पर्ने बालबालिकाहरूले नदी किनारामा गिट्टी कुट्दै र लास जलाइएका कोइला टिपेर बेच्दै पेट पाल्नुपर्ने कहाली लाग्दो र मानवतालाई उपहास गर्ने अवस्थालाई त्यत्तिकै छोडेर हामी सुन्दर भविष्यतर्फ लम्किरहँदा हाम्रो सामाजिक अनुहार कस्तो देखिएला ? कलिला छोराछोरी, जवान श्रीमती र बूढा आमाबाबुलाई रूवाएर विदेशिनु पर्ने नेपाली युवाहरूको विवश अनुहार कसरी स्वाभिमान र गर्वले ऐनामा टल्किएला र ?

हो, यिनै साना-साना कुराहरूलाई मैले 'ऐना' मा देखाउने प्रयास गरेको हुँ । समाजका यी कुरूप पक्षहरूलाई सुधार्न र सफा गर्न सकेमात्रै भोलि हाम्रो अनुहार अर्को ऐनामा सुन्दर देखिनेछ भन्ने मेरो 'ऐना' को आग्रह पनि हो । मेरो यो प्रयास आगामी दिनमा अझै तीव्र हुने मलाई आत्मविश्वास जागेको छ । यो पुरस्कारले मलाई थप प्रेरणा र हौसला मिलेको छ ।

मलाई लाग्छ, अत्याधुनिक विचार, दर्शन र चिन्तनले प्रभावित आजको

नेपाली साहित्यले विविध खाले नेपाली समाजका विविध पाटाहरूलाई उत्खनन गरेरै अगाडि बढ्नु आवश्यक छ । दबेका, छुपेका, नदेखिएका सामाजिक जनजीवनका पाटाहरूलाई नेपाली साहित्यले खोतल्नु आवश्यक छ । सामाजिक विकासको गतिमा छुटेका पक्षहरूलाई उजागर गरेर समृद्ध राष्ट्र निर्माणका लागि साहित्यले तेस्रो आँखाको रूपमा कार्य गर्न सकेमा हाम्रो साहित्य पनि समृद्ध हुनेछ भन्ने मेरो विश्वास छ । देखेर पनि नदेखिएका र भोगेर पनि नलेखिएका विविधतामा आधारित नेपाली समाजका विविध पाटाहरूलाई नेपाली साहित्यले विश्व रङ्गमञ्चमा उभ्याउनै पर्छ ।

अन्तमा, पुनः मदन पुरस्कार गुठी परिवार र यसका निर्णायकजनहरूप्रति हार्दिक आभारसहित यो सफलताका लागि मलाई बधाई, शुभकामना, आत्मीयता र अझै अगाडि बढ्नका लागि प्रोत्साहन र हौसला प्रदान गर्नुहुने देशभित्र र संसारभर रहेका मेरा प्रिय पाठक र शुभचिन्तकहरूलाई हार्दिक धन्यवाद ज्ञापन गर्दछु । साथै नेपाली साहित्यबजारमा अत्यन्त सुन्दर र लोभलाग्दो सज्जाका साथ 'ऐना'लाई पाठकहरूसमक्ष प्रस्तुत गर्ने बुक हिल पब्लिकेशनका भूपेन्द्र खड्का र पवन आचार्यलाई साधुवाद !

रामलाल जोशी
१६ असोज २०७२

BOOK HILL